dear+ novel
jinsei wa mamanaranai・・・・・・・・・・・・・・・・・

人生はままならない

伊達きよ

新書館ディアプラス文庫

人生はままならない

contents

illustration：カワイチハル

人生はままならない

JINSEI WA MAMANARANAI

1

晴れ渡った空から突然落ちた雷の様《よう》に、その一枚の紙切れがフィディに与えた衝撃は凄まじいものだった。

【フィディ・ミシュエル・ワイズバーン：Ω《オメガ》】

名前と共に記《しる》された自身の第二性の種別。Ω。そうΩだ。

がく、と首を落とすように項垂《うなだ》れると、頬に栗色の髪の毛がかかる。いつも「美しい。まるで絹糸のようだ」と褒めそやされる自慢の髪だが、今はなんの助けにもなってくれない。

「……あっ」

震える指先から紙が零《こぼ》れ落ち、慌てて拾ってくしゃくしゃに丸めた。眼球だけを忙《せわ》しなく動かして、あたりに誰もいないことを確認する。万が一この検査結果を見られたとしたら、その場で舌を噛み切ってしまうかもしれない。

誰にも見せるものか、と急いで懐《ふところ》に仕舞いこんでから、学内に併設された検査機関の長い廊下を、出口に向かって早足で歩き出す。やがてそれは小走りに変わり、段々と息も上がっていく。短く荒い息遣いに合わせるように、木でできた床がギッギッと嫌な音を立てていた。廊下を走るフィディなど、学園の誰も見たことはないだろう。ただただ、誰ともすれ違わないことを祈る。

（嘘だ……、嘘だ）

この検査結果は、もちろん実家にも送られている。きっと今頃、父が確認しているはずだ。混乱で熱く滾《たぎ》る体と裏腹に、頭の中は冷静に、自分の検査結果が周囲に与える影響を考える。父は忙《いそが》しい執務の合間を縫《ぬ》って、期待しながらその封を切るだろう。執事が恭《うやうや》しく差し出した、宝石の施《ほどこ》された銀色のペーパーナイフで。いや、結果を見るまでもないと思っているかもしれない。期待の息子の性だ、疑うべくもない。そして、その紙を開き、現実を知り驚愕する。その瞬間の父の顔を思い浮かべるだけで、フィディは倒れそうになる。途方もない申し訳なさと、恥ずかしいくらいの惨《みじ》めさで。

「嘘だ……、あぁ、嫌だ」

由緒正しきワイズバーン家に生を受けて十七年。幼い頃から優秀だったフィディはα《アルファ》の中のαになるだろうと、四男でありながら、まるで長男のように英才教育を施されてきた。それがよもやαどころかβ《ベータ》ですらなく、Ωと診断されたのである。

何かの間違いであって欲しいと思わないでもないが、その可能性はほぼないことなど、きちんと理解していた。国営の検査機関が誤った結果を出すなど、絶対にないのだ。つまりフィディは、紛《まご》うことなきΩ。

「うっ、……っく」

久方ぶりに熱いものが頬を伝った。覆《くつがえ》りようがない結果を、それでも覆すだけの力が自分にないことが、悔しくて堪らなかったのだ。

悔し涙を流すなど、生まれて初めてだった。自分の力でどうにもできないことに出会ってこなかったからだ。なんだって、やれば必ずそれ相応の結果がついてきた。

こんな状況になってはじめて、自分がどれだけ恵まれていたのかを実感する。

「はっ、……っはっ」

廊下の先、先刻訪れた際には和《なご》やかに挨拶《あいさつ》を交《か》わした窓口の職員に目もくれず、検査機関を飛び出す。もはや大人しく小走りなどしておられず、舗装された学内の道を全速力で駆け出した。

「フィディ様っ？」

名前を呼ばれて、振り返る。冬の弱い日差しの下でも、きら、と輝く金髪の偉丈夫《いじょうぶ》が戸惑ったように片足を踏み出していた。フィディの従者であるフレッドだ。

涙を流すフィディを驚き困ったような顔で見つめている。がっしりとした体格に似合わない、その捨てられた犬のような表情を、常であればからかったはずだ。「なにを情けない顔をしているんだ」と。

しかし今は、フィディの方が、とびきり情けない顔をしているだろう。自身の顔面がぐちゃぐちゃに乱れているであろうことは、きちんと自覚していた。

「フレ……っ」

名前を呼んで縋《すが》りかけて、フィディは伸ばしかけた手を胸元で握りしめた。

『着替えが終わったらすぐに結果を取りに行くぞ。まぁ、見なくてもわかっているがな』

なんてことを高笑いしながら言ったのは、数刻前の自分だ。

『僕はなフレッド、兄様を差し置いて当主の座につこうとは思っていないんだ。ただ、父様や兄様の手助けができればいい』

フレッドの差し出すコートをふんぞり返って羽織りながら、鼻歌まで歌って。

『僕の力でもって、ワイズバーン家を益々栄《さか》えさせるんだ』

フレッドはにこりと微笑《ほほえ》んで「その時は、どうぞお供させてください」と頭を下げただけであった。フレッドは昔から、多くを語らず、全て行動で示す優秀な従者であった。

フレッドもまた、主人が優秀なαであると、疑いもしていなかっただろう。

（それがまさか、こんなことに……）

恥ずかしさと惨めさで、顔が歪む。わなわなと震える手で口元を覆い、フィディは顔を背《そむ》けた。

「フィディ様、何故《なぜ》泣いていらっしゃるのですか？」

フレッドが二、三歩踏み出してくる。フィディは、それに合わせるように、同じ歩数分だけ後ろにさがった。そして、くるりと踵《きびす》を返して、また駆け出す。

踵を返す間際に、フレッドが目を見開いて名を呼ぶのが見えたが、構ってはいられない。できる限り音を遮断して、前だけを見て、学園の石畳を蹴った。

「はっ、はっ、……うっ、ううっ」

もうすぐ冬が終わり、春の兆《きざ》しを感じる澄んだ空気。まだ冷たい空気を吸い込もうとしたが、うまくいかない。泣いているからだ。泣きに泣いているから、うまく空気が吸えないのだ。

もはや滂沱《ぼうだ》の涙を、隠しようも堪《こら》えようもない。ひっ、ひっと情けない嗚咽《おえつ》が喉から首を辿り、口をついて出る。

走って走って、どこへ行くというのか。自分でもわからないが、足が止まらない。

「フィディ様っ」

がしっ、と腕を掴まれて、フィディの短い逃亡は終わった。腕を掴んだのは、もちろんフレッドだ。息も荒く咳き込むフィディの背を手早く撫でながら、自身は息ひとつ乱れていない。

「どちらに向かわれるおつもりで？」

フレッドの気遣うような、しかし冷静な問いが、フィディの胸奥に沈む。まるで重たい石を、胸の中の泉に投げ入れられたような気持ちだ。

（どこ、どこに？）

流れる涙を拭《ぬぐ》うこともできないまま、フレッドを見上げる。摑まれた腕を支点に、フィディの体からは、ぐんにゃりと力が抜け切っていた。

「どこに」

Ωと診断されたフィディに行くあてなどない。これから死ぬまでαの孕み腹《はらばら》として生きていくしかないのだとわかっていながら、いや、わかっていたからこそ、逃げずにはいられなかった。

どんなに走ろうと、どこへ行こうと、自分の中の性からは逃れようがないのに。胸元に入れたままの紙が、服と擦れてかさかさと虚《むな》しく音を立てた。

＊

男女の性別とは別に、第二の性として、α（アルファ）、β（ベータ）、Ω（オメガ）という三種類で人間は分類されている。たった三種類されど三種類。この世界は残酷にも、平等とは程遠い、性種の差別が蔓延《はびこ》っているのだ。

皇帝も、選帝侯《せんていこう》も、侯爵、伯爵、領主、果ては軍人や文官の上層部に至るまで、すべからく世界を廻すのはαである。αは人口の一割も占めていないにも関わらず、そのほとんどが帝国の中枢《ちゅうすう》でこの国を操っている。

その手足となり働くのがβ。人口の九割近くを占めている、いわゆる一般人。まれに優秀な者も生まれるが、能力でαに敵《かな》うわけもない。αとβでは持って生まれるものが違うのだ。

そして、最後の一種、ただαの子どもを産むためだけに存在しているのではないかとさえ疑ってしまう脆弱《ぜいじゃく》な性が、Ωだ。Ωの割合は三種の性の中で最も低い。

Ωは、αのように特筆した能力もなく、βのように普通に生きることすらままならない。なにしろ「発情期」があるからだ。Ωは身体の成熟とともに、発情期を迎える。そう、発情するのだ。まるで本能を抑えられない獣と同じように。

そして徐々に、出産に適応した体へと変化していく。それに伴い、身体能力も格段に落ちる。体が育ちきった状態から内臓のみ変化していくため、身体的に負担がかかるのだ。

定期的に休みを必要とする体の弱い生き物など、いったい誰が好き好んで雇うだろうか。人を狂わせる厄介なフェロモンだけを振り撒《ま》くという迷惑な存在。最悪なことに、番《つがい》を作るまでそのフェロモンは収まらない。

人に寄生して助けを得ないと生きられない、哀れな生き物。その性質のためか依存心が強く、生来媚《こ》びた性格になりやすい。

自身の性を知りもしなかった頃のフィディは、三種の中で最も劣等な性であるΩを蔑《さげす》んですらいた。Ωとて、優秀なαの遺伝子を残しやすいという意味では優《すぐ》れているのに。そうとわかっていながらも、やはりどうしても嫌悪感が拭えなかったのだ。

この帝国に住まう人間は、十七歳になり成人を迎えると、皆第二の性の診断を受ける。

フィディは十歳の頃から貴族の子息達がこぞって集《つど》い学ぶ誉《ほま》れ高き帝国学園に通っていた。学園は帝都に設立されており、帝国中の良家の子らが学べるように、全寮制となっている。成人を迎える十七歳の年明け、十八歳になる年の春に卒業となるが、その卒業の間際に、学園に併設された性別検査機関で検査を受けることが、この学園の習わしになっていた。

大きな街にひとつは国によって検査機関が設けられているので、学園でなくとも検査を受けることはできる。が、フィディも諸先輩方の慣例に倣《なら》い、つい先日検査器具により採取した口腔内の粘膜を機関へ提出した。

その診断をもってして、各々《おのおの》のこれからの人生が決まるのだが、もちろん両親の性によって、その診断を待たずに自分の性を自覚している者も多い。

β同士が成した子はβしか生まれない。αとΩが交《まじ》わることで生まれた子の内六割がα、四割がΩという統計が出ている。そのせいでΩ不足と囁かれる昨今ではある。ある、が、なにも足りないからといって、自分がΩになりたい者などまったくといっていいほどいやしないだろう。

フィディもそうだった。伯爵であるαの父と良家出のΩの母の間に生まれ、幼年期からの溢れんばかりの才能に恵まれて。フィディは「自分はαである」ことを、これまで生きてきて、ほんの少しも、小指の先の爪のそのまた先の端っこほどだって疑ったことはなかった。

たしかに、他の「あいつはαに違いない」と噂されている同級生らと比べると、身体的な面で若干上背《うわぜい》や体の厚みの足りなさは感じていた。感じてはいたが、それほど重要視していなかった。この優秀な自分がαでないなら、誰がαだというのだ、とすら思っていた。

――検査機関を飛び出し、フレッドにより捕獲されたフィディは、慣れ親しんだ従者の腕の中でさめざめと涙に暮れた後、あれよあれよという間に実家へ強制送還されることとなった。

それこそ、ほんの数週間後に控えていた卒業式も待たずに。

Ωだと判明した子など、誉れ高き帝国学園に通わせる義理などまったくない、と父であるワイズバーン伯爵に判断されたからであろう。

いっそ走る馬車の中から硬い地面へと身を投げ出したいような気持ちになりながら、フィディは一路実家へと向かった。

2

「フレッド、紅茶を頼む」

「はいっ、フィディ様」

窓辺に置かれた椅子に腰掛けて、乾いた荒地《あれち》に漂《ただよ》う枯れた草木の塊《かたまり》を眺めながら背後に声をかける。と、待ってましたと言わんばかりの返事の後、よい香りの紅茶が目の前に差し出された。

すん、と香りを楽しんでみる。フィディの大好きな銘柄だ。一口飲む。もちろん味も文句なしだ。フィディは満足の溜め息を吐いた。

フィディの様子を窺っていたらしいフレッドが、大きな瞳をきらきらさせて笑顔を浮かべる。主人の役に立てたことが嬉しくてたまらない犬のようなその顔。はちきれんばかりにぶんぶんと振られる尻尾の幻覚が見えた気がした。

「ここに来て、どのくらい経った？」

「ひと月と三日経ちました、フィディ様」

フィディの問いに、フレッドが間髪入れず正確な答えを寄越す。フィディは「そうか」と頷き、風が吹きやまぬ外を見やる。

（もうひと月か）

フィディがΩだと発覚してから、実家の対応は早かった。

学園から自宅に収容されたフィディは、それから丸一日部屋に軟禁された。その間、家の者と顔を合わすことはただの一度もなく、身の回りの世話をするフレッドだけを与えられた。父はもう、フィディと顔を合わせることすら苦痛だったのかもしれない。

その短い時間に、父によりフィディの処遇が決められたのであろう。明《あ》くる日の早朝には、部屋の荷物をおざなりにまとめさせられ、馬車に詰め込まれた。そのまま馬車に揺られること七日。もちろん休憩を挟みつつ、夜は街に寄り馬を休ませ宿に泊まったが、それを除《のぞ》けばひたすら移動し続けた。

馬車の中では何もすることがないので、今後のことについて考える時間はたんまりとあった。

ワイズバーン家の発展の為《ため》、すぐにでも利益重視の政略的な縁談を組まれるかと予想していた。が、都《みやこ》からおそろしく離れた遠方に送られているということから、その可能性はなくなった。こんな遠方に居《きょ》を構える貴族にフィディを売ったところで、ワイズバーン家に利益があるとは到底思えなかったからだ。

となると考えられるのは「ワイズバーン家の四男という存在自体をなかったことにする」という可能性だ。ようは、体《てい》のいい厄介払いである。

屋敷にいれば、どんなに部屋に閉じ込めようと人の目に触れる可能性は拭えない。それならばいっそ、誰の目にもつかない土地で飼い殺す方がいい、と決められたに違いない。

その考えは、目的地に着いた時に確信に変わった。

馬車が辿り着いた先は、ワイズバーン家領地の端の端、最西端に位置するテラヤワーズ地区の荒地だった。ゴツゴツした岩と茶褐色の土、それを覆《おお》う乾いた砂。常に吹き付けるからからに乾いた風。人が住まう街までは、馬を使っても半日かかるという辺鄙《へんぴ》さだ。

道を整備したとしてもすぐに砂に覆われてしまうので、地理を知らぬ者は歩き回ることすらままならない。自身の家の領地ではあるので、どういう特性を持つ土地かということは知っていた。知っていたからこそ、より絶望が深まった。

馬車を降り、丘の上にポツンと建ったこぢんまりとした屋敷を見上げる。屋敷の玄関扉を開け恭しく傅《かしず》くフレッドに、フィディはぽつりと問うた。

「ここが僕の、終《つい》の住処《すみか》か」

フレッドはいくらかの沈黙のあと、「はい」とはっきり答えた。

「使用人はお前だけか」

フレッドは沈黙を挟み、再び「はい」と答えた。何かいいたげな瞳でこちらを見る。どうやら、少しはフィディを哀れに思っているらしい。

数日前、もはやαの孕み腹として生きるしかないと絶望していたが、父の温情により、それはなくなった。フィディがこれまでαとして生きてきた矜持《きょうじ》を折るのを忍びなく感じたのか、父として、子への最後の情けか。フィディは、家を出る最後の時ですら顔も合わせなかった父を思った。

フィディはこれから、αと交わらなくていいかわりに、辺境の地で一人朽《く》ち果てていく運命と相成《あいな》った。どちらの方がましかと、考える必要もない。

フィディは断頭台に上がる罪人のような心地で、陰気臭い屋敷へと足を踏み入れた。

とはいえ、絶望しているばかりか、というと、そうでもなかった。検査結果を確認してから落ち込む時間はいくらでもあったが、同時に、未来への展望を描《えが》く時間も十分あったからだ。馬車での移動中、そしてなんの娯楽もない屋敷での生活の中で、フィディは存分に自分を見つめ直した。そして、ひとつの結論に辿り着いた。

「なにもなさぬまま、ただ陰鬱《いんうつ》に過ごすだけなんて、僕の性《しょう》に合わない」と。

初めこそ「Ωの自分にできることなど……」と萎《しお》れていたが、しばらくするとそれに抗《あらが》うような気持ちがむくむくと湧いてきた。「Ωだろうとなんだろうと、僕という人間が優秀であることに変わりはないはずだ」と。

フィディは、学園で優秀な成績を収めてきた。入学してから、試験では常に上位をキープしていたし、それだけ勉学に励んできたという自信もある。Ωだとわかったからといって、そうやって学んできたものが身の内から消えるわけではないだろう。フィディという人間がこの身に培《つちか》ってきたものは、フィディのものなのだから。性別はフィディを裏切っても、努力は裏切らない。

「Ωの僕でも、できることがあるはずだ」

心の奥底にそんな気持ちを燃やしつつ、最近はもっぱら「自分にできること」探しに励んでいる。幸いにして、この屋敷には大きな書斎があり、そこにはフィディがこれまで読んだこともないような分野の書籍までずらりと並んでいた。今はそれらの本を読み漁って、知識を吸収している。

いつかなにかを成《な》してみせる、という強い気持ちが「Ωであった」というショックを緩和してくれていた。目標は、弱った心も奮《ふる》い立たせてくれる。

ちなみに、フレッドはフィディの勉学を阻《はば》まない。どころか、喜んでくれてさえいる。読みたいと思った本は、先回りして手に入れてくれるくらいだ。

(まったく、役に立ちすぎる従者だ)

フィディを自身の駒とすることなく、この辺境の地へと送ってくれた父に、もうひとつ感謝していることがあった。フィディの唯一の従者として、フレッドを付けてくれたことだ。

自慢するようなことではないが、フィディは幼少の砌《みぎり》から、数多《あまた》の使用人に傅かれて育った。学園に入るまでは自分で服を着たこともない、筋金入りの甘えたなお坊ちゃんだったのだ。今今でこそ服も自分で着られるようになったし、風呂だって一人で入るようになったが、時折甘えててそれも任せている。フレッドはもちろん、嫌な顔ひとつせずにそれを受け入れてくれた。そもそも、フレッドがフィディの願いに「否」と答えるなど、天と地がひっくり返ってもありえないのだ。

そんな使用人がいて当たり前の生活をしていたフィディは、この荒野で一人生きていける自信が、実のところ、あまりなかった。いや、あまりなんてものではない。委細《いさい》構わず言わせてもらえば「全然自信がない」だ。

学園に通っている際にも、伴《ともな》っていたのはフレッド一人だったが、そもそも学園は設備が行き届いており、生活に困るような荒野には建っていなかった。

故にフィディは使用人がフレッドしかいない、という状況に最初は頭を抱えていた。何しろ料理人もいなければ掃除夫もいない。厩番《うまやばん》もいないので、馬の世話もできない。そういった者達がいなければどうなるか、それすら想像できないようなフィディではなかった。

しかしフィディは、この荒野に来て最初の三日で嫌というほど実感した。「何人の使用人より一人のフレッドがいればどこであれ生きていける」と。

「はぁ」

このひと月のことを思い出しながら紅茶を啜《すす》る。少し肌寒くなってきたな、と肩をすくめれば、すかさずフレッドがフィディの膝に膝掛けをかけた。確かに肌寒いとは感じていたが、まだそれを口にも出していない。

「こらフレッド……」

またお前は先回りして、と苦笑いと共に零《こぼ》そうとしたところで「紅茶と一緒にいかがですか」と、フィディ好みの甘味《かんみ》が差し出される。そうなればもう苦い笑いなど引っ込んで、声をあげて笑うしかない。

「うん、美味《うま》いな」

「今朝《けさ》焼きました。お口に合ってよかったです」

にこ、と微笑まれて、フィディも微笑み返す。

フレッドは一人で、執事も、料理人も、掃除夫も、厩番だってこなした。

朝、フレッドに起こされて食堂に降りれば、見事な朝食が出来上がっており、給仕も完璧。フィディのために用意された服には常に皺《しわ》ひとつないし、いつでも清潔な香りがする。暇な時に読む本の選択、昼下がりの紅茶や茶菓子、風呂の手配まで、不満を感じたことは只《ただ》の一度もない。夜、フレッドの髪に触れながら眠りにつくその瞬間まで、フィディは心身ともにとても満ち足りた生活を送っていた。

日頃の感謝もこめて、心から「ありがとう」と礼を述べれば、フレッドはそれは嬉しそうに「礼を言われることなどしておりません、フィディ様」と笑った。

フレッドはフィディがまだ年端《としは》もいかない幼児だった頃に買い上げた奴隷使用人だ。事情はよく知らないが、フレッドは闘技場で剣奴《けんど》として日々戦わされていた。

ある日、その闘技場で何匹もの獣に食い散らかされそうになっているフレッドを見て、フィディが「あれが欲しい！　獣に食べさせるな！」と泣いてねだったらしい。

何故、らしい、と不確定な物言いかというと、実際その時のことをきちんと覚えていないからだ。そもそも人が斬り合うところを眺め楽しむ闘技場は、子どもの出入りが許されていない。一緒にいた父曰《いわ》く「迷子になったお前が、闘技場に迷い込んだんだ。ようやく見つけたと思ったら『あれが欲しい！』なんて言われてねぇ。それはもう驚いたよ」とのことだが、迷子になったことすらフィディは覚えていない。幼かったこともあるし、そうやって出かけた先でねだった奴隷は他にもいた。そんな奴隷が家でどんな使用人になったか、ねだる割にフィディにはあまり興味がなかった。

ただおそらく、フレッドの場合は、その豪奢《ごうしゃ》な金の髪が気に入ったのだろうことはわかる。おとぎ話の中の英雄のように、きらきらと輝く金色の髪。きっとその美しいものが、醜悪な獣に食べられてしまうのが嫌だと思ったのだろう。

その髪は今でもフィディのお気に入りだ。フレッドの、使用人ではあまり見ることのない長髪も、それが理由である。

実家を離れ学園の寮に住まうことになったばかりの頃は、フレッドの髪を触りながらでないと眠れない、という時期もあった。慣れた枕ではなかったからだ。たぶん、いや決して、寂しさや甘えからではない。

だからそう、最近フィディが就寝時にフレッドを呼びつけてその髪を触ってしまうのも、この屋敷に来て枕が変わったからだ。恐縮するフレッドを寝台の上に横たわらせて、その髪をいじいじと触るのも。とんとんと胸元を叩かせて低く優しい声で子守歌を歌わせるのも。「僕が眠るまでそばにいてくれ」と懇願してしまうのも。すべては枕が変わったせいなのだ。……と、フィディは自分に言い聞かせている。

剣奴として闘っていた頃を覚えていないフィディからしてみれば、フレッドはとても剣奴をしていたような猛者《もさ》には見えない。剣を持って戦うより、子守りでもしている方がよほど似合う。

いや、体格だけはもちろんそれに相応《ふさわ》しい、それはもう逞しいものである。従者らしく畏《かしこ》まった格好をしているが、背は高く、胸板も厚く、腕も太く、全身シャツがはち切れんばかりの筋肉だ。だが、表情と言動が、そうとは思わせない。

当たり前といえばそうなのだが、フレッドは主人であるフィディにすこぶる優しい。

フィディ様、フィディ様、とフィディに従う行動は、まるで行儀のいい犬のようだ。行動だけではない。艶やかな金髪を備えた顔の造りまで、どことなく犬に似ている。意志の強そうなきりりとした眉、動物のように瞳の大きなエメラルドグリーンの目、筋の通った高い鼻、歯並びのいい大きな口。どこからどう見ても温和な大型犬だ。

以前、その旨を父に話したことがある。父は「そうか。私にもフレッドは犬に見える。ただし牙《きば》を持った獰猛《どうもう》な猟犬だ」と笑っていた。印象は少し異なるようだったが、父もやはり同じくフレッドの犬性を感じていたようだった。

なりは大きいけどかわいいんですよ、と笑うフィディに、父が何故か苦笑していたのを記憶している。今となっては、楽しくとも切ない思い出だ。

3

荒野での生活にも慣れ始めたある日、街で買い込んできたであろう食料品を両肩に担《かつ》ぎ運んでいるフレッドを見かけた。

暮らしていくのに必要な品は、誰かを使い運ばせるのではなく、フレッドが直接買い付けに出向いていた。

「外出する際、屋敷は外から鍵を掛けていきます。フィディ様は絶対に自《みずか》ら外に出ようとしないでください」

というのは、屋敷に来た当初フレッドが唯一フィディに取り付けた約束事だ。一応この屋敷に幽閉されているフィディが逃げ出したりしないためだろう。ちなみにフレッドは、それはそれは申し訳なさそうに「ご不便をおかけして、すみません」と謝っていた。フレッドにとっては、フィディに不自由を感じさせることが何より辛《つら》いのであろう。

しかし、フィディの方は何の抵抗感も怒りも湧かなかった。鍵があろうがなかろうが、フィディが荒野に飛び出せるわけもないのだ。これ以上家に恥をかかせるようなことはするつもりもないし、外の世界で一人生きていく気概もない。フィディは特に何の感慨もなく、その言い付けに「わかった」とだけ返した。

そんなことを思い出しながら、厨房へ向かうフレッドをなんとはなしに眺める。荷物を両腕に抱えるフレッドに、辛そうな様子はない。楽々と持ち上げては屋敷の中の、必要な場所へと運び込んでいく。

（すごい筋力だな）

ふと、力の入った二の腕の、そのあまりに隆々とした筋肉が気になり、フィディはフレッドを呼び止めた。

「フレッド、ちょっといいか」

不思議な顔をするフレッドに荷物を降ろさせ、力こぶを作らせ、そこにするりと手を回し持ち上げさせてみる。興味本位だ。はっきり言って暇なのだ、フィディも。日がな一日荒れた地を眺めて、本を読んで、茶を飲んで、屋敷の中をぐるぐると歩き回って。それはそれで充実しているのだが、何しろ刺激が足りない。

従者の腕にぶら下がることが刺激的かどうかはさておき、とりあえずの暇つぶしにはなる。

「お、おぉ……」

期待を裏切らずというか案の定というか、フレッドは易々《やすやす》とフィディを持ち上げた。ぐぅんと目線が高くなり、床から足が離れる。その結果、フィディはフレッドの腕に、ぶらんとぶら下がるという情けない姿になった。まるで、木の枝にしがみつく猿のような格好だ。もちろん、そんな状況を望んだのはフィディ自身なので、それに対して文句を言うつもりはない。

フィディとフレッドは拳二つ分ほど身長差がある。いや、フィディはまだ十七歳で発展途上な体であるし、開き直りではないが、Ωなのだ。Ωはその性質上、極端に成長したりせず、筋肉も付き辛く、円《まろ》やかな身体《からだ》つきになりやすい。それはもちろん、αの庇護《ひご》を受け易くするためだ。動物の子どもが、その可愛らしい見た目で大人の愛情行動を引き起こさせるように。体の作りからして、他者を頼るようにできているのだ。

フィディはαを自称していたくらいなので、自分のことを特別に小さいなどと思ったことはなかった。しかし冷静に振り返ってみれば、学園の級友達の中でも決して「大きい方」ではなかった。

フレッドにぶら下がりながら、そのこと……つまり自身が大きくはないということに気付かされ、フィディはさり気なく衝撃を受けた。自分から試しておきながら「自分は他者に頼るしかない、ひ弱なΩなのだ」とつくづく実感してしまったからだ。

「ん。フレッドの……すごく、大きくて、張りがあって、……硬いんだな」

衝撃を隠そうとしたせいで、妙に口籠ったような物言いになってしまった。これではただの、筋肉についての感想だ。様子のおかしいフィディを気遣ってか、フレッドは「あの、その、フィディ様？」と言葉を詰まらせている。フィディが落ち込んだことを察し、慰めようとしてくれたのかもしれない。

フィディはフレッドの腕に巻き付けていた手を放し、ようやく地上に足を付け、惨めな気持ちでじぃっとフレッドを見上げた。Ωのフィディは、フレッドのように逞しくなることはないだろう。性の壁の前では、どんな努力も無意味なのだ。

「フレッド、僕は……」

目の前の、シャツのボタンを弾き飛ばさんばかりの胸筋も羨《うらや》ましくなり、そっと手を添えた。そのまま、つつ……と筋肉のくぼみをなぞるように指を滑《すべ》らせてみる。弾力のあるその小山《こやま》は、フィディには永遠に手に入れることのできないものだ。

フィディの口から「はぁ」と溜め息がこぼれる。意図せず、気持ちがこもってしまったせいで、えらく悩ましげな溜め息になってしまった。

「フィ、フィディ様」

情けない声に顔を上げれば、首筋まで真っ赤にしたフレッドが目を左右に泳がせながら言葉を探していた。きっと、慰めの言葉を探しているのだろう。

突然妙なことをさせておきながら落ち込む主人を、それでも気遣う。なんて健気《けなげ》な従者だろうか。興味本位で巻き込んで申し訳ないことをした、とフィディは首を振った。

「なんでもない。……フレッド」

「はいっ」

「今夜も、その髪に触れたい」

「はっ、はいっ」

最近、やり切れないことがあったり、自分の性について考え暗い気分になると、すぐにフレッドを寝台に呼びつけてしまう。いい加減、従者の髪を触り、歌を歌ってもらわないと寝られないなんて子どもじみたその癖は直すべきなのかもしれないが、どうにもやめられないのだ。

フィディが呼びつけた次の日のフレッドは、見るからに疲弊しきった顔をしている。主人と同じベッドで寝るわけにはいかないので、寝付くまでただひたすら待っているのだろう。ただでさえ仕事の多いフレッドだ。あまり無理をさせすぎるのもよくないと、本当はわかっている。

世の貴族至上主義者は、平民や使用人、奴隷の気持ちや体を慮《おもんぱか》ることをよしとしない。何故主人である自分が使用人のことを気遣わなければならないのだ、という気持ちがあるからだろう。

生憎《あいにく》とフィディは、そのような時代遅れな思想は抱えていない。使用人の健康状態などは、大いに気にするし配慮する。ましてや今現在自分の身の回りの全て、いや、もはや生殺与奪《せいさつよだつ》を握っているにも等しい使用人フレッドに対しては、気遣いもひとしおだ。明るく楽しく健康でいてもらうために、過ぎるほど心身の機微を気にかけている。

世間知らずで甘えたなフィディではあるが、フレッドがいなくなったらどうなるか、ということくらいはわかっているつもりだ。

「フレッド、考えたんだが」

「はい」

「僕と寝ないか」

どうせ無意味なほど大きなベッドに一緒に寝そべっているのだから、フレッドもそのまま朝までそこで寝てしまえばいい。

ここでは主人と従者が必要以上に言葉を交《か》わしたり交流することに「主人と使用人間《かん》における節度がうんぬん」「従者には自分の立場をわからせてかんぬん」などとうるさく言う執事もいない。実家では、フレッドら使用人と少しでも対等に仲良くしようとすると、ちくちくと小言を言われていた。

我ながらいい提案だと「うんうん」と頷いてしまう。しかし、当のフレッドは返事をしないまま無表情で固まっていた。

（ん？　……あぁ、そうかそうか）

どうせフレッドのことだから、主人であるフィディからの申し出に、身に過ぎることだとか堅《かた》いことを考えているのだろう。あくまでも仕事に忠実な従者に、ふふと笑いが溢《こぼ》れてしまう。

フレッドは、微笑むフィディを信じられないものを見るかのような目で見つめてきた。いつもはピンと張っている犬耳が、力なくへたれているのが見えるようだ。

「なんだ。まさか嫌だとでも言うつもりか？」

「いえっ、そんなことは」

ないのですが……、と尻すぼみに言葉が消えていく。部屋が静かになると、途端に荒野を吹き荒《すさ》ぶ風の音や、それによって揺すられた窓がかたかたと鳴る音が耳についた。

滅多に動揺しないフレッドが、思い切り狼狽《うろた》え、視線をうろうろと彷徨《さまよ》わせている。しかし、最終的には「身に余るほどの光栄、謹《つつし》んでお受けいたします」と力強く頷いた。

浅黒い肌を紅潮させ、額に汗まで浮かべるフレッドをぽかんと見上げてから、フィディは「そんなにか？」と内心首を捻《ひね》る。まぁ、フレッドにとっては、主人と同じベッドで寝かせてもらうなど、余程の決心をしなければ頷けなかったのだろう。従者としての立場をきちんと弁《わきま》えている、使用人の鑑《かがみ》のような男である。

フィディはその金髪の後ろ髪の毛先を掌《てのひら》に掬《すく》い、労《いたわ》るようによしよしと撫《な》でてやる。

「今まで、我慢させたな」

「フィディ様」

「僕を寝かしつけている間、一人で辛かっただろう？」

「……そんな、ことは」

主人が眠りに落ちるまでをただ眺めさせられて、辛かっただろう。本当は自分も寝てしまいたかっただろう。フィディはしみじみと頷き、今までそんなことも思いやれなかった自分を恥じた。頬に血がのぼり、ほんのりと赤く染まるのがわかる。

「ここには僕達しかいない。咎《とが》める者は、誰もいないんだ」

「は……」

「気が利《き》かない主人で悪かった。今夜からは存分に僕と……」

寝ていくがいい、と言い終える前に、屋敷の玄関の方から、物音がした。ぽおっとした顔をしていたフレッドが、瞬間、獣のような鋭い視線を玄関ホールの方に送る。

「あっ」という間もなく、フィディはフレッドに抱え上げられ、すぐそこの部屋に押し込められた。

「失礼します」

フレッドはためらいなくフィディの目の前で扉を閉める。カシャリと音がして、外側から鍵を掛けられたことがわかった。

「フレッ……」

「何があったか見てきます。御身《おんみ》の安全のため、フィディ様はこちらにてお待ちください」

まともに声をあげる暇もなくさっさと閉じ込められて、唖然とするしかない。今の今まで気付かなかったが、どうやら部屋は、外から鍵がかかるようになっているようだ。もしやこの部屋だけでなく、この屋敷の中の部屋全てがそうなっているのだろうか。

（てっきり、鍵がかかるのは玄関だけかと思っていたが……、屋敷中、どこでも閉じ込められるようになっているんだな）

考えたところでフィディには自身をどうこうする権利はない。今のフィディは、ワイズバーン家所有のΩにすぎない。父であるワイズバーン伯爵の命《めい》を受けたフレッドに「ここにいてください」といわれたからには、大人しくここで待つしかないのだ。

首を巡らせると、窓際にある大きな本棚が目に入った。中には色々な本が並んでいたが、フィディはその中から一冊の本を手に取った。

「……あぁ、薬学の本も揃っているな」

「自分にできること」を探す上で、最近気になっているのが「Ωに処方される薬」だ。Ωのための薬……例えばΩ特有のフェロモンを抑制する薬等あるにはあるが、有害事象や副作用が起こりやすい。といっても、使用するのは所詮《しょせん》Ωなので、薬品を取り扱うどの企業も改良に積極的ではない。Ωの体の調子など、薬を開発するような優秀な者達からしてみれば、取るに足らない些末《さまつ》な問題なのだ。

しかしフェロモンを調整できる安全な薬が、もっと広く流通されれば、きっとΩの生活は変わる。Ωという性に振り回されることなく、健《すこ》やかな生活を送れるのだ。それはきっと、Ωの社会活動の幅を広げてくれる。

(僕の生活だって、きっと)

フィディの場合は自身の家や身分も関わってくるので、単純にフェロモンを抑えれば万事解決とはならない。しかし、こうやって夢を持つことはきっと未来に繋がっていく。

「僕にできることが、あるはずだ。……僕は、優秀なんだから」

本をめくりながら、自分に言い聞かせるように呟く。こんな荒野の屋敷に閉じ込められていても、未来の可能性まで捨ててしまいたくない。

フィディは部屋のソファに腰かけ本を読みながら、フレッドが鍵を開けて現れるのを待つことにした。


数刻の後、鍵の開く音がした。本を読んでいた視線をそちらに移せば、フレッドが申し訳なさそうな顔をして頭を下げていた。

「フィディ様っ、大変お待たせいたしました」

「いや、本があったおかげで楽しく過ごせた。僕が読みたがっていた本も仕入れていてくれたんだな」

ちょうど読みたいと思っていた薬学の本が揃っていたので、時間を持て余すこともなかった。おそらくこの本も、フレッドが事前に準備していたのだろう。

「フィディ様がご興味を持たれていたようなので」

やはり、フィディの動向からその目的を察していたらしい。

「そうか、ありがとう」

心から、感謝の気持ちをこめて礼を言えば、フレッドは「当然のことです」と微笑んだ。きっと何があっても、フレッドだけはフィディのやることに反対したりしない。その安心感が、フィディの胸をじんと熱くした。

じわりと目頭が熱くなって、誤魔化すように咳払いしながらフレッドを見上げる。

「ところで、先ほどの物音はなんだったんだ？」

フィディの問いに、フレッドはにっこりと笑って「何事も異常ありませんでした」と答えた。

まあそうだろうな、とフィディは腕を組む。押し入りの強盗でも、こんなところまでは来やしまい。とてつもないお宝があるわけでもなし、わざわざこんな辺境まで来る方が余程手間だ。

納得し、ソファから立ち上がったところで、ドアの傍《そば》に立つフレッドが何か言いたそうにもじもじしているのに気付いた。

「フレッド？」

「フィディ様、あの、先ほどのお話ですが、今夜、そのっ」

「ああ、そうだな。部屋で待っているぞ」

どうやらフレッドにとっては物音よりなにより、今夜フィディの部屋で寝てもいいという話の方が重要らしい。

フィディの意思が先ほどと変わらないことを確認すると、フレッドは大きな目をきらきらと輝かせて「はいっ」と嬉しそうに笑った。背後に見える犬の尻尾は、本当に幻覚だろうか。

「ふっ。今夜は、そんな堅苦しい服を着てくるんじゃないぞ」

思わずくすくすと笑いながら指摘してやる。

フレッドがフィディを寝かしつけるときはいつも、今着ているのと同じ従者の服を纏《まと》っている。フィディはフレッドがそれ以外の服を着ているところなど見たことがない。それがフレッドの仕事着だからだ。しかし、さすがに寝るときまでその格好というわけはないだろう。

「もっと、僕と寝やすい服だ。わかったか？」

冗談めかしてそう言って、フレッドの胸元をポンと叩く。フレッドは真面目くさった顔で「はい」と重々しく頷いた。ほんの軽口なのに、何故そこでゴクリと喉《のど》を鳴らすのか。

「固くなりすぎだ」と、その様子を笑いながらフレッドの脇を通り部屋に戻ろうとした……その時。ふと、違和感に気付く。

「フレッド？」

「はい、フィディ様」

「タイをどうした？」

最近、フレッドには侍従《じじゅう》のガウンを着せていない。色々な仕事をこなすフレッドにはそれが邪魔になるだろうと思ったから、この屋敷にいる間は常時着ていなくてもいいと許可したのだ。

ただ、フレッド自身がそれではあまりに見た目が良くないと言うので、白いシャツに合わせて上質な生地《きじ》のベストとフィディの従者の証《あかし》であるワイズバーン家の紋章が入ったタイだけは必ず身につけさせるようにしていた。

そのタイが、何故かフレッドの首から消えている。

「あぁ、さっき外に出た際に……」

「外？」

「はい、念のために屋敷の周りを見回りに行きました。その時に、大事なタイを少し汚してしまいましたので、外しておりました」

フレッドは、それはそれはシュンとした顔で俯《うつむ》く。先ほどまでの嬉しそうな顔とは雲泥《うんでい》の差だ。床にめり込んでしまいそうなほど落ち込んでいる姿に、フィディの胸まで痛くなる。

「フィディ様からいただいた大切な従者の証を……、申し訳ありません」

「なんだ、そうだったのか。いや、気にするな」

フレッドはフィディに甘いが、フィディもまた、大概フレッドには甘い。悲しい顔をされると、何を置いても慰めてやりたくなる。

「そんな顔をするな。汚れたならまた新しい物を渡す」

そう、タイなど重要ではない。大事なのは「フレッドがフィディの従者である」というその事実だ。

主人に与えられたタイが汚れたからといってこんなにも落ち込むなんて、大きな体をしているくせに、かわいいやつだ。フィディは安心させるように、柔らかく微笑んだ。

フィディの表情を見て、フレッドがぱぁっと顔を明るくする。本当に犬のようだな、とフィディの微笑みは苦笑へと変わってしまった。

4

荒地の夜は冷える。そして風の音が昼間よりもよく響く。寝台に入り目を瞑《つむ》ると、より一層耳につき、その物悲しい音が余計にフィディを寝付けなくさせてしまう。

今フィディのベッドには、フィディ、それから約束通り部屋着を着たフレッドがいた。

いつもなら寝台にはあがっても、端の方にいるフレッドだが、今日は体温を感じるほどすぐ側にいる。

(なんというか、不思議な感じだな)

いつもとほんの少ししか変わらない距離のはずなのに、その少しでフレッドと今までになく近付いた気がする。というより、実際に近い。妙《みょう》に近い。それはフレッドが、先ほどからフィディを抱きしめて離さないからだ。

(少し息苦しいが……)

これでも、先ほどまではえらく恐縮している様子だったのだ。大きな体を縮めるように畏《かしこ》まりながら寝室へ入ってきた時は、思わず吹き出してしまった。

フレッドが中々寝台に近付こうとしないので、既にシーツの合間に入っていたフィディは、上掛けを少し持ち上げて言ってやった。

「いつまで寒い思いをさせるつもりだ。早くこっちに来て、僕を暖めろ」

そうしたら、だ。フレッドは、ぎちぎちに螺子《ねじ》を巻きあげたゼンマイ仕掛けの玩具《おもちゃ》のように唐突に動きだした。無言で近付いてきたかと思うと、そのままの勢いでガバッとフィディを抱きしめて、ベッドの中へともつれ込んだ。

いや、確かに暖めろとは言ったが、これはいくらなんでも直接的過ぎないか。隣に寝るくらいでは駄目なのか。と言ってはみたものの、それすら厚い胸板に吸い込まれて「もごもご」という呻《うめ》き声にしかならず。

人間が触れ合うことで熱が生まれるのはフィディも知っているところではあったが、いくらなんでも密着の度合いが高すぎた。とはいえ、文句を言うのも忍びない。おそらくフレッドは、主人であるフィディの「暖めろ」という命令に最善を尽くして応えているのだ。

「仕方ないやつだな」

犬のように、素直で可愛いフィディだけの従者。全身で主人を暖めるフレッドのその広い背中に、フィディはそっと手を回した。

(それにしても、本当に広い背中だな)

思い返してみれば、小さな頃ですら、こんな風に抱きしめられたことはない。

フィディはフレッドの逞しい胸筋に埋まった頭を、いやいやをするように振り、すぽっと顔を出し上げてみた。上げた先にはフレッドの顎《あご》があり、さらに首を傾《かたむ》けると、フレッドの顔が見えた。

とうに目を閉じているかと思っていたが、フレッドはじっとフィディを見下ろしていた。ランプを灯《とも》しただけの、薄暗い部屋。フレッドの瞳がその小さな灯《あか》りに照らされ、ゆらゆらと揺れながら輝いている。

「ずっと」

フレッドが、頑《かたく》なに引き結んでいた口を開く。そのエメラルドグリーンの瞳に見惚れていたフィディは、少し間を置いてから瞬《まばた》いた。

「ん?」

「ずっと、こんな日が来ればと、夢に見ていました」

小さく囁くような声だったが、その言葉は驚くほどフィディの体に響いた。触れ合った胸から、指から、足先から、じわじわと染み入ってくる。

その時ふと、フレッドからとてもいい香りがしていることに気が付いた。

(香《こう》でも焚《た》いたのか? しかしこれは、あまりにも……)

フレッドからは常日頃清潔ないい香りがするが、今日はいつにも増して、得《え》も言われぬ匂いが漂ってくる。胸の辺りがもやもやするような、頭がぼうっとするような、とにかく好みの香りだ。

もっとその匂いを嗅ぎたくて、フィディは、すん、鼻を鳴らしてから、そのまま鼻先をフレッドの首筋に擦り付けた。

「フレッド、いい匂いだ」

フレッドが笑ったのが、体の振動を通して伝わってくる。

「フィディ様も、とてもいい匂いで……」

目眩《めまい》がしそうです、とフレッドが耳元で囁く。そうして、もう一度フィディを胸元に抱き込んでしまった。目の前がフレッドでいっぱいになって、鼻腔《びこう》もいい匂いで満たされる。

「この匂いに包まれていると、なんだか」

「なんですか？」

フィディを抱えたままフレッドが体勢を変える。横向きだった体は反転し、仰向《あおむ》けた体にフレッドが覆い被さってくる。背中に回されていた腕がそっと退《ど》けられて、フィディはゆったりとベッドに沈んだ。

お気に入りであるフレッドの金髪が、さら、さら、と顔や首筋に落ちてくる。毛先に撫でられるくすぐったさに思わず笑ってしまう……と、頬にフレッドの手が添えられた。

「どんな気持ちに、なりますか？」

「ん……」

手のひらが硬いのは、長らく剣を握っていたからだろうか。ごつごつとしているのに暖かくて、思わず頬を擦り付けてしまう。

「ぐっすり眠れる気がする」

フレッドが、笑顔のまま動きを止めた。

頬を撫でていた手がぴくりと震えて、そろそろと離れていく。

「フィディ様……、今、なんと？」

「ん？　ぐっすり眠れる気がする、といった」

「眠たくなりましたか？」

「まぁ、そうだな。気持ちが良かったので、このまま寝てもいいかとは思っていたが」

何故か、フレッドの顔からみるみる笑顔が消えていく。眉尻がしゅんと下がり、爛々《らんらん》と輝いていた瞳が悲しみに染まっている。まるで、目の前で餌を取り上げられた犬のようだ。

「あぁすまん。フレッドはまだ寝たくなかったんだな。悪かった」

「いえ、そうではなく……。いや、ちょっと待ってください」

フレッドが素早く身を起こす。離れていく髪が惜しく、手を伸ばした。が、届かず、フレッドはそのまま起き上がり、ベッドに腰掛けてしまった。

「すみません。察しました。理解しました」

「フレッド？」

「盛大に勘違いしてしまいました。全ては私が悪いのです。すみません。でも期待し過ぎていたせいで、衝撃が大きすぎるので、少々お時間いただいてもよろしいでしょうか。重ね重ね申し訳ありません」

フレッドは腿《もも》の辺りに肘《ひじ》をつき、項垂《うなだ》れたまま広げた両手に顔を埋めている。一体何がどうしたというのか、先ほどまであんなに楽しそうだったフレッドが、今度は尋常ではなく落ち込んでいる。

落ち込んでしょぼくれるフレッドなど、見ていられない。フィディも慌てて起き上がり、その背に手をかけた。

「フレッド、僕が何かしてしまったのか。何をそんなに悲しむんだ」

「フィディ様……」

フレッドの顔を見て話したくて、顔を覆っている腕を掴む。

「フィディ様は、私の香りを嗅いで、どう思いましたか？」

「香り？　いい匂いだと思ったが……」

何故今その話になるのかわからず、首を捻《ひね》る。フレッドの香りと、現在の落ち込んだ様子の関係性にぴんとこない。とりあえず正直に答えてから、フィディはフレッドが顔を起こすのを待った。常であれば、フレッドが感情を強く表に出すことはない。特に負の感情は、今まではほとんどと言っていいほど見たことがなかった。

「それだけですか？」

「と、いうと？」

しかし、今日のフレッドはいつもとひと味違うらしい。

フレッドはいつも、フィディが答えに困るような質問はしない。何か問いかけるときは、フィディが答え易いように、簡潔に、わかりやすく問うてくる。

それがどうだろう。的《まと》を得ない、遠回しな質問ばかりをしてくるではないか。焦って腕を掴む手に力を込めるが、その腕はまるで鋼《はがね》でできているのかと問いたいくらい、ぴくりとも動かない。

「身体は」

「からだ？」

「身体は、疼《うず》かないんですかっ？」

「……。うず？」

フレッドが、ばっ、と顔を起こしフィディの腕を掴み返す。あまりにも想定にない質問に戸惑っていると、ぐいっと腕を引かれた拍子にフレッドの胸の中に倒れ込んでしまった。

その時、フィディは見てしまった。

「ひっ」

フレッドの股間《こかん》で、彼の……いわゆる立派な逸物《いちもつ》が、その体格に相応しく凄まじい存在感で勃《た》ちあがっている姿を。

その堂々たる立ち姿に、フィディは意図せずごくりと息を飲んでしまった。

「フレッド、お前、それ、それは……、丸太か何かを隠しているのか？」

日頃自己の評価は高いフィディではあるが、その問いに関してだけは、近年稀《まれ》に見る間抜けさであると、自分でも思った。

「いいえ、何も隠しておりません」

フィディの質問に対し、フレッドはためらうことなく即答した。

きっちり真面目に返されてしまっては、フィディとしても「そうか、お前の持ち物を疑ってしまって悪かった」と謝る他ない。なんという不毛な会話だ、と内心頭を抱える。

「……」

「……」

天蓋《てんがい》から垂らされた絹のカーテンに囲われた、広いベッドの上。フィディとフレッドは何も言えないまま、そこで荒野を吹き荒ぶ風の音を聞くこととなった。

「フィディ様と、お話ししたいことがあるのですが」

しばらくの沈黙の後、フレッドがフィディに向かい合うように居住まいを正した。ということは、フレッドに付いている股間のそれもフィディの方を向くわけである。まだ力を持っているそこをあまり見ないように、できるだけ目線を上に持っていきながら、フィディもベッドの上で背筋を伸ばした。

フレッドが小さく身じろぎをしたことで、シーツがさりっと音を立てる。何度か口を開きかけて閉じる、という行動を繰り返した後、フレッドは意を決したように話し出した。

「失礼ながら、フィディ様は、性に対し少々、その……、疎《うと》くいらっしゃるようにお見受けいたします」

フレッドの言葉に、フィディは「そうか？」と首を傾げた。確かに、自分の性欲を持て余した経験はないが、まだ成人前、つまり自分の性が判明した直後だ。自分達のような年頃の人間は、総じてまだ性経験などないに等《ひと》しいのではなかろうか。

そういう意味のことをフレッドに伝えてみたが、フレッドは曖昧な微笑みを浮かべるのみであった。そして「フィディ様のご学友は既に『そういった行為』に興《きょう》じておられましたよ」と、とんでもないことを教えてくれた。

「なに？　それは知らなかった」

いや言われてみれば、と少し前まで通っていた学園のことを思い出す。時折、夜間の部屋への訪問やお泊まり会と称した集いに誘われることがあった。特に高学年になるにつれて誘いは増え、学園を去る前など、三日に一回は声をかけられていた。今更だが、あれはもしや性的な意味合いを含んでいたのではないだろうか。

そのことを思い返しフレッドに尋ねてみると、フレッドは真面目な顔で頷いた。

「ええ、そのとおりです」

「……そうだったのか」

納得したようなしてないような、不思議な気持ちでフィディは腕を組む。

眠れない時にフレッドに髪を触らせてもらう以外、特段他人と一緒に夜を過ごしたいと思ったこともなかったので、誘いに応じたことは一度もない。しかしまさかそういった意図があったとは、思いもしなかった。

「申し訳ありません。フィディ様をお守りするためと思い、俗《ぞく》なことから遠ざけ過ぎました」

「いや、僕もそういったことに興味がなかったからな」

フレッドが、燻《くす》んだエメラルドグリーンをこちらに向ける。きっと何か言いたいことがあるのだろう。フィディはフレッドが喋り出すまで、じっと辛抱《しんぼう》強く待った。ここで何か言って萎《い》縮《しゅく》させてはいけない。

少しの沈黙の後、「フィディ様」と硬い声で名を呼ばれた。

「フィディ様は、人がどうやって子を成すかご存知でいらっしゃいますか」

「無論だ」

改まって何を言い出すかと思えば、と組んでいた腕を解く。

性に関する教えは、幼少期にお抱《かか》えの家庭教師から教授され済みだ。フィディは幾分ほっとしながら頷いた。

「アンズィス師からご教授いただいた。懐かしいな」

「……待ってください。アンズィス師とは、あのアンズィス師ですか？　フィディ様が幼少期に学問を教わっていた、あの？」

「あぁそうだ」

アンズィス師とは、三歳から八歳になるまでの間、学問を教えてくれた家庭教師だ。当時すでに顔や手に深い皺を刻《きざ》んだ老体であったが、幸《さいわ》いなことに今も健勝なのだという。

いずれ挨拶に行きたい、と思ってはいたが、この荒地にいる限りはそれも叶わぬ夢だろう。ふ、と自嘲にも似た笑いをこぼしながら、過去の教えに思いを馳《は》せる。

「雄《お》しべと雌《め》しべを使い、わかりやすくお教えくださった。そこを合わせることにより実《み》を成すことができると。人間もそれは同じだと」

途端、何故かフレッドが天を仰いだ。目元を押さえて、まるで絶望したかのように。

「なんだ。何か間違っているか？」

アンズィス師は、実際に花を使って丁寧に教えてくれた。雄しべについた黄色い花粉が雌しべに付着し、それによって花も実を成すのだと。

「花で言うところの雄しべが、人間のこの逸物であると教わったぞ。つまり、そこと相手の雌しべを合わせることによって子が出来るということだろう？」

フィディにも、フレッドほどの大きさはないが、それなりのものがきちんと股間に付いている。フィディは自分の手をふんわりとそこに這わせ、ほのかな膨らみを確かめた。

フレッドは天に向けていた顔を、今度は両手の中に埋めるように伏せてしまった。「ワイズバーン伯、勘弁してくれ」と消え入りそうな声で呟いている。

ワイズバーン伯とは父のことだろう。聞こえはしたが、意味がよくわからないので「どういうことだ?」と問いかけると、フレッドがゆらりと顔を起こした。そして、今度はフィディの両肩をしっかりと摑んで、目線を合わせてきた。

「いいですか、フィディ様、人間は植物ではありません」

フレッドの双眸《そうぼう》が若干血走っているように見える。フィディはその迫力に圧《お》されて、こくりと頷くことしかできなかった。

「フィディ様の逸物と誰かの逸物をちょんと合わせたからといってすぐに子ができる訳ではないのです」

「そうなのか?」

知らなかった。と頷きかけた顎を止める。果たしてそれは本当のことなのか。アンズィス師はたしかに「雄しべと雌しべを合わせることで実が出来るのですぞ。人間? 人間もまぁ同じようなものです。ほっほっ」と言っていた。

「そもそも同じ人間でも、女性には逸物は付いていませんので、その理論ですと女性は子が成せなくなってしまいます」

「なにっ?」

流石《さすが》にそれには驚いて、フィディも目を見張ってしまう。逸物がなければかなり生活に不便が生じるはずだが、世の女性はどうやって過ごしているのか。

(用をたすときはどうするんだ?)

フレッドは嘘を言っているような顔をしていなかった。ここでこんな嘘を吐《つ》く必要性も感じないので、より一層真実の可能性が高い。そもそも、フレッドはフィディに不用意に嘘を吐いたりしない。

「そうなの、か」

実のところ、フィディは物心ついてから一度も女性の裸を見たことがない。ので、すぐさま答えが出せないのだ。

一番身近な女性といえば生みの親である母だが、フィディは母の裸など見たことがない。フィディの身の回りの世話は、二人の乳母《うば》に任せられていたからだ。母は女性体のΩで体が弱かった。直接接することも少なく、学園に入ってからは、時節《じせつ》の挨拶で顔を合わせる程度だ。服を着ていない母など、見たことはもちろん、想像したことすらなかった。

風呂の時も従者は基本的に布を身につけていたし、学園は学び舎《や》自体男女で分けられていたため、女性との接触は乏《とぼ》しかった。

「では、女性との性行為はどうするんだ？」

「女性と致すには……、……いえ、その前にフィディ様ご自身の性行為についてです」

結局女性の体については、また別に機会を設けて説明してもらうということになった。フレッドにとって大事なのは、女性の体の構造より、フィディの間違った性知識らしい。

フレッドは、こほん、と咳払いをひとつした。

「フィディ様、まさかとは思いますが、発情期についてもご存知ないわけではないですよね？」

「知っているぞ。発情期については学園で履修した」

発情期はΩに現れる特有の症状だ。思春期の終わり頃に迎える初めての発情期以降、Ωは妊娠が可能となる。発情期は月に一回程度の頻度で巡り、その間に性行為を行うと高い確率でΩが妊娠するのだ。その際Ωは他の性を誘惑するフェロモンを出す。そのフェロモンを嗅ぐと、主にα、場合によってはβも、性欲が促《うなが》されるという。

発情期はそのフェロモンのせいで性犯罪が起こりやすいので、どの性にしろ注意が必要なのだと、学園では徹底して教育がなされた。あわせて、パートナーがΩの項《うなじ》を噛《か》むことで結ばれる番の契約により、Ωの発情期フェロモンは抑えることができるとも習った。番《つが》ってしまえば、フェロモンはその相手にしか効かなくなる。

発情期や番の件に関して、自分の知っている内容をそのままに伝える。と、フレッドはほっと息を吐いていた。どうやらそこに関しては、フレッドの知識と一致しているらしい。

「性行為のやり方は学園で教わらなかったのですね」

「ああ、そうだな」

「ちなみに、フィディ様、せ、精通は、お済み、ですか」

フレッドが、歯切れ悪くフィディに問いかける。その顔はえらく赤くなっていた。

こんな明け透けに性の話をしているのに、主人の精通の話になると途端に口籠《くちご》もるフレッドがおかしく、笑いながら「あぁ」と答える。

「十五歳の時にしているぞ」

「な、なるほど。ありがとうございます」

何故か深々と頭を下げるフレッドに対し、フィディも「うん」と頷いておく。フレッドは、そこで一度言葉を止めた。そして、少し話す内容を考える素振りを見せた後、ゆっくりと喋り出した。

「フィディ様は、αを子として成す事が出来る性、尊いΩでいらっしゃいます」

フレッドの言葉に、フィディは軽く目を見開いた。

フレッドがフィディに向かって、第二性の話を突き付けてくるのは、初めてのことだった。

フィディが「Ω」だったということで、落ち込んでいる姿を目の前で見てきたからか、その件に関して、極端なほどこれまで触れてこなかった。

「Ω性は、どうあっても発情期を迎えます。発情期がどのようなものかは、学園で学ばれたとのことですが、Ωは性に未熟なほど、Ωとしての本能に翻弄されてしまうことが多くあります」

フレッドが言葉を選びながら、嚙み砕くようにゆっくりと説明する。フィディのことを慮っているのが、ひしひしと伝わってきた。

「なので、どうか、フィディ様に、もっと性について理解していただきたいのです」

「フレッド……」

フレッドは、フィディに厭《いと》われることを極端に嫌う。そもそもフィディがフレッドを叱ったり、嫌がったりすることはほとんどないが。それでも昔は、極《ごく》たまに癇癪《かんしゃく》を起こすこともあった。

従者だから当たり前なのだが、常についてくるフレッドが煩《わずら》わしくなって「ついてくるな！」と怒鳴ってしまったのだ。あれは確か、学園に通い出す前の年のことだった。

その時のフレッドといったら、もう死ぬんじゃないかというほど落ち込んでしまった。みるみる元気がなくなって、主人に捨てられた犬のように、部屋の隅《すみ》でしゅんとなって。へにょ、と垂れた耳と尻尾が見えるようであった。

そんなフレッドを見ていられなくて、ついてくるなと言っておきながら、結局フィディの方から歩み寄った。「嫌なことを言って悪かった」「一緒にいてくれ」と手を握り、目を見つめながら謝罪して。その時のフレッドの笑顔は今でも覚えている。あの頃から、フレッドが益々犬に見えてきたのだ。

そんなフレッドが、おそらくフィディが嫌がることを覚悟した上で、第二性について話している。できるだけフィディを傷つけないように、優しく、諭《さと》すように。

フレッドにこんなにも気を遣わせている原因はひとえに、フィディにある。フィディが「興味がないから」と言って性の知識を得る機会を放棄してきたからに他ならない。

「フレッド、もういい、いいんだ。よくわかった」

そしてもうひとつ。フレッドがここまでフィディに性行為について学ばせようとする「理由」に思い至り、フィディは下唇に軽く歯を押し当てた。

（せめてもの情けで、孕み腹としては扱われないのだと信じていた。しかし、一生飼い殺しというわけではなかったようだ）

「僕は……、きちんと性行為について学ばなければならないんだな」

性的な知識が必要な理由など、ひとつしかない。フィディはおそらく、αに嫁《とつ》がされるのだ。

「フィディ様」

フレッドが、ほっとした顔で微笑む。わかってくれたんですね、と言外に喜び感動していることが伝わってきた。いつもなら微笑ましささえ感じるその笑顔を、何故だか正面から眺めることができず、フィディは視線を逸らして顔を俯ける。しかしすぐに思い直して、ぐっと顔を持ち上げ顎を引いた。

「だから教えてくれ、フレッド。性行為について、今から。できればアンズィス師のように実地が良い」

おあつらえ向きに、フィディにはまだ発情期がきていない。であれば、性行為をしても万が一にも子どもはできないだろう。正しい性行為を覚えるには、今が一番いい時期ではなかろうか、とフィディはフレッドに笑顔を向ける。

気持ちが揺れたのは、一瞬だけ。今は、自分にできることに全力で取り組むしかない。

「僕とフレッドで、できるか？」

フレッドはすぐには答えなかった。笑顔のまま固まっている。

「フレッド？」

しかし、フィディがフレッドの返事を待ったのは、一瞬だけだった。

「できます。今すぐできます。準備は万端です」

待てを解《と》かれた犬のように、フレッドは勢い込んでフィディをベッドに押し倒してきた。その勢いに、ベッドの弾力も合わさって、フィディの体が数回ほど跳ねた。

「まずは、そうですね、お召し物を脱いでしまいましょうか」

フレッドがそう言って、フィディの寝巻きに手を掛ける。腕を上げて、上着を脱がされ、下着もするすると両足から抜けていってしまった。

あっという間に体を覆うものが何もなくなり、フィディは心許《こころもと》ない気持ちでフレッドを見上げる。

「本当は、ゆっくり脱がして差し上げたいのですが」

性急で申し訳ありません、と謝りながら、フレッドがフィディの顎を指先でくいと持ち上げた。

「フィディ様が今すぐ、欲しいのです」

湖畔《こはん》のように美しいエメラルドグリーンの目に射《い》すくめられて、フィディの喉がこくりと鳴る。ゆるく上下した首筋に、ちゅ、ちゅ、と唇が落ちてきた。

「ん、くすぐったい。これも性行為になるのか？」

フレッドの荒い息が首筋や、耳元をくすぐる。

そのうちぺろぺろと首を舐められて、フィディはくすぐったい感触に耐え切れず顔を逸らした。だが、フレッドは逃げるフィディをしつこく追ってきて、舐めたり吸ったりを繰り返す。

「性行為というのは受精のためだけにあるのではありません。こうやって前戯《ぜんぎ》を行うことによって、互いの性欲を高め合うことも大事なのです」

「そ、ういうものなのか」

フレッドの唇は首筋から鎖骨を辿り、フィディの胸の辺りにも触れてきた。

乳首を舐められ、何故か首の後ろの毛が逆立《さかだ》つような感覚に襲われる。

「フレッド、そ、そこも舐めるのか？」

「はい。舐め回します」

「なめま……？　あっ」

フレッドの答えに疑問を返そうとしたその時にはもう、乳首はフレッドの口に咥《くわ》えられていた。母乳を強請《ねだ》る赤子のように、ちゅう、ちゅう、と吸われたり、舌先で転がされたりする。そのうちに「んっ、んっ」と鼻から抜けるような、頼りない声が抑えきれなくなってきた。ちゅうっと強めに吸いついたままフレッドが少し顔を持ち上げる。乳首が引っ張られて、思わず「やっ」と抵抗するような声が漏れてしまった。フレッドは乳首を吸い上げたまま、顔を離す。引っ張られていた乳首が、ぷちゅっと音を立ててフレッドの口から解放された。

「ひっ、あ」

恐る恐る乳首を見下ろすと、そこは唾液《だえき》に濡れながら、ぴんと立ち上がっていた。

「フレッド、変だ、それ、いや」

「何がですか？」

フレッドは、反対の乳首を同じように吸ったり、舌で捏《こ》ね回したりしていて、フィディの言葉を真剣に聞いてくれていないように感じる。

胸元で蠢《うごめ》くフレッドの頭を押しやろうとするが、その度にフレッドが少し強めに吸い付くので、どうにも力を入れづらい。

「だから、乳を、吸う、それが、……あっ」

また強めに吸われてしまい、思わずベッドから背中を浮かせてしまう。しかし、浮いた分フレッドが顔を持ち上げるので、それも無意味な抵抗となった。

「いやだっ、乳の突起《とっき》が、大きくなってしま、うっ」

結局両方の乳首とも、散々嬲《なぶ》られて、同じように立ち上がってしまった。フレッドは、口に自分の指を含み唾液で湿らせてから、その指でさらに乳首に触れてくる。濡れた指の腹でくにゆりと押しつぶされて、フィディはまた息を飲んだ。

「乳首、気持ちいいんですか？」

「っわからない、これは……っ、気持ちいいということなのか？」

フレッドは、いつもと変わらない笑顔を浮かべている。

いつもと変わらない、穏やかで優しく、聞き分けのいい犬のように従順な顔。しかしその手は、ずっと胸の上にあり、胸全体をやわやわと緩《ゆる》く揉《も》みしだいたり、乳首だけを弾《はじ》いたり、撫でたりを繰り返している。

「そうですよ。フィディ様は気持ちいいんです。その証拠にほら」

フレッドに促されて、視線を足元の方にやると、先ほど服を剝《む》かれて丸出しになった股間の中心では、陰茎《いんけい》がゆるりと頭をもたげていた。

「あ……、これは……」

「ほら。ね、フィディ様」

フレッドが耳元に顔を寄せてくる。「快感を感じているから、こんなにここが元気になられているのですよ」と囁きながら、手を陰茎に伸ばされて、自然と内腿を擦《す》り寄せてしまう。しかしそんな小さな抵抗など物ともせず、フレッドは重なる腿の隙間に手を差し入れ、きゅっ、とフィディの陰茎を握りしめた。たまらず「んっ」と声が漏れる。

「ふっ、ふっ……っ」

ゆるゆると、フレッドの手が上下する。その度に、荒い息と情けない声が溢れた。恥ずかしくなって口を手で覆うも、その手はすぐにフレッドによって退けられ、ベッドに縫《ぬ》い付けられてしまう。

「性行為の時は、気持ちがいいと感じたら、気持ちいいと声に出すものなのです」

「ふぁっ?」

フレッドが、ちゅ、ちゅ、とフィディの耳にキスをする。ぺろりと耳朶《みみたぶ》を舐められて、また声が出てしまった。

抵抗がないことを確認してから、フレッドは再度、フィディの陰茎をゆるゆると触り出した。

「フレッドッ、き、気持ちい……」

気持ちいいと声に出した途端、下腹部《かふくぶ》が不思議に疼くのを感じた。フレッドは、フィディの声に一瞬だけ手を止めたあと「フィディ様」と熱のこもった声で主人を呼び、より強く速く陰茎をしごき出した。

確かに、気持ちいいと声に出すだけで、さらに性欲が昂《たか》ぶったように感じる。フィディは、感じたままを素直に口にすることにした。

「あんっ、気持ちいいっ、フレッド、それ、されると、気持ちいいっ」

フレッドの手の動きに合わせて、声が出る。

「フィディ様、フィディ様」とフレッドが切羽詰まったように名を呼ぶ声と熱い息が耳にかかり、あっ、と思った時には、フィディは精を放っていた。

「んあっ、ああ……」

びゅっ、びゅっ……、と断続的に精液が飛び散って行く。下腹のあたりにその熱がかかるのを感じながら、フィディは唇をわななかせる。

じぃんと、痺《しび》れるような快感が全身を駆け抜けて、フィディは無意識のうちに内腿をひくひくと引きつらせた。

（こ、んな……）

こんなにも気持ちのいい射精は、生まれて初めてだった。

「たくさん、出ましたね」

だらしなく口を開けたまま浅い呼吸を繰り返すフィディの頬に口づけながら「ほら、こんなに」とフレッドが囁く。精液に濡れる腹をぬるりと撫でられ、その刺激でまた体が震えた。

「さぁ、まだこれからです、フィディ様」

フィディの背中に手を入れ、フレッドが上半身を抱き起こす。背後にクッションを敷き詰められて、そこに寄りかからせられて。

くたくたと力の入らない体を、クッションに預ける。体のそこかしこがじんじんと痺れているような感覚が抜けない。体の芯《しん》が、すっかり熱を持ってしまったようだ。

「失礼します」

フレッドも身を起こし、膝立ちになって上着を脱いだ。あっという間に、その逞しい上半身が露《あら》わになる。

はち切れんばかりに盛り上がった肩や二の腕の筋肉、しなやかな腰、筋肉によって割れた腹、そしてその全てに、満遍《まんべん》なく散る傷跡。縫《ぬ》い跡が残るほど大きい物から、何による傷でできたかもわからないような裂傷跡《れっしょうあと》、等間隔に並んだ、獣の爪に引き裂かれたような跡まで見える。

フレッドの体は、戦士の体だった。

「お見苦しい物をお見せしてしまい申し訳ありません」

フィディの視線に気付いていたのだろう。こちらを見ないまま、フレッドが申し訳なさそうに謝る。フィディは緩く首を振り「見苦しくなんてあるものか」と返した。

フレッドはフィディの従者だ。幼いフィディが、自ら望んで手に入れた可愛い犬だ。今更傷のひとつやふたつどうということはない。傷跡で、フレッドの価値は左右されたりしないのだ。

「その傷をひとつ残らず、この手で撫でてやりたいくらいだ」

フィディの言葉に、フレッドは少し目を見張り、ぱちぱちと瞬いてから、にっこりと笑った。

笑って、目にも留《と》まらぬ速さで下着を脱ぎ捨てた。

そこには筋肉同様、はち切れんばかりに勃ちあがる陰茎があり、下着を脱ぐ際に、引っかかったせいか、ぶるんと大きく揺れていた。

「フィディ様、あぁ、フィディ様」

布越しに見ても丸太を隠しているのかと勘違いしたくらいだ。実物のあまりの大きさに、言葉を失うフィディを尻目に、フレッドが、フィディの下半身を跨《また》ぎ、向かい合う形で口付けを求めてきた。

フレッドの口付けは、口を付ける、なんて優しいものではなく、まるで口を食べてしまうんじゃないかと思うほど、激しかった。唇を甘噛みされたり、口腔を厚い舌で思う様舐め回される。閉じることを許されない口の端から、飲み込みきれない唾液が伝うほどであった。

「んっ、んんっ」

至近距離にいるフレッドの、逞しい陰茎がへそのあたりに擦れる。ぬるつく先端が先ほど放った精と混じり合い、体に塗りつけられる。その感触が妙に気持ちよく、またも下半身がうずうずしてきた。

「んんっ、フレッ、ドッ、くるひ……っ」

口付けの合間に、必死に訴える。フレッドは、ちゅっ、ちゅっ、とフィディの下唇を柔く噛んでから、やっと唇を離した。フィディは既に息も絶え絶えだ。

とりあえず呼吸を整えようと視線を落とすと、フレッドのものと自分のものが並んでいるのが目に入った。フレッドの陰茎は、フィディのものと比べるのもおこがましいくらい、とても大きい。フィディの片手では摑みきれないくらいだ。

太くて、先の方が大きくえらが張っていて、色も赤黒い。竿《さお》の部分は血管が浮き出て歪《いびつ》な形だ。まじまじと観察していると、陰茎がぴくりと震えて、その先端から、とろっと液体が零れた。

「あんまり見つめないでください」

興奮して我慢できなくなりそうです、とフレッドが照れたように笑う。そして溢れた液体をまた、フィディの腹に擦り付けてくる。

フレッドの大きなそれに隠れてはいるが、フィディの小さな陰茎もまた、硬くなり始めていた。

「おや、フィディ様。まだお元気ですね」

「今気付きました」とでもいうように、フレッドが腰を引き、フィディのものがよく見えるように、自分のものと並べる。

「フィディ様は、ここと、ここがくっつくだけで、子ができると思われていたんですよね?」

ここ、と、フィディの陰茎を自分の陰茎で、つん、と突いてくる。ひぁ、と情けない声がフィディの口から溢れた。

フレッドがくすくすと笑いながら、「今ので子ができましたか」と聞いてくる。

「こうやって、雄しべと雌しべを合わせるんですよね?」

言いながら、何度も自分の陰茎の先端と、フィディのそれとを合わせてくる。フィディの先端からも、ぬるぬるとした先走りがしとどに漏れていて、突き合わせる度に、ぷちゅっ、ぷちゅっ、と濡れた音が響く。お互いが濡れそぼっているせいで、先端を合わせるつもりが、滑って側面まで擦り合わさっている。

「いやっ、フレッドッ、音が……っ、あっ、恥ずかしいっ」

「ほらっ、これで、何回、孕みましたかっ?」

何度も、何度も、口付けのように触れ合わせてくる。過ぎる快感に、体がびくびくと震える。するとフレッドは、フィディと自分の陰茎を手で掴み、ぐりぐりっ、と先端同士を強く押し付けてきた。ぐちゅっ、と柔らかな果実が潰れるような、あられもない音がした。

「んぁあっ!」

あまりの刺激に、情けないくらい腰が浮く。それでも、フレッドはフィディの陰茎を離さない。何度も何度も、先端を擦り合わせてくる。

「んっ、ひぃっ」

そのまま二本まとめて、フレッドの大きな手の中で擦られる。フレッドの指の隙間からは、たらたらとどちらのものかわからない液体がとめどなく流れており、ぐちゅっぐちゅっ、と粘着質な音が溢れて止まらない。

「んんっ、フレッドの逸物、すごい、気持ちいいっ、出るっ、出るぅっ！　……精液、出るっ」

太腿がふるふると震えて、もうすぐ精液が出るということを伝えてくる。解放の瞬間を想像し「あ、はぁっ」と情けない声を発した、その時。フレッドが、ぐちゃぐちゃに動かしていた手を、ぱっと離した。

「……っはぁっ！　あっ、あっ、いやぁっ！」

フィディの陰茎が無様《ぶざま》に震える。先端からは射精と見紛《みまが》うばかりの汁がぽたぽたと滴《したた》っていた。

しかし、まだ射精はできていない。フィディの陰茎は、寸前で射精を止められてしまって、びくびくと揺れていた。

「なんで……っ？　フレッド、射精させてくれ……っ」

羞恥を感じるよりも、射精することしか考えられない。フィディは恥知らずにもフレッドに向けて、ふるりと腰を振った。

そんなフィディに、フレッドは、その長い髪をかき上げながら、笑って答える。

「性行為のお勉強中ですよ。今のは雄しべと雌しべをくっつけるという間違った性行為のおさらいをしただけです。射精はまた後で、じっくりしましょうね」

「そ、そんな……、あっ」

呆然と落とした肩を掴まれ、背中のクッションへと押される。そしてフィディの両膝を掴むと、ぐい、と大きく開いた。

「さぁ、正しい性行為のお勉強といきましょう」

フレッドは、自身の唇を、その厚い舌でべろりと舐めあげてから、まるで肉食獣のように獰猛な顔をして笑った。

フレッドは「正しい性行為」と言うが、何故足を開く必要があるのかわからず、フィディは首を傾げる。

「何故、足を……」

フレッドに向かって陰部を晒《さら》すように足を開いているのが嫌で、閉じようと力を込めるが、ふくらはぎのあたりを押さえつけるフレッドの手は、びくともしない。

その上、開かせた足の間にその逞しい体を、ぐい、と押し込んできてしまって。フィディの足はいよいよ閉じられなくなってしまった。

「フィディ様、性行為には、ここを使うのですよ」

そう言って、フレッドは足の間、陰茎や陰嚢《いんのう》の奥にある窄《すぼ》まりに手を差し込んできた。

ここ、と言って触られた箇所は、尻穴だ。

「えっ」

フィディは思わず絶句してしまう。そこは、なんというか、違う。何かを入れる場所ではない。

戸惑うフィディの顔を窺《うかが》いながら、フレッドはさらに言葉を重ねる。

「子を産むためには、長らく腹の中で育《はぐく》まなければなりません。それはご存知ですね」

「……ああ」

「女性の場合、ここではない穴を備えており、その奥に、子を育める部屋があります。穴に陰茎を挿《い》れ、精を注ぎ、女性が持つ子の種に、精が出会うことで、受精し、それが子となるのです」

穴から体の中に入り、精を撒《ま》くことによって子が出来上がり、そのまま体内で育む。その理屈はわかったので、フィディはこくこくと頷いた。

「男性体のΩの場合、この穴の奥に、子を育める部屋があるのです。いえ、正確には発情期を迎えるにあたり、できていくのです」

フィディの腹に散っている精液や先走りを、フレッドの指が掬い上げる。そして、その指でフィディの尻穴を撫でた。

「ひっ……、フレッド、待てっ」

「男性体のΩが発情期を迎えると、ここが濡れるのですよ」

くすくすと笑いながら、フレッドは穴を撫でる手を止めない。ぬるぬると滑る感触にぞわぞわと背中が逆立《さかだ》つ。

「男の陰茎を、挿れやすいように、穴から液体を滴らせるのです」

フィディ様もやがてそうなりますよ、とフレッドが実に楽しそうにフィディの耳に囁く。

ふにふにと穴の縁《ふち》を押されて、撫でられて。時折、ぷちゅ、と穴に指を挿れそうな素振りをされて。それでフィディの腰がびくっと逃げると、指を離し、また縁だけを撫でる。

気が付けば、フィディはフレッドの肩に腕を回していた。

「性行為の仕方、わかりましたか？」

「んっ、わかっ、た」

フレッドにしがみつきながら、こくこくと頷く。フレッドの指は、今や遠慮なく穴の入り口をいじめている。入りそうで入らない、そのもどかしい感覚に、もじもじと腰が揺れてしまって、フィディは恥入って俯いた。

「穴に、挿れてみたいのでしょう？」

「え？　……あ、あぁ」

「フィディ様は勉強熱心ですね」

フレッドの言葉に、すぅ、と一瞬熱が引く。

（そうだ、これは）

これはあくまで性行為の勉強なのだ。勉強だから、正しい性行為を実地で学ぶのだから、この穴に受け入れる練習をするだけだ。先ほど自分で「実地で教えて欲しい」と言っていたことを思い出し、フィディは視線を下げて頷く。

「んっ……、挿れてみた、い」

そう言うと、フレッドが「わかりました」と答え、スッと体を離した。そして、先ほど脱ぎ捨てた服を拾い、探ったかと思うと、小さな瓶《びん》を手に戻ってきた。

「今日はこれを使って濡らしましょうね」

薄紫色のその瓶の蓋《ふた》を、きゅぽっと音を立てて外す。フレッドがそれを傾けると、とろとろとした液体が溢れてきた。

フレッドはたっぷりと手に取った液体を、フィディの後ろの穴へと塗り込んでくる。

「香油《こうゆ》のようなものです。冷たくないですか？」

最初は少しひやりとしたが、徐々に肌に馴染み、気にならなくなる。

「大丈夫、だ……、うあっ」

間もなく、フレッドの指が、にゅるりと穴に入ってきた。

「ひうっ、入って……るっ！」

「ええ、入ってますよ、わかりますか？」

「入ってる、入ってる、フレッド……！」

異物感に焦って、フレッドにしがみつく。フレッドは片手で「よしよし」とフィディの背を撫でてくれた。

にゅぷっ、にゅぷっ、と絡みつくような音が穴から聞こえてくる。そこをかき回される度に

「あっ、あっ」と情けない声が漏れてしまう。

「ああ、これはきつい。フィディ様、もっと力を抜けますか？」

無理な注文に、声も出せずに首を振る。フレッドを摑む手すら離せないのに、尻穴の力を抜けるわけがない。

フレッドは「しょうがないですね」とわざとらしく溜め息を吐くと、浅いところを彷徨《さまよ》わせていた指を、ぐっと奥まで押し込んできた。

「ひぃあっ」

そして、穴を弄《いじ》るのとは反対の手でフィディの陰茎を摑むと、緩くしごき出した。

「あっ、やめ、そっちは……っ」

「早く気持ちよくなる場所を見つけますね、……ん、ここ、どうですか？」

フレッドの長くごつごつした指が、穴の中のとある箇所を、くっくっ、と押してくる。浅すぎず奥すぎない、腹側にある、その場所。そこを刺激された瞬間、フィディの腰がびくびくっ、と跳ねた。

「ぅあ、あっ？　……んっ、なっ、そこ、だめっ」

「ここですか」

何が何だかわからない。フレッドの指がそこを、くぅっと押すだけで「気持ちがいい」とい

う感覚に脳を支配される。

「さぁフィディ様、お尻の穴での快感を覚えましょう」

フレッドが何か怖《おそ》ろしいことを言った気がしたが、もはやそれに応える余裕もない。

いつの間にか尻穴を弄るフレッドの指は二本にも三本にもなっており、先ほど触った気持ちのいい箇所を、今度は指で挟み込むように刺激してくる。

「はぁあっ！　あっ、ああっ、だめだっ！」

頭がおかしくなりそうな快感がフィディを襲う。一気に下腹部に熱が溜まり、精を吐き出してしまいそうだった。だが、さっきまで陰茎を擦ってくれていたフレッドの手は止まっており、逆に、精を吐き出させないように、指で作った輪っかでもって根元を止められている。

陰茎を堰《せ》き止めている手の腹の部分で、陰嚢をぬるぬると擦られ、そこからも、ぞくぞくするほどの快楽を感じさせられる。

「ああっ、気持ちいいっ、フレッドッ」

穴に出し入れされる指の動きが速さを増した。香油が泡立ってしまうのではないかと思うほど、じゅぷっじゅぷっと激しい音を立てている。

「んっ、でっ……出るっ！」

足が引き攣《つ》るほど、ぴんと指先まで力が入る。射精が間近だった。フィディはただその快感に身を委《ゆだ》ねる。

「あぁあっ！　フレッドぉ……ッ！」

フレッドの名を呼びながら、精液を飛ばした、と、感じた。しかし、それは射精とは違った。

「ひっ、いあ、あっあっあっ？」

凄まじい快感が、下腹部から、全身に広がる。フレッドが握っている陰茎からは、精液が出ていない。ただ、太腿は快感に痙攣《けいれん》し、その下の陰囊は射精の瞬間のようにぐっと持ち上がっている。穴が、ぎゅっぎゅっ、と連続して締まり、フレッドの指を締め付けて逃さないとばかりに震えているのがわかった。

「はっ……あっあっ」

びくっ、びくっ、と快感の波に合わせて体が跳ね、何度目かのそれが過ぎた後、ようやくだらりと全身から力が抜けた。それでも尚、ひくひくと、自身の穴は意思とは関係なしに蠢いていた。

「んぁ……っ、フレッ、ド……なに、これぇ」

舌が上手《うま》く回らない。フレッドにしがみついていた腕も、垂れ下がり、ただ体を寄りかからせるだけになっていた。

「さすがフィディ様、もうお尻を性器にできましたね。お上手です。指もほら、すっかり三本も飲み込んで」

ぢゅぷっ、と音を立てて、穴から指が抜かれる。「はぁんっ」と情けない声が出たが、それは口付けてきたフレッドの口の中へと消えてしまった。

フレッドは眉尻を下げて、笑っている。そして、情けなく震えるフィディの、額や、頬や、唇に、ちゅ、ちゅ、と口付けを雨のように降らせてきた。その刺激さえも今の体には強くて、唇が当たる度に「んっ」だの「あっ」だの声が漏れてしまう。

フレッドはそんな小さな反応全てが嬉しいらしく、終始微笑みながら、「素晴らしい」だの「可愛らしい」だの「抱き潰したい」だの囁いてくる。

「フレッド？　お前今なんて。抱き……？」

聞き捨てならない言葉に、下げていた顔を上げる。

「フィディ様、では、失礼いたします」

しかしその真意を問いただす前に、フレッドはフィディの両足首を摑んで、左右に開いた。ずるずると引きずられて、背中はクッションから滑り落ち、足はどんどん高く、広げられる。

「フレッドっ？　なんだこの体勢はっ」

両足は左右に、ぱかりと開かれ、尻は上を向いている。ちょうど膝立ちのフレッドの陰茎の辺りに、尻穴がくるような体勢だ。「さぁ好きにしてくれ」と言わんばかりの格好に、流石に頬が熱くなる。

「美味《おい》しそうなフィディ様の尻穴が丸見えで、最高です」

「ああっ、こんな、格好……っ」

「先ほどまで、存分にほぐして差し上げたので、まだ穴が開いてますよ」

びきびきと血管の浮き出たフレッドの陰茎が、ぺちぺちと尻たぶを叩く。

フィディの陰茎は恥知らずにも、これから起こることに期待し、たらたらと先走りを垂らしていた。その雫《しずく》はぽたりぽたりと身体を折り曲げられた胸の辺りに垂れ、首筋まで流れてくる。

「んっ。フレッド、もう、いいから……」

「何ですか？」

フレッドがわざとらしく、陰茎を尻穴に押し当ててくる。赤黒く張った先端が、ぐぽっ、と穴に埋まりそうになった、が、すぐに引き抜かれてしまう。

「んっ」

その度に穴から伝わってくる熱に酔いしれ、思わず抜かれた陰茎を追うように尻を揺らしてしまった。

「いやだ、抜かないで、くれ……っ」

「何をっ、ですか、フィディ様」

段々と、フレッドの息も荒くなってくる。目はギラギラと輝き、フィディの体を舐め回すように眺めている。

「早く、フレッドの、逸物っ、僕の穴に、挿れてぇ……っひあぁっ！」

はしたない台詞を言い終わるか終わらないかの間に、ずぷぷっ、と激しい挿入音とともに、フレッドの陰茎がフィディの尻穴に突き立てられた。

あまりの衝撃に、体は跳ね上がり、呼吸もできなくなる。

「うぐっ、あぁーっ！　あっ、あっ！」

ちかちかと目の前で光が瞬いて、フィディは舌を突き出した。

「っ、すみません、もう、我慢がききませんでした……っ」

フレッドが謝りながら、息を整えている。

乱れる視界の中、下半身を見上げれば、まだ半分ほど穴から陰茎が出ている。どうやら、全部は飲み込みきれていないらしい。

「フレッド、おっき、おっきいぃ……、っ」

穴が限界まで拡《ひろ》がっている。みちみちに満たされたそこはフレッドの陰茎をそれでも迎えようと、ぐにぐにと蠢いていた。まるで、それが欲しくてたまらなかったのだ、とでもいうように。

陰茎の張った先端が、先ほど指で散々嬲られたあの場所に触れている。それが痺れるように気持ちいい。フレッドが「ふっ、ふっ」と堪えるように息をする度、フィディの背中を快感が駆け上がっていく。

「フレッドぉ、気持ち、いぃ……っ、もっと、もっと奥まで、挿して、くれっ」

震える指先を、フレッドに伸ばす。俯くフレッドのさらりと流れる金糸《きんし》のような髪が手の甲《こう》に触れる。と、フレッドが、くっ、と唇を震わせた。

「今日は、駄目ですっ、発情期でもない、初めてのフィディ様が、私のを全て飲み込むのは、無理がありますぅ……っ」

フレッドの無情な宣言に、フィディはいやだいやだと首を振る。体が、気持ちのいいところを擦られる快感を覚えてしまっているのだ。

「なんで、いやだっ、もっと奥、挿れてっ」

今さら我慢しろだなんてひどい、とフィディは言外にフレッドを責める。しかしフレッドは、それでも腰を進めない。緩く浅く、ゆったりと優しく出し挿れして、フィディを気持ちよくさせる。

「奥は、駄目ですよ」

ぐっぐっ、とあの箇所を重点的に押し潰されて、目の端に星が飛んだ。

「ひあっ！　あっ、フレッド！　フレッドぉ！」

視界が揺れる。足首を掴んでいるフレッドの手にぐっと、力が込められたのがわかった。

「いやだぁっ！　あっ、全部っ、全部挿れてぇ、もっ、と……っ、僕に全部……んっ」

「駄目ですっ、気持ちのいいところ、いっぱい突いて、精を注いであげます、からっ、これで我慢してくださいっ」

「あぁー……っ！　いいっ、気持ち、いぃ……っ！」

一層激しく陰茎を打ちつけられ、自分が何を言っているのかもわからなくなる。ただ本能のままに叫び、フレッドの強い視線を感じながら淫《みだ》らに腰を揺らす。

ぐちゅぐちゅと絶え間なく、かき混ぜるような、湿った音が響く。気持ちいい、しか考えられなくなり、熱がまた下腹部に集まってくるのを感じた。

「フレッ、っド、くるっ、凄いのくる、ぅっ！」

「もっと楽しみたかったのですが、私ももう、出そうですっ」

切羽詰まったようなフレッドの声。その声音に更にぞくぞくとした快感が湧き上がる。もっと自分で、自分の中で感じて欲しい。蕩《とろ》けた思考では、そんなことを考えられたのも一瞬で、もう言葉にならない声しかあげられない。

「んんっ、んっ、んぁあっ……っ！」

「くっ、出るっ、フィディ、様っ」

どくっ、どくっ、と熱く煮え立つような奔流《ほんりゅう》がフィディの中をしとどに濡らしていく。

フィディの方も、今度は陰茎から精を迸《ほとばし》らせた。それはびしゃびしゃと、もはや尿のように勢いよく顔面に降り注ぐ。

「あ……、なか……」

どうしてだか、自分が射精したことより、穴に精液を注がれたことを、涙が出そうなほど嬉しく感じてしまう。不思議なほどの多幸感に満たされ、フィディはうめくように「精液、嬉しい」と何度も呟いてしまった。

全てを出し終えたのか、まるで長距離を走り終えた時のように荒い息のフレッドが、ぶるりと体を震わせてから、フィディの穴から陰茎をずるりと引き出した。

ぬぽんっ、と間抜けな音がして、閉じ切れない穴から、精液がだらりと垂れる感触がする。

「ぁ、だめだ……、せいえき、漏れちゃう……、だめ……」

急激に疲労が襲ってきて、意識が朦朧《もうろう》としてきた。それでもせっかく注がれた精液が流れ出てしまうことが悲しくて、必死で口を開く。

「フレッドの……せいえき、とめて」

摑まれていた足が降ろされ、体をゆっくりと持ち上げられた。大きな腕に絡め取られ、ぎゅう、と暖かい肉体に包まれる。最早《もはや》目も開けていられない、力が入らない。

「フレ、……ド」

「……っ、そんなに可愛いことばかり言わないでくれ」

誰かの小さな囁き、いや、囁きじゃないかもしれない。わからない。誰かがどこかに口付けている。わからない。

フィディは意識を手放した。

5

――フレッドとの「初めての性行為」から数日経った。

その日は、寝起きから体が怠《だる》かった。顔が火照《ほて》っている感じがするのに、熱がある気配はない。まだ日が昇《のぼ》る前に目が覚めてしまったフィディは、自身を抱きしめ眠るフレッドにそれを伝えた。

フレッドはすぐさま起き上がり、フィディに何重にも服を着せ、柔らかめの大きな枕を敷き、今日は一日ベッドから出ないようにと告げ、部屋を出ていった。その間数十秒、ほんの少し前まで瞼《まぶた》を閉じていたとは思えない、シャキッとした身のこなしだった。

一度戻ってきて、新鮮な果物《くだもの》とたっぷり水の入った水差し、それからフィディが気に入っているグラスをベッド脇のチェストの上に置いていった。その時にはすでに上から下まできちんと身なりを整えており、髪の毛もすっきりとまとまっていた。さっきまでぐしゃぐしゃに寝乱れていたのが嘘のようだ。

そのあまりの素早さに、さすがフレッド、と唸るしかない。昨夜も遅くまで性行為を行っており、フィディの方はまだその疲れも取れておらず、体調のせいも相まって身を起こすことすらままならないのに。

フレッドだってそれなりに体力を使っただろうに、どうしてあもきびきびと動けるのか。

「鍛え方が違うのか」

(それとも、そもそも体の作りが違うのか)

手を持ち上げると、長い裾《すそ》が下がり腕が出る。運動らしい運動をしていないせいか、最近ますます細くなってしまったように見える。

白くて細くて、まさしくΩそのものだ。

(そして、もしかするとフレッドは……)

自分の対極に位置する性種を思い浮かべて、フィディは「ふ」と息を吐いた。

フレッドは、もしかするとαなのかもしれない。第二性は自分から大っぴらに言って回るものではない(自ら口にしたい者は別だが)ので、今まであえて問うたことはなかったが。フレッドのことなので、尋ねれば答えてくれたのかも知れない、が、フィディにとってフレッドは「フレッド」という従者でしかなく、第二性など気にしたこともなかった。そもそも、αが剣奴や使用人になることなどありえないのだ。

(父上はご存知なのか……。いや、考えてもしょうがないが)

αが何故剣奴となったのかはわからないが、本来なら傅かれる立場であろうフレッドが、全身全霊を尽くしてΩであるフィディに仕えている。あまつさえ「勉強」と称して、夜毎《よごと》性行為を繰り返しているのだ。

（勉強、……勉強か）

初めて正しい性行為を実地で学んでから、数日経つ。フィディは性行為についてだいぶ知識を得ることができた……と自負している。何故なら、よくよく復習に励んでいるからだ。よくよくというのは、つまりほぼ毎夜。誰としているのかというと、やはりフレッドとだ。誰のせいかといえば、それは多分、フィディだ。フィディが自身のベッドでフレッドが寝ることを許可してしまったのが原因なのだ。

あれから、フレッドは夜毎フィディの寝室を訪れる。最初の日の遠慮がちな姿勢はどこへやら、部屋にやって来るなり、フィディを抱え上げ「さぁ寝ましょう」とベッドに運ぶ。まだ寝ない、とわずかな抵抗をしても「夜更かしは毒にはなれど、薬にはなりません」などと言って、やはりシーツの波間にフィディを沈める。

ベッドの中に入ってしまえば、フィディに逆らう術《すべ》はない。体を丸めて逃げようとするフィディを、フレッドが後ろから抱き込んでくるからだ。逞しい筋肉や、胸に回される腕、熱い吐息、そして何よりその匂いに、何故か胸がきゅうと締め付けられる。そして、フィディの動悸が高鳴るにつれ、フレッドの下半身がいつの間にか硬くなっていて、尻の辺りにごりごり当たり始める。

わざとしているのではないかと疑っているのだが、フレッドはいつも何食わぬ顔をしており、フィディからは何も聞けない。下手に「勃ってるぞ」と伝えて「ではどうしましょうか」と言われても、それはそれで困ってしまうからだ。

結局その存在をフィディの方が意識して、もじもじしてしまう。そうするとフレッドが「眠れませんか?」なんて聞いてきて、そのうちに体を触られて、下半身が反応してしまって、気付けば性行為に及んでいるのだ。最初は陰茎を体の深いところまで受け入れることすら儘《まま》ならなかったのに、今ではすっかり最奥まで入るようになっている。

最近は妙に慣れてきて、フィディの方からもフレッドにすり寄ってしまうようになった。そうするとフレッドは、いつも以上に激しく致してくるので、そこが困りものだ。差し詰め、餌に飛びかかる犬、もしくは玩具に激しくじゃれつく犬、といったところであろうか。どちらにせよ、犬なことに変わりはない。

「はぁ……」

思考を遮《さえぎ》り、横たわったまま窓に目をやる。荒野には今日も風が吹き荒んでおり、激しくかたかたと窓を揺すっていた。

窓枠の上の方に目を向ければ、どんよりと淀《よど》んだ灰色の空が見える。荒野はいつでも砂で煙《けむ》ったような天気だ。ここが晴れる日は来るのだろうか。

薄暗い外を眺めていると、寒気がする。フィディは上掛けを肩まで掛け、目を閉じた。もう少ししたら、フレッドが温かいスープでも持ってくるかもしれない。

（そうすればきっと、この妙な気持ちも晴れるはずだ）

最近、フレッドと一緒にいると言葉では言い表せない変な気持ちになる。

これまでだって、フレッドは自分のものであり、常に自分と居るべきだと思っていたのだが、その気持ちが頓《とみ》に強くなってきたような気がするのだ。

フレッドが買い出しなどで屋敷を離れると、なんとなく落ち着かない。帰ってくるまで、玄関ホールでうろうろする羽目になる。帰ってきたフレッドに「まさかずっとここに？」と聞かれて「そんなわけないだろう」と変な誤魔化しまでしてしまう始末だ。

過去を振り返ればいつも記憶のどこかにフレッドがいる。そして結局、フレッドのことを考えてしまうのだ。

（これは、いわゆる依存というやつではないか？）

フィディは顎に手を当て、ふむ、と考え込む。

そもそも衣食住すべて頼りきっているも同然なので今さらといえば今さらなのだが、フィディはフレッドに依存しているといっても過言ではない。

この閉塞的《へいそくてき》な空間がよろしくないのかもしれない。顔を見るのも、会話をするのも、フレッドのみ。その上勉強のためとはいえ体を繋げてしまって。

屋敷から出ることはできないが、せめて父母や兄弟に手紙でも書こうか。と、ふと思い立つ。

（しかし、僕の手紙は彼らを喜ばせるだろうか？）

優秀な家系の出来損ない、Ωが恥知らずにも幽閉先から連絡を取るなんて。もしかすると、読まずに捨てられてしまうかもしれない。「役立たずから便りがきたよ」なんて手紙を種に笑いものにでもされたら……。優しかった彼等に、冷たく拒否される自分を想像して悲しくなる。

「やめよう」

フィディはむくりと起き上がり、机の上に並べていた数冊の本を手に抱えて、それを寝台の上にどさどさとおろす。

（鬱々《うつうつ》と考えたところで、何も生み出さない）

それならば勉強に励んだ方が、まだ生産的だ。「勉強」とはいっても、フレッドと体を繋ぐあれやそれの勉強ではない。正真正銘、机に向かって行うそれだ。

今は熱のせいで椅子に座って書き物をするのは無理だが、本を読むくらいならできる。フィディは頭の中のいらぬものを追い払うように目で文字を追うことに集中した。

フィディはここ最近、薬学の勉強に没頭していた。フレッドに頼んで、屋敷の一室を研究室じみた部屋に改造してもらい、勉強や実験、研究に使用している。なんの研究かというと、もちろん、Ωのフェロモン抑制剤に関するものだ。誰に教えを乞《こ》うでもない独学の研究だし、正しいか間違っているのかもわからない。そもそも、薬の開発なんて一人で行うようなものではない。そんな現実は、フィディとてわかっている。

しかし、無駄だと切ってしまえばそれまでなのだ。何かを生み出そうと、この状況を変えようと思うのならば、行動を起こさねばならない。

(きっと、僕にはそんなに時間がない)

フィディは背もたれ替わりのクッションに身を預けながら、唇を噛み締めた。

フレッドは毎夜、フィディに性行為の勉強をさせている。練習があるということは、その先には本番が待っているということだ。

ワイズバーン家と縁を結びたい名家ならいくらでもいるはずだ。今すぐとはいわずとも、いつかは条件にあった相手のところに送り込まれるのだろう。ワイズバーン家の駒として。

フレッドとの性教育は、そのための下準備だ。

(その前にせめて、形として何かを残しておきたい)

嫁いだ先でどのような扱いをされるかはわからないが、きっと今のような自由はないはずだ。

Ωには「出産」という役目がある。こんな風に勉強することも、叶わないかもしれない。

父はΩを迫害するような人ではない。むしろ、Ωである母をたいそう労っていた。Ωのために薬の開発を、とフィディが提案すれば、もしかすると乗り気になってくれるかもしれない。

そのためには、現実的にそれが可能であることを示さねばならないのだ。

(最悪、フレッドに任せれば……)

もし自身が嫁いで研究が頓挫《とんざ》した時は、その全てをフレッドに引き継いでもらいたいと思っていた。フィディの全てを、側で見守ってくれているフレッドに。

いち使用人であるフレッドにどの程度の権限があるかわからないが、父からの信頼は厚いはずだ。父と話す機会があれば直接、なければ手紙を書いて、フレッドに託《たく》したい。

(嫁がされてしまうとなれば、フレッドとも……きっと離れ離れだろうしな)

それも仕方のないことだと、フィディは理解していた。今さら「嫌だ」なんて言って子どものように泣き喚《わめ》いたりしない。ただ、別れのその時にきちんとフレッドを見て笑えるか、少し自信がないだけだ。

「フレッド」

名を呼べば、柔らかく豪奢《ごうしゃ》な金髪とエメラルドグリーンの目が頭の中でぼんやりと像を結ぶ。あの髪に触れて、嫌なことを忘れたい。「大丈夫ですよ」と優しく囁かれたい。

フレッドの笑顔や香りを思い浮かべると、何故だか頭がぼんやりしてきた。読んでいる本の内容が、どうにも頭に入ってこない。文字の上を目が滑ってしまう。

少しだけ目を休ませるつもりで、軽く目を閉じる。「ふぅ」と息を吐いて、ベッドに転がった。

(フレッド……、あぁ、フレッド)

声に出したか、心の中で呼んだか。定かではなくなるくらいに意識が淀《よど》んで。やがて水底に沈むかのように、ゆっくりと、フィディの意識は溶けて消えた。

「……ん」

ふと、目を覚ます。どうやらいつの間にか眠ってしまっていたらしい。読んでいたはずの本は、きちんと閉じられ、枕元に置いてある。

何時だろうか、と頭を横に向けると、チェストの上にスープの入った皿が置かれているのが目に入った。フレッドが一度部屋に来たらしい。もしかすると、本を片付けてくれたのも、フレッドかもしれない。

（そ、れにしても……、体が熱いな）

寝る前より、ますます怠くなったような気がする。喉がからからに渇いていたので、スープよりもまず先に、水差しに手を伸ばす。

グラスに水を注いでいると、ノックの音が部屋に響いた。

どうせフレッドかと思い「入れ」と声を上げる。しかし、ドアは開かない。

不思議に思い、ベッドを降り、ドアの方に足を向ける。何か手に抱えていて、ドアが開けないのかもしれない。と、ドアノブが、カチャと音を立てて捻《ひね》られた。捻られたが、鍵のせいで開かない。フィディは、ぴたりと足を止めた。

（フレッドじゃない）

フレッドであれば、部屋の鍵を開けることができる。それはそうだ。部屋の鍵はフレッドが持っているのだから。しかし、ドアノブはカチャカチャと数度回され、鍵が掛かっていることがわかったのか、その後もう一度、コンコンとノックをされた。

フレッドではない。では一体誰が、こんな辺鄙《へんぴ》な場所に建っている屋敷を訪ねてくるというのか。

「フィディ、いるんだろう?」

「誰だ」

どこかで聞いたことがあるような、若い男の声だった。「フィディ」と呼び捨てるくらいなので、近しい人間なのだろうが、全く心当たりがない。

「僕だよ。学園で一緒だった、アドリアン・ボナヒューイ」

「……アドリアン?」

思いがけない名前に、フィディは目を見張る。アドリアン・ボナヒューイ、先日まで同じ学園に通い、机を並べて勉学に励んでいた同窓生だ。

(声に聞き覚えがあって当然か。しかし……)

挨拶を交わす程度の顔見知りではあったが、親しい友人とまでは言えない。

(どうして、アドリアンが?)

フィディと言葉を交わしたことで安心したのか、またしてもドアノブが回される。

「フィディ、ここを開けてくれないか」

「その、よくわからないのだが、どうして君がここにいる？」

本来であれば級友を快《こころよ》く招いてあげるべきなのだろうが、状況が状況なので、どうすればいいのかわからない。

そもそもフレッドはどこへ行ったのか。何故部屋に鍵を掛けて行ったのか。フィディは不安を隠すように、胸元で手を握りしめた。

「君に会いに来たんだ。何度君の家へお伺いを立てても、色よい返事をもらえないからさ」

「何の、話だ？」

こんな辺境まで訪ねてきてくれるなんて、なんて友情に厚い男だ、とは思えない。そもそもフィディは、ここにいることを誰にも報《しら》せていないのだ。

続いたアドリアンの言葉が、益々フィディに警戒心を抱かせた。

「僕の検査結果はαだった。君は……ふふ、Ωだったんだろう？」

フィディは目を見開き二、三歩後退《あとずさ》る。第二性は、極個人的な情報だ。自ら公表しなければ、通常他人に知られることはない。それを、嘲《あざけ》るように笑いながら指摘されて、フィディはわなわなと唇を震わせた。

こんなところにまで、フィディを馬鹿にしに来たとでもいうのだろうか。何も答えないフィディに、アドリアンは言葉を重ねる。

「皆噂している」

「皆、というのが誰を指すかはわからないが、君はこんな辺境くんだりまで僕を笑いに来たのか」

あまりの屈辱に、フィディは握った拳を震わせる。

世界を背負う者として肩を並べていた級友に、まさかこんな形ではっきりと自分の性を揶揄《やゆ》されるとは思いもしなかった。せめても傷ついた素振りなど見せてやるかと、背筋を伸ばす。

「まだ番はいないんだろう?」

「番?」

何故ここで番の話になるのだろうか。思いきり眉を顰《ひそ》めたフィディの顔が見えないからだろう、彼は意気揚々と話を続ける。

「ああ、凄いな。ドア越しにすら、こんなにいい香りがする」

「……香り?」

発言に引っかかりを覚え、フィディは眉根を寄せる。

Ωは常時αに好まれるフェロモンを漂わせている、とフレッドは言っていた。ただ、通常は体を寄り合わせてようやく感じる程度だ。厚い扉越しで香りがするなんておかしい。しかし、その思考を遮るように、扉が鳴らされる。

「早く開けてくれ……! さぁ早く!」

段々と熱を帯び始めたアドリアンの声に、何ともいえない嫌悪《けんお》を感じる。と同時に、この状況でフレッドが現れないことに違和感を覚えた。どんな身分の客人であれ、おそらく今のフィディには、フレッドを通さなければ会うことは叶わないはずだ。フレッドがフィディの許可も得ず、ましてやαの元学友を通すはずがない。

フィディは、扉越しにアドリアンを睨《にら》みつけるように、キッと顔を上げた。

「申し訳ないが、僕ではこのドアを開けることはできない。今日のところはお引き取りいただけないか」

「……何？　君に会うために僕がどれだけ苦労したと思ってるんだい。僕に顔も見せないで帰れだなんて、冗談にしては笑えないよ」

アドリアンは仰々《ぎょうぎょう》しく、芝居掛かった大声を出す。まるでフィディを責めるような言い方だが、こちらから会いに来てくれなんて頼んではいない。

「いや、冗談ではない。君が何故ここにいるのか僕はわかっていないし、それに、僕は本当にここを開けられないんだ。その……多分屋敷の中に僕の従者がいるはずなのだが、まず彼に話を通してもらってもいいだろうか」

「使用人に話を通さなければいけない？　はっ、この僕が？」

「アドリ、アン」

この扉の向こうに居るのは、果たして本当にアドリアンなのだろうか。勉学の日々において、彼はこんなにも高圧的な物言いをしていただろうか。

カチャカチャと控えめに鳴っていたドアノブは、もはや壊れても構わないとばかりにけたたましい音を立てて回されている。激しく回るドアノブを見つめながら、フィディは自身の血の気が引いていくのを感じていた。

ドンッ、ドンッと何度かドアも激しく叩かれて、数歩どころか、先ほどまでいたベッドまで後退る。アドリアンの激情にすっかり萎縮してしまって、返事もできなくなってしまった。

「Ωのくせに、αの僕に指図しようなんて、身の程知らずもいいところだっ」

どれだけ距離を取ろうと、アドリアンの言葉は確実に届く。あからさまにΩを侮《あなど》る言葉を吐かれて、フィディは心臓を突かれたような衝撃を受けた。

そういえば、と今さらながらフィディは自覚する。Ωであることで他者から貶《けな》されたのは初めてだ。そもそも、自身の第二性がΩだと発覚してから、フレッド以外の他人とほとんど会っていない。フレッドは、性に対して差別的な発言をすることはないので、フィディはこれまで、直接的な言葉で傷付くことはなかった。

それが今まさに、扉の向こうの彼から、見えない言葉の棒で、ガンと殴られたのだ。

(いや、僕だって……)

フィディ自身、アドリアンのことを非難できるような立場ではない。自分の性がわかるまでは、Ωを蔑んでさえいた。弱い生き物だと。情けない生き物だと。それを直接人にぶつけることはなかったが、心の底では明らかに優劣をつけていた。

しかしいざ自分がその「弱い生き物」の立場になった途端、明確な優劣に怯えている。自分をαだと信じ、強く逞しく優秀であると思い込んで生きてきたフィディでさえ、彼のたった一言の差別的な発言に、深く傷付いているのだ。

（僕がΩだから、弱いから、こんなに傷付いてしまうのか……、いや、違う）

そうではない、とフィディは唇を噛み締める。

性に限らず、誰だって他者に貶《おとし》められれば悲しいし、辛いのだ。

自分が誰かに傷付けられて初めて気付くなんて、間抜けな話だ。フィディは生まれて初めて、自分で思っていたほど優秀ではなかったのだ、と無力さを痛感した。

フィディは優秀でもなんでもない。人の痛みも、自分がその立場にならないとわからない鈍感な人間だ。

（まぁ、今ここでそれを自覚しても、何にもならないんだけどな）

心の葛藤を、はは……と力ない笑いで吹き飛ばす。

他人に対する思いやりだのなんだの、今それを悟ってアドリアンにそのことを切々《せつせつ》と訴えたところで、あいわかったと突然改心するとは思えない。

フィディはなす術なく、部屋を見渡した。男が侵入してきた際に、何か抵抗に使えそうなものはないかと思ったのだ。しかし、これといって攻撃に使えそうな武器もなければ、身を守れる物もない。水差しなど手に摑めるものを投げるくらいか。

「くそっ、なんて硬いドアだっ！　まったく、腹が立つ！」

憤ったような言葉に、フィディはハッと顔を上げる。かなり苛立った様子なので、何か強硬手段に出てくるかもしれない。

（怖い……、いや、どうにかしなければ）

それにしても、アドリアンは何故そこまでしてドアを開けたいのだろうか。まずもって、こんなことをしてまで、フィディと面会したいという理由がわからない。

（後継者争いから外れた、未来などない僕に会ったからといって、彼にとって利益などないはずなのに）

そんな心の声が聞こえた訳でもないだろうが、アドリアンは返事を寄越さないフィディに、それでも話しかけ続ける。

「ずっと君がΩならいいと思っていた。君を手に入れたら、学園の奴等はどれだけ悔しがると思う？」

ははは、と興奮した笑い声を薄気味悪く感じる。もはやじっとしていることなんてできず、部屋からの脱出を試みることにした。

まず、手近な窓に取り縋《すが》ってみたが、嵌《は》め殺しで開けることは叶わない。

（椅子かなにかで叩けば）

そこまで考えて、いや、と首を振る。

仮に椅子などで割ったとしても、その後はどうすればいい。ガラスを割る音はドア一枚向こうのアドリアンにも聞こえるだろう。万一外に出られたとしても、音を聞いた彼に先回りされてしまったら元も子もない。外は荒地で、どこまで逃げられるかもわからない。

それにここは、屋敷の二階だ。果たして飛び降りて無事でいられるだろうか。足に負傷でもすれば、それこそどこにも逃げられなくなる。

――ガンッ！

鈍《にぶ》い打撃音に、フィディはびくっと体を跳ねさせる。音は、扉の方からだ。どうやら何か硬いものをドアに叩きつけたらしい。ガンッガンッ、と何度も繰り返されて、扉がミシミシと揺れている。

（扉が……っ！）

このままでは本当にドアが開けられてしまう。

アドリアンの目的はわからないが、異常にフィディと接触したがっているのが恐ろしい。

「あ……、フレッ、ド……」

ぽつりと、自身の従者の名を呼ぶ。扉を殴る音にかき消されるほどの、小さな声で。

「フレッドぉ……」

いつでも、どんな時でも助けてくれる、フィディだけの従者。

満面の笑みを浮かべ、フィディを呼ぶ顔を思い出す。落ち込む度に慰めてくれる、優しい声と柔らかい髪を思い出す。体を丸ごと包んでくれる、大きな腕を思い出す。

（こんな肝心な時に、どうしていないんだ、フレッド）

いつ何時でも、呼べば必ず現れていたくせに。いや、呼ばなくとも常に側にいたくせに。どうして今この時、フィディを一人にするのか。主人が大変な時にいないなんて、番犬失格だ。

そこまで考えて、フィディははたと気付く。

（もし、駆けつけられない何かがフレッドに起こったのだとしたら……？）

途端、言いようもない不安がフィディを襲う。扉を殴る音が遠くなり、目眩にも似た衝撃で、足元がふらつく。

今まさに襲われようとしている自分のことより何より、従者のことが気になって仕方がない。

（いやだ、いやだ、僕の従者なのに、僕のもの……僕の……）

「フレッド！」

フィディは祈るように震える指を組み合わせ、名前を呼んだ。フィディにとって、唯一ともいえる大切な名を。

──と、その時。

「うわぁっ！」

突然、アドリアンの悲鳴が聞こえた。その声に重なるように、何か揉み合う音がする。

「なんでお前がここにいる！　やめろっ、むぐっ、んぐーっ！」

抵抗するような声は一瞬で、それはふがふがと情けないうめき声に変わり、やがて聞こえなくなった。

「それはこっちの台詞だ。こんな所まで入り込みやがって」

アドリアンの声と別の声がした。それは待ち望んでいた、フレッドの声だった。

「無事だったのか」と、安堵《あんど》がどっと心の中から湧き上がってくる。

「あんな奴らごときで、俺を足止めできると思ってたのか？　ん？」

（フレッド……？）

扉に向かおうとしていた足が、自然と止まる。

フレッドにしては声が低く、口調も違う。フレッドのこんなに冷たい喋り方など聞いたことがない。

「殺しはしない。ワイズバーン伯爵家を通してお前を実家に返してやるよ。さて、伯爵家を怒らせたお前を、実家は受け入れてくれるかな」

物騒な内容に背筋がひやりと冷える。フィディはおそるおそる、扉に近寄って声を掛けてみた。

「フレッド？」

途端、ドアの向こうが静かになる。たっぷりとした沈黙の後、「フィッ、フィディ、様？　起きていらっしゃいましたか」と裏返った声が返ってきた。それはいつものフレッドの声で、フィディはほっと息を吐き出した。

「フレッド、ここを開けろ」

「あっ、はいっ、すぐに！」

慌てたような声はするが、扉は開かず。「あ、いや、少々お待ちください」と情けない声が制してきた。

「なんでだ」

「すみませんっ、フィディ様っ！」

「おいっ！　フレッド！」

「これを片付けないと〜っ」という叫び声は、徐々に遠ざかっていった。フレッドにしては珍しく音を立てて廊下を走っているようだ。足音とともに、人の気配が離れていった。「これ」とはなんだろうか。

（まさかアドリアンのことじゃないよな）

まさかな、と心の中で繰り返してから、へなへなと扉に寄りかかる。

先ほどまでの緊張や恐怖はすっかり溶けて消えて、心も体も安堵に包まれていた。フレッドの声が聞こえただけで「もう大丈夫」「絶対に大丈夫」と安心できる。フレッドがいたら、何も怖いことはない。

それから数分もしないうちに、またバタバタと足音が聞こえ、部屋の鍵がガチャリと開かれた。

「お待たせして申し訳ありませんっ！」

フレッドが謝罪とともに部屋に飛び込んでくる。

「まったくだ。遅いぞフレ……」

まずアドリアンのことを聞きたかったし、主人の命令を無視したことにも腹が立っていたし、今までどこで何をしていたのかと責めたくもあった。が、しかし。フレッドを目にした途端、用意していた言葉は全部頭から吹っ飛んでしまった。

「フ、フレッド……？」

フレッドは、ボロボロだった。

服はいたるところ裂《さ》けて血が出ているし、額《ひたい》からも血が流れている。手の甲にも血が付着している。

「お見苦しい格好をお見せしてしまいまして、重ね重ね申し訳ありません」

フレッドが頭を下げる。フィディは今にも崩れそうになる膝に力を込めて、フレッドに駆け寄った。

「いや、そんなことはいいっ！　フレッド、おまえ、おまえっ、どうして、そんな怪我を負ったんだ」

フィディはおろおろとフレッドに手を伸ばす。しかしその手は、体に触れる直前で摑まれてしまった。

「フィディ様、汚れてしまいます」

摑んだのはフレッド本人だ。「おい」と抗議の声を上げるが、フレッドは柔《やわ》く微笑んで首を傾げる。

「私はほとんど怪我しておりません。付着しているのは私の血ではありませんよ」

そんなことは聞いていない、と言いたいが、上手く言葉が出てこない。

「ほとんど」ということは、全部ではないのだ。実際にフレッドの血が流れている箇所もある。

「だから、どうか、泣かないでください」

フレッドにそう言われて、フィディは自分が泣いていることに気が付いた。頬に手を這わすと、指先がしとどに濡れる。

「だって……」

涙の原因に思い至り、フィディは唇を嚙み締める。

フレッドを傷つけられたのが、心底嫌だったのだ。フィディの心は、フレッドが傷つけられた悲しみと怒りで、ぐちゃぐちゃになっていた。

「だって、フレッドは僕のものなのに……！」

不思議なくらいほろほろと涙が零れる。顎を伝って落ちた涙が、ぽつ、ぽつ、と絨毯《じゅうたん》に落ちていく。

フレッドが困った顔をしてフィディを見下ろしていた。そして、フィディの手を掴むのと反対の手で、そろりと頭を撫でてくる。血なんて付いたところでなんてことはない。フィディはその手に頭を擦り付けた。

フィディが嫌がらないことを確かめてから、後頭部を軽く押されて、フレッドの胸に顔を埋められた。

「ん」

フィディは、怪我に触らないように、涙の流れる顔をフレッドに押し付けた。そして、ぐちゃぐちゃの顔と心を拭うように、ぐりぐりと擦り付ける。顔を近付けたことによって、フレッドの匂いがふわんと鼻の中にひろがる。

と、その瞬間だった。

突然、しびびっ、と体が痺れるような感覚を覚えた。

「……んあ?」

頭を殴られたような衝撃が体を襲う。

朝から感じていたぼんやりとした熱が、今ははっきりと感じられる。体が燃えるように熱い。ばくばくと高鳴る心臓の音が体全部に響いている。

全身から力が抜けて、フィディはへなへなと体勢を崩した。フレッドに掴まれている片手だけを支えに、床にぺたりと尻餅をついてしまう。

「フィディ様っ」

すぐさま、フレッドが片膝をついてフィディを支える。ぐんにゃりと力の抜けた体を抱き込まれ、耳元で繰り返し名を呼ばれる。それだけで益々息があがり、どうにも下腹部が熱くなってしまう。ぐっと腰を掴まれた瞬間……。

「あぁんっ」

情けない声が口から飛び出した。

あまりに淫《みだ》らな声に、自分でもびっくりしたが、フレッドはもっと驚いた顔をしていた。その顔が、みるみる真っ赤に染まる。

ハッとしたように我に返ったフレッドが、ゆっくりとフィディを抱き起こした。先ほど自分が触れたことによって、フィディを刺激してしまったと気が付いたのだろう。その動きは、とても慎重だった。

「フィディ様、大丈夫ですかっ？」

「な、なんら、これっ」

「……おそらく、発情期を迎えられたようです」

「はつ、じょ」

学園での授業や、フレッドとのあれそれが頭の中を駆け巡る。つまりフィディは、Ωとして成熟しつつあるということだ。妊娠が可能になり、どこぞのαに嫁ぐ準備ができた。

（いや、そんなこと……どうでもいい）

本当は全くもってどうでもよくないのだが、頭がぼうっとして、深く考えることができない。

「フレッド、ぉ……」

「すみません、朝から、匂いがきつかったので、そうではないかと思ってはいたのですが。奴らのせいで対応が後手後手《ごてごて》に……。とにかくフィディ様、お薬を、お薬を飲みましょうか」

フレッドが、フィディの腰を持ち上げる。その間もずっと、フレッドはフィディを見ないように顔を背《そむ》けている。それはもう思いきり。フィディからはフレッドの片耳しか見えない。フィディは抱き上げられたフレッドの肩に、するりと手を回した。

薬とは、おそらく発情を抑えるための抑制剤だ。ただ完全な抑制効果はなく、薬を飲んでも三日三晩は閉じこもる必要があると聞いた覚えがある。

「薬より、フレッドの、精液、飲みたい」

フレッドを見上げて、本能のままにねだってみる。

薬はいい。それよりも、フレッドの精液がいい。ここ数日毎日注がれているあの精液が欲しい。重ねてそう伝えれば、そっぽを向いていたフレッドが、ぎしぎしと音が鳴りそうなぎこちなさで、顔を正面に持ってきた。その頬からこめかみ、額に至るまで、すべてが真っ赤に染まっている。

「フィディ様、その、発情期はさすがに……。万が一にも、孕まれるようなことがあっては」

「フレッド」

「駄目です、フィディ様」と上擦った声で拒否を繰り返すフレッドのその胸に、フィディは頬を擦り寄せて呟く。

「お前は誰のものだ」

フレッドが目を瞬かせて、フィディを見下ろす。エメラルドグリーンが、水面《みなも》のようにゆらゆらと揺れていた。それはまさに、犬が「待て」を言いつけられている時の瞳だ。

そんなに求めているくせに、どうして我慢しようとするのだ。

「フィディ様のものです」

「ではその子種まで全て、僕のものだな」

手を、そっとフレッドの股間に当ててみる。口でなんと言おうと、そこは正直だ。それは、フィディの手を弾き返す勢いでがちがちに勃ちあがっていた。フィディはすりすりと指先を往復させる。

「これを、僕に、挿れろ」

「……っ」

「はい、と言えフレッド」

頭のてっぺんからつま先、その髪一本に至るまで、フレッドはフィディのものだ。この先、もしもフィディが誰かの所有物になったとしても、今この瞬間、フレッドがフィディだけのものであるのは、変えようのない事実なのだ。

「っ、どうなっても知りませんよっ」

フレッドが食いしばった歯の隙間から溢《こぼ》すように唸る。フィディは精一杯余裕があるように見せるため、にっこりと笑った。

「ここは寝室だ。何も問題はない」

気が付けば、フィディはベッドに投げ出されていた。「あっ」と声をあげる間もなく、フレッドが獣のように飛びかかってくる。フレッドは纏《まと》っていた既にぼろぼろの服を引き千切《ちぎ》るように脱いだ。フィディもまた、服をむしり取られて、早々に裸になる。

そして二人は、思う様体を貪《むさぼ》り合った。


発情期とはかくも凄いものだったのか。

勉強しただけではわからないものだ、と、散々お互いを求め合い、爛《ただ》れた性交に明け暮れた後、ベッドに寝転がり呆然と天井を眺めながら、フィディは思った。

はっきりと正気に戻ったのは、発情期の発生から、なんと一週間後だった。

6

フレッドはワイズバーン家の使用人だ。現在は四男のフィディに従者として仕えている。

フレッドに姓《せい》はない。いや、元々はあった。十数年前までの名前はフレッド・ディルク・アヅナカルン。フレッドはアヅナカルン侯爵家の次男であった。

フレッドは次男ではあったが、剣技に優《すぐ》れ学問においても優秀であったため「長男より次男に家督《かとく》を継がせたらどうか」と推す声が尽きなかった。当のフレッドには侯爵家を継ぐ気はさらさらなく、長く剣を振れるように、騎士になりたいと考えていた。

だが、長男はそんなフレッドの気持ちを知りもしなかった。フレッドのことを自分の地位を脅《おびや》かすものだと、恐れ怯えていたのだ。

臆病者の兄のほかにも、フレッドには母の違う兄弟が沢山いた。フレッドは兄には嫌われていたが、弟達にはよく慕《した》われていた。とりわけ一番下の弟はフレッドによく懐き、フレッドも可愛がっていた。

ある寒い日のことだった。フレッドは馬で遠駆《とおが》けをすることにした。父の領地の中にある、スヌヤの森に生《な》る木の実を採《と》りに行くことにしたのだ。弟たちはスヌヤの木の実が大好きだった。遠駆けは定期的に行《おこな》っていることであり、屋敷の者なら誰しも知っていた。厩《うまや》に行くと、末の弟が待ち伏せていた。「自分も遠駆けに連れて行って欲しい」「迷惑にならない。いい子にしてる」と目に涙を溜めてねだられた。フレッドは、弟のかわいい願いを叶えてやることにした。自分の前に弟を乗せ、冷たい風が弟に当たらないように、自分のコートの内側にくるんであげた。

そして、悲劇は起こった。

長男の放った刺客《しかく》が、馬に乗るフレッドを矢で射たのだ。矢は真正面からフレッドの胸に刺さった、かのように見えた。矢には即効性の毒が塗ってあった。刺客はフレッドに突き刺さる矢を見、彼の体が傾《かし》ぐのを確認してからその場から逃げた。死体は確認していかなかった。その刺客はただの雇われた弓の名手であり、暗殺に関して素人《しろうと》だったからだ。

矢は、たしかに刺さっていた。フレッドのコートの中で寒さに小さく身を竦《すく》めながら、きらきらとした目で景色を眺めていた末の弟の胸に。

末の弟は即死だった。フレッドの胸の中で、目を見開いたまま事切れていた。フレッドは寒空の下、弟の亡骸《なきがら》を抱えて慟哭《どうこく》した。

フレッドの末の弟に矢を射た犯人はすぐに捕まったが、そこから兄へと繋がる証拠は出てこなかった。

フレッドは弟を殺した兄を許せなかった。復讐に燃えたフレッドは、兄を自身の剣で刺した。兄は死にはしなかったが重傷を負った。フレッドには実の兄を殺すことができなかった。

フレッドは白昼堂々と兄を刺したため、罪を逃れることはできなかった。拘束され、牢屋に入れられた。

幸か不幸か、フレッドは侯爵家の息子であるため、すぐに処刑とはいかなかった。そして、身分を剝奪《はくだつ》された上で奴隷達を戦わせる闘技場へと送られることになったのだ。

フレッドは自暴自棄になった。貴族のつまらない後継者争い。殺し合いを見て楽しむ民衆。生き延びるために卑怯な細工を仕掛けてくる他の剣奴達。醜《みにく》いものばかりを見過ぎてしまって、魂まで真っ黒に染まってしまった。

しかし、どんなに自暴自棄であろうと、それでもフレッドは強かった。

フレッドが出るだけで民衆は沸き立った。評判が評判を呼び、フレッドの試合は上流階級の者や貴族、果ては帝族まで観覧に来るようになった。

フレッドは、どんなものとも戦った。一対一でフレッドに敵うものはいなかったため、人間であれば一対複数、獣、果ては猛獣まで連れて来られた。フレッドは死ななかった。いつか死ぬかもしれないとは思っていたが、わざと負けて死ぬのだけは嫌だったので、いつでも全力で戦った。

数年経ち評判が盤石《ばんじゃく》のものになると、奴隷とはいえ生活に不自由はしなくなった。十分な食事や睡眠が与えられるようになり、酒も女も男も望めばいくらでも準備された。だが、どんなものもフレッドの心を癒《いや》すことはなかった。フレッドは何の目的もなく剣を振るい続けた。

更に数年経った。常勝《じょうしょう》の剣奴はやはり負け知らずだったが、民衆は更なる刺激を求めた。対戦相手は日に日に強く、凶悪になっていった。

その日の相手は大型の猛獣五体だった。一体でも一個小隊がかりで掛からなければ倒せないほどの強い猛獣だ。それが五体もいる。流石のフレッドも、三体目を倒した時に、自分の死を感じた。不思議と、死に対する恐怖はまったくなかった。最後に、もう一体くらい道連れにしてやろうと猛獣に向かい剣を構えた時、歓声や野次《やじ》とは別のざわめきが闘技場に起こったのに気付いた。

試合中のフレッドは感覚が研《と》ぎ澄《す》まされている。いつもと違う空気を感じたフレッドは、ちらりとそちらを見やった。

子どもが一人、泣きながら何かを叫んでいる。

何故闘技場に子どもがいるのか、親はいるのか、何を叫んでいるのか。気になることは諸々あったが、ぼんやりとした視界でその子どもを捉《とら》えた瞬間、その全てが頭の中から吹き飛んだ。

「―――っ?」

気が付けば、フレッドは死んだ弟の名を叫んでいた。血が目に入り、真っ赤に染まった視界の中、弟が必死で何かを訴えている。

（泣いている）

そう思った瞬間、フレッドは自分の筋肉に力が入り、ぐっと盛り上がるのを感じた。目の前にいた猛獣を、一瞬後には身を半分に切り倒していた。そして、最後の一体を倒そうと構える前に、何故か試合が中断された。


奇妙な試合の後、控え室に下がると、そこに天使がいた。

栗色の髪、真っ白な肌、大きな蒼《あお》い瞳、桜色の頬。天使は泣きながら、フレッドに手を伸ばしてきた。フレッドはわけもわからず、天使を抱きとめた。抱きとめた後に、それが先ほど特別席にいた子どもだと、気が付いた。弟とは、見た目も雰囲気も全く違う。何故先ほど見間違えてしまったのか、自分でもわからなかった。

天使と一緒にいた人間が、フレッドに「君を買い取った」と告げた。その人間にフレッドは見覚えがあると感じたが、はっきりとどこの誰かとはわからなかった。

フレッドは普通の奴隷ではない。元侯爵家の人間であり、罪人であり、人気の剣奴だ。ちょっとやそっとの金や権力で手に入れられる筈《はず》がない。一体彼等は何者なのか。その疑問は彼等の屋敷に引き取られてから解明された。

フレッドが買われたのはワイズバーン伯爵家だった。帝国でも指折りの権力者だ。猛獣と戦った際の怪我に丁寧な治療を施《ほどこ》され、数日の休息が与えられた後、フレッドはワイズバーン伯爵に呼び出された。

「君の事情は知っている」

ワイズバーン伯爵は、大きな執務机に肘をつき、部屋の中央で直立するフレッドに話しかけてきた。その一言で、フレッドはワイズバーン伯爵が自分の何を知っているかを察した。おそらく元の身分のことを指しているのだろう。

「君が何故あんな事をしたのかも知っている。君が望むなら、君をアヅナカルン家へ戻してあげよう」

フレッドは少し驚いた、が、その後成る程と頷いた。どこかで見たことがあると思った彼のことを、はっきりと思い出したのだ。フレッドが帝国学園に通っている際、何代か上級生にえらく優秀な伯爵子息がいると噂になった。それこそが、後にワイズバーン伯爵となる、目の前の彼のことだった。

ワイズバーン伯爵の言葉に、心が揺れなかったといったら嘘になる。おそらく彼ならばフレッドの汚名《おめい》を晴らし、今や侯爵となった兄をその座から追いやり、フレッドを座らせることもできるだろう。

しかし、フレッドは、まだ警戒していた。彼らがどういう意図で自分を買い取ったのか、まだその真意を摑めていなかったからだ。

答えないフレッドをどう思ったのか、ワイズバーン伯爵は「ふむ」とひとつ頷くと、「返事は急がない。ゆっくり考えたまえ」とフレッドに退室を許した。

翌日から、フレッドはフィディの従者として仕えることとなった。通常であれば奴隷上がりの自分は馬番や、良くて厨房の下《した》っ端《ぱ》くらいの役目を与えられるはずだ。しかしその当ては外れた。これもワイズバーン伯爵の計らいだろう。

それから数日の後の夜、フレッドはフィディの部屋に呼ばれた。


フレッドはまだ、フィディに対しても若干の気後《きおく》れを感じていた。彼がどんな気持ちで自分を買いたいと強請《ねだ》ったのか、わからなかったからだ。

強い剣奴を手に入れて自慢したかったのか、獣に食われそうな自分を哀《あわ》れんだのか。どちらにせよ惨《みじ》めだな、とフレッドは陰鬱《いんうつ》な気持ちを抱いていた。剣奴としてどれだけのぼり詰めようと、子どもの「欲しい」というおねだりでどうにかなるような命なのだ。

そんなフレッドの気持ちなど知らず、フィディはベッドに入り、フレッドを呼んだ。小さな声で「フレッドの髪を触りたい」と言う。

最初天使かと思った幼い彼が、ワイズバーン伯爵家の四男であることは、フレッドももうわかっている。フレッドは「はい、フィディ様」と堅く行儀よく応え、ベッドに乗り上げた。

フィディは嬉しそうにフレッドの金の髪に手を伸ばしてきた。短髪に埋もれさせるように指を入れ、優しく梳《す》く。それを何度も何度も繰り返して、ふ、と満足そうに息を吐いて。

「あのね」

ふと、フィディが、こっそりと内緒話でもするように、フレッドの耳元に囁いた。

「ぼくね、さいしょ、フレッドがてんし様なのかなぁって思ったの」

フレッドは予想外の言葉に目を見開いた。

自分こそ天使のような顔をしながら、少年が嬉しそうに微笑む。

「かみがね、きらきらでね、とってもきれいだったから」

フレッドは自分の髪に触れる小さな手を、ぎゅっと握ってしまいたい衝動に駆《か》られた。

「こわいあくまに、てんし様が食べられそうだったから、いやだってお父さまにおねがいしたの」

青い目が、まっすぐにフレッドを見ている。そこには嘘も偽《いつわ》りもない。

フレッドは、フィディがとても馬鹿げたことを言っているとわかっていた。自分が天使なんかである筈がない。天使とはフィディや、死んでしまったあの弟のような者のことをいうのだ。

フレッドの葛藤など知らず、フィディが、おずおずと「フレッド」と呼びかけてくる。フレッドはまた行儀よく「はい、フィディ様」と応えた。

「あのね、フレッドがほんとうに、てんし様でもね、天の国にかえっちゃわないでね」

フィディがはにかむように笑う。

「どこにも、いかないでね」

そして、「ずっとそばにいてね」と呟き、フレッドの髪を優しく撫でた。

不意に、フレッドの目から、ぽろりと涙が零れた。泣くつもりなどなかったのに、何故だか涙が出てしまう。

フレッドの涙に驚いたのだろう、フィディがまん丸の目を見開いていた。青い目が零れてしまいそうで、思わず指先をその頬に這わせてしまう。目玉がころんと落ちてきても、ちゃんと受け止められるように。そんな自分の行動が馬鹿らしくて笑ってしまう。笑っているのに、どうしても涙が止まらない。

「フレッド？　どこか痛い？　お医者さまよぶ？」

「あぁ、いえ……」

首を振りながら、フレッドは自身の中に溜まった澱《よど》みが、涙とともに流れていくのを感じていた。

自分の身代わりに弟をむざむざ殺され、復讐に取り憑《つ》かれ、その復讐すら果たせず、家を追われ、奴隷となった、救いようがない自分。

フレッドはずっと心のどこかで、弟ではなく自分が死ねばよかったと思っていた。だから、自分はいつ死んでもいいとも思っていたし、逆に弟の代わりに生きなければならないのではないかとも思っていた。相反《あいはん》する苦しい気持ちに蓋《ふた》をして、ただひたすらに戦っていた。

そんなフレッドに、フィディはここにいて欲しいと言ってくれた。ここにいていい、生きていいと言われたようだった。本人はそんなつもりで言ったのではないだろう。でもフレッドには十分だった。

フィディのために生きたいと思うには十分過ぎるほど優しい言葉だった。

「俺は……」

言葉が胸につっかえて、出てこない。黙って涙を流すフレッドの頭に、小さな手が伸びてくる。

「よしよし」

優しく、気遣うように頭を撫でられて、自然と口端《くちは》が持ち上がる。ここにいてもいいのだ、大丈夫なのだ、と。自身の半分の大きさもない子どもに、全てを許されたような気持ちになった。

フレッドは涙を拭って、フィディの顔を正面からまっすぐに捉えた。

「私は、フィディ様のものです。フィディ様を置いて、どこにも行きません」

それは、フレッドの心からの言葉だった。フィディは少し驚いた顔をした後、嬉しそうに破《は》顔《がん》した。

「フレッドは、ぼくのなの？」

「はい、フィディ様」

フレッドは楽しそうに笑うフィディの手に、頬を寄せた。感触を確かめるように触れる。そ

の小さな手は暖かかった。

「フレッド、いぬみたい」

フレッドの行動に、フィディがくすくすと笑う。フレッドは犬でいい、と思った。犬でいい。犬がいい。犬になりたい。犬になって、ずっとフィディの側にいたい。フィディだけの犬になりたい。

そうしてフレッドは、フィディの犬になった。

7

「ではアドリアンはワイズバーン家からボナヒューイ家に引き渡されたんだな」

初めての発情期を終えたフィディは、未《いま》だ体力が戻らずベッドの住人と化していた。それでもようやく、まともな思考で会話をすることが可能になったため、先日の件についてフレッドと話をしているところだ。

フィディの言葉に、フレッドは「はい」とにこやかに頷く。

アドリアンは勝手に伯爵家の所有物件に侵入したということで、フレッドに身柄を拘束されて、ワイズバーン家を通して彼の実家であるボナヒューイ家に帰されたらしい。

それにしてもワイズバーン家の手の者がアドリアンを引き取りにくるまでが早かった。フィディは発情期に入ってしまったので気が付かなかったが、あの件の次の日には、近隣の町に控えていた者達がアドリアンを連行しに来たらしい。ちなみにそれまでは彼を納屋《なや》に放り込んでいたという。侵入者とはいえ貴族の子息なのだが、と思わないでもなかったが、フレッドからしたらそれでも甘い措置《そち》だったらしい。

まるでこうなることがわかっていたかのようなワイズバーン家の動きにフィディはしばし思案した。

父はフィディを辺境へ追いやった後も、気にかけていたのだろうか。それともフィディが脱走したりしないように目を光らせていただけか。もしくは、いずれ駒となるΩに傷をつけないための措置か。

しかし、いくら考えたところで答えは出ない。父に真意を聞ける日はきっともう永遠に来ないだろう。

フレッドが片がついたと言った。フィディには、その答えだけで十分だった。

――とはいえ、フィディにも腹立たしいことがあった。

「フレッド、こっちへ」

手招きをして呼べば、フレッドは相変わらず犬のようにすぐに側に寄ってくる。ベッドに入り、背中をクッションで支えて座るフィディの横に控えたフレッドに、腰掛けるように促す。

フレッドの金髪をかきあげて額を見れば、そこにはかさぶたになった傷跡があった。

「痕に残らないといいんだが……」

フィディはフレッドが痛くないように、そっと傷口に触れる。フレッドがくすぐったそうに微笑んだ。

「こんな傷、なんてことはありません」

「お前がよくても、僕が嫌なんだ」

フレッドが嬉しそうに笑う。お得意の尻尾を元気に振る犬の顔だ。デレっとした顔、というのはこのフレッドの表情みたいなのを指すのだろう。フィディは額に当てていた手を下ろし、フレッドのシャツの袖をあげた。そこにもまた、生々しく赤い傷跡が走っていた。適切に処置されており化膿《かのう》はしていないが、こちらは確実に跡に残るはずだ。

「まさか猛獣をけしかけてくるなんて」

そう、フレッドが傷を負っていたのは、アドリアンが仕掛けた猛獣のせいだった。彼は猛獣使いを雇い、この屋敷唯一の使用人であるフレッドを足止めしようとしたらしい。いや、足止めではなく、殺す気だったのかもしれない。

戦場や闘技場といった然《しか》るべき場所ならまだしも、普通、人間を猛獣に襲わせたりしない。猛獣など、剣を持ったことがない人間が相対《あいたい》したらあっという間に食い殺されるだろう。

フレッドは闘技場で猛獣と戦ったことがあるという。猛獣に襲われた時は丁度厨房にいたので、ナイフがあって困りませんでした、とけろりとした顔で言っていた。

「大丈夫です。何があろうとフィディ様だけは守りますから」

「そうじゃない。自分のことも考えろ」

フレッドはなんとも言えない顔をして微笑む。これは絶対に納得していない顔だな、と察し、フィディは唇を尖らせた。

だがこれ以上言い募ったところで、フレッドから今以上の答えは引き出せないだろう。

「お前は僕のなんだから、怪我なんてするな」

結局お決まりの言葉だけ発して、鼻を鳴らしておく。フレッドはやはり嬉しそうに「はい」と笑顔で頷いた。

「……それにしても」

「はい？」

「結局アドリアンは、僕を娶《めと》りたくてここまで来たってことだよな？」

今回の件で一番気になっていたことを呟く。途端、フレッドの眉がぴくりと跳ねた。

「ワイズバーン家と血縁になるためとはいえ、あそこまで必死になるものなのか」

アドリアンとのやり取りを思い出し、フィディは肩をすくめる。こんな辺境の荒地に乗り込んで、猛獣まで用意して、はっきり言って正気の沙汰《さた》とは思えない。いくらワイズバーン家と繋がりを持ちたかったとはいえ、あまりにも強行が過ぎる。

考え込むフィディの耳に、フレッドの溜め息が届いた。

「なんだ、溜め息なんて珍しいなフレッド」

フレッドがフィディの前で負の感情を露わにすることは中々ない。使用人として、自身の感情をあからさまに表現することははしたないとされているからだ。

「魅力的なΩを手に入れるためなら、αはいくらでも馬鹿なことをするんですよ」

「魅力的な……」

話の流れからすると、魅力的なΩとはつまりフィディのことなのだろう。

たしかに、自身のことをαだと信じていたときは「αらしく優秀で魅力的」なんて思ったこともあったが、Ωとしても「そう」だと言われても、いまいちピンとこない。フレッドは、従者の欲目が過ぎるのではないだろうか。

そう思って、じと、とフレッドに視線を送ると、とびきり質の良い従者は溜め息混じりに首を振った。

「わかってらっしゃらない」

不満そうにも、どことなく諦めたようにも見えるその顔をしばし眺めてから、フィディは、

「ふむ」と顎に手を当てた。

「しかし、今後もこうやって強硬手段に出られるのは不味《まず》いな」

父がフィディを誰も来ないような辺境に送ったのには、そういった問題を避ける目的もあったのかもしれない。

(それならそれで、一言言ってくれればよかったものを)

そうすれば、フィディとて自衛くらいはできたはずだ。それが成功したかどうかは、今となってはわからないが。

結局この屋敷は、来《きた》る政略結婚のために整えられた環境ということなのだろう。その時が来るまで、他のαに番にされたりすることがないよう、天然の要塞《ようさい》に閉じ込めているのだ。

「フィディ様に要《い》らぬ心労をかけたくなく、黙ってはおりましたが、実は、これまでもそういった輩《やから》はおりました」

「なんだと」

衝撃的な言葉に、思考を遮り顔を上げる。と、こちらをじっと見つめるフレッドと目が合った。もちろん嘘を吐いているような顔ではない。見るからに真剣な面持ちだ。

「どこから嗅ぎつけたのか、フィディ様が此処《ここ》におられることを知った方々が幾度かこの館を訪ねてきました。まぁ、どの方にも丁重にご説明差し上げて、お帰りいただきましたが」

何をどう説明したのか、どことなく酷薄《こくはく》な笑みを浮かべるフレッドには何も聞けない。

そういえば、とフィディは思い出す。少し前に、玄関ホールで物音がしてフレッドが見に行ったことがあった。何もなかったとフレッドは言っていたが、それも実はそういったことだったのではないか。

そのことを聞くと、フレッドはあっさりと「そうです」と認めた。確かあの時タイを汚してしまったと言っていた。

「汚れるような何かがあった、のか？」

「そういった方の中には、素直にお帰りいただけない御仁《ごじん》もおられますので」

微妙に質問の答えになっていない気がするが、それ以上は聞かなかった。聞けなかったのではない、聞かなかったのだ。断じて、フレッドの笑顔が恐ろしかったからではない。

「そ、そうか。まぁ、フレッドが守ってくれているのであれば安心だな」

「ええ、任せてください」

安心させるように、フレッドがフィディの手を包む。その手の熱に安心しているはずなのに、何故か落ち着かない気持ちにもなって、フィディは慌てて顔を俯ける。

「うん、まあ……、僕が誰かに嫁ぐその日まで、しっかり僕を守ってくれ」

瞬間、ぎゅっ、と強く手を握られて、フィディは「いっ」と声をあげてしまった。

「いた……っ、おい、フレッド？」

「嫁ぐ？　誰が、誰にですか？」

手元に落としていた視線を持ち上げると、フレッドが見たこともないような顔をしていた。

「フレッド？」

いつも穏やかに下がっている眉尻は鋭く跳ね、つられるように目も吊り上がっている。薄く開いた唇の隙間からは、やたら鋭い犬歯が覗いており、まるで獲物を狙う闘犬のようだ。

その目付きの険呑《けんのん》さに、何故か喉がひくりと鳴る。下腹部のあたりがきゅうと切なく引き絞られ、掛け布の下で腿を擦り寄せる。

「フィディ様、どういうことですか?」

「どういうって……」

フレッドの態度の変わりようにすわりの悪くなった尻をもじもじと動かしてから、フィディは首を傾げた。

「僕はいずれ、どこかのαに嫁がされるのだろう?」

「何故」

端的に問われて、びくっと肩がすくむ。先ほどアドリアンの話をしていた時とはまた違う、身が縮みそうな威圧感が、フレッドの全身に纏わりついていた。

「何故、って、僕はΩだ」

今さら取り繕う必要もないので、フィディは正直に気持ちを吐露する。

「Ωである僕がワイズバーン家にできる貢献は、どこかのαに嫁ぎ、子を成すことくらいだろう?」

「何を……」

「フレッドも、そのために僕に性行為の勉強をさせたんじゃないのか？」

そう告げると、フレッドが片手で目元を覆った。「あぁ」だの「うぅ」だの不明瞭な言葉を発し、がっくりと肩を落とす。

「……フィディ様は、ずっと私が、どこかの見も知らぬくそ……馬の骨のために、あなたと体を繋げていたと思われていたのですか？」

途中何度か言い淀《よど》みながら、フレッドが言葉を紡ぐ。概《おおむ》ねその通りだったので、フィディは素直に頷いた。

「あぁ。フレッドは練習と言っていたし、それなら納得できると……」

「そんなわけないだろうっ！」

「わっ」

犬に吠えられるように怒鳴られて、フィディは仰《の》け反《ぞ》る。背中にクッションがあったから倒れずに済んだが、それがなければベッドに頭を打ちつけていただろう。そのくらい、勢いのある言葉だった。

フィディの様子を見て、はっ、としたようにフレッドが姿勢を正す。わたわたと、怒られた犬のように顔を左右に向け「すっ、すみません」と頭を下げた。

フィディはしばしぽかんとしてから、ゆるゆると頭を振った。

「あ、いや、すまん。どうしてフレッドが怒るのか、僕にはわからなくて……」

そう言うと、フレッドが切なげに眉根を寄せた。そしてもう一度、フィディの手を握る。両手で捧げ持つように、優しく、そっと。

「すみません。本当に、従者にあるまじき態度でした。後でいくらでも罰していただいていいので、少しだけお話ししてもよろしいですか？」

「フレッドを罰するわけがないだろう。なんだ？」

言ってみろ、と優しく促すと、視線を下げたフレッドがフィディの指先を優しく撫でた。

「まず、……ワイズバーン伯爵はフィディ様を自身の政略の駒にしようとは考えていらっしゃいません」

「そうなのか？」

じゃあなんのために、とフィディは口籠る。

「どうして父上は、荒地に送ってまで僕を他のαから遠ざけているんだ？」

少し困ったように眉根を寄せたフレッドが、ゆっくりと口を開いた。

「それはまだ私の口からは明かせません。ただ伯爵は父親として、あなたを守るためにここを用意したのです」

意外な言葉にフィディは目を瞬かせる。Ωである自分には結婚するくらいしか価値はないのに、と呟くと、フレッドがゆっくりと、しかしはっきりと首を振った。

「そんなことはありません。フィディ様の価値は、性別に左右されるような、そんな安いものではないですから」

「フレッド」

いつだってフレッドは、フィディの欲しい言葉をくれる。励ますでもなく、それが真実だというように、真摯な態度で。

性別に左右されない、それはまさにフィディの目指す姿であった。第二の性に絶望した自分だからこそ、それに振り回されず生きていける道を模索していきたい。

（そのためにも……）

そのためにも、まずは「Ωのための安全な薬の開発」という夢を叶えたい。と、フィディは胸の内で強く思った。以前はただの心の支え程度でしかなかったが、今は明確な「目標」としてそれを掲げている。

どうやら、父に疎《うと》まれているのではないということも知れたので、もしかすると計画より早い段階で協力を仰げるかもしれない。

「そして、あぁ……」

フレッドが、急に声の調子を下げて言い淀む。フィディは思考を遮り「ん？」と目を瞬かせた。

「勉強だの練習だのと私が言いましたのは、その……」

「その？」

すぅ、と息を吸って顔を上げたフレッドが、そのエメラルドグリーンの瞳をまっすぐにフィディに向けた。

「勉強だと言い張れば何でもできるのではないか、という欲望に目が眩《くら》んでしまったからです」

「欲望……、欲望？」

「性に無知でいらっしゃるフィディ様を汚す快感に溺れた私の、不徳の致すところです。本当にすみません」

「なる、ほど？」

どぉっ、と勢いよく話されてしまって、理解が追いつかない。しばし考え込んでから、フレッドが言ったことをゆっくりと整理する。

「つまりあれは、練習だけど練習じゃなかった、ということか？」

「まぁ、はい……仰るとおりです」

「練習じゃ、ない」

その途端、ここしばらく胸の内にかかっていた黒い霧が、すぅ、と晴れたような心地になった。フィディは肺に溜めていた空気を「はぁ——……」と長く吐き出す。

しょぼ、と耳を垂らす犬のように肩を落とすフレッドのその顎を指先で持ち上げる。

「僕はどこにも嫁がなくていいし、フレッドとの行為はどれも練習ではなく本物だった。それで合っているか？」

「……はいっ」

エメラルドグリーンがゆるりと潤み、フレッドは何度も首を上下させる。なんだか高笑いしたいような気持ちになって、フィディは「はっはっ」と実際に声を出して笑った。

（なんだ。そうか、なんだ）

どうしてこんなにも心が軽くなるのかわからないまま、フィディはフレッドの「フィディ様」という呼びかけに「ん？」と返す。

「私の行為は到底許されるものではないとは承知した上で、それでもよければ……という提案なのですが」

こほん、とフレッドがひとつ咳払いをする。

若干、頬が赤くなっている様に感じる。どうやら、緊張しているらしい。相変わらず繋いだままの手を、ぎゅう、と握られ、フィディもまた同じくらいの強さで握り返した。

「本当は、求婚者や危うげな輩がいることは黙っているつもりでした」

「そうか」

フレッドがなぜその考えに至ったのかはわかったので、フィディは素直に頷いた。おそらく、主人であるフィディがΩ性の発覚や見知らぬ土地に追いやられたことによって落ち込んでいると十分にわかっていたからだ。フィディがこれ以上思い悩まなくて済むよう、不安要素を密かに取り除いていたのだ。

「しかし、その、そういった輩を知ってもらい、その上で、もしフィディ様が彼らとの関係を望まれていないのであれば、……ええと」

「望んでいないのであれば？」

フレッドの顔が段々と下がり、俯きがちになる。フィディはフレッドの髪を手で払い、頬に手を当て、顔を上げさせた。

「だっ、誰か特定の人物と、結婚や、つっ、つぅ番の契約をしてしまえば、と思いまして」

最早フレッドの顔はほんのり赤いを通り越して、真っ赤になっている。夕陽もかくやと言わんばかりの色合いだ。フィディはなんだかおかしくなってしまって、思わず吹き出してしまった。

フィディが笑っても、フレッドは必死で言葉を絞り出している。

「フィディ様は、無事に発情期を迎えられました……。そして、次の誕生日で成人です」

「そうだな」

そこで言葉を切ったフレッドは、ふぅ、と短く息を吐いた。軽く伏せていた目をきっと開き、顔を持ち上げる。

「このような身分で申し上げることではないのは重々承知しております。それでも……」

フレッドの手は、気付けば小さく震えていた。フィディは安心させるように、その手を握り返す。

「フィディ様、一生を貴方に捧げます。貴方を守り抜くと誓います」

いつもの犬の目をまっすぐに向けてくるフレッドを、フィディもまたまっすぐに見つめ返す。

「どうか、私を、貴方の番にしてくれませんか」

「あぁ、いいぞ」

「そうですよね、やはり私なんかが……、……えっ？」

一瞬自嘲気味に笑ったフレッドが、背けかけた顔を勢いよく正面に戻した。

「ん？　いいぞ、と言ったんだ。番の契約だな、早く済ませよう」

極度に緊張しているようだったから、聞き逃してしまったのかもしれない。と、フィディはもう一度同じ言葉を繰り返した。

「えっ、えっ」

フレッドは、えらく間の抜けた顔をしている。突然水をかけられた犬のようななんとも情けない表情だ。

「自分から言い出しておいて、なにをそんなに狼狽《うろた》えているんだ。……ほら」

フィディはフレッドに摑まれていない手で首筋の髪をかきあげ、項を晒した。

フレッドはさっきまでの神妙さはどこへやら、フィディと手を繋いだまま立ったり座ったりを繰り返し始めた。腕が持ち上がったり下ろされたりして疲れる。

「まっ、まっ、まっ」

「早くしろ、そして落ち着け。犬じゃあるまいし、ばたばたするな」

「まっ、待ってくださいっ」

契約を強請《ねだ》った側から「待った」がかかってしまった。何故かフレッドの方が、無理に結婚を迫られた生娘《きむすめ》のような態度を取っている。

「何故お前が拒否するんだ」

フィディは釈然とせず、口を尖らせてフレッドが落ち着いて話が出来るようになるのを待った。

はぁ、と溜め息を吐いて、フレッドの背中に手を伸ばしさすってやる。と、フレッドが「も、申し訳ありません」と本当に心底申し訳なさそうに頭を下げた。

「いや、落ち着いたか？」

「はい、いえ、多分……」

歯切れの悪い答えに思わず眉根を寄せてしまう。

「何故契約を申し込んだ側のお前が動揺するんだ」

「その……まさか、フィディ様が受けてくださると思っていなかったんです」

フレッドが両手で顔を覆って俯く。「だってフィディ様ですよ」と、なにかえらく失礼なことまで呟かれて、フィディはむっとする。いくら動転してるからといってあんまりではないか。

「失礼だな。僕だって考えなしに受けたつもりはないぞ」

フィディの言葉に顔を上げたフレッドは、まだ疑わしそうな顔をしていた。

「実は、お前に言うと責任を感じそうで言えなかったんだが……」

「何でしょうか」

「僕は病気かもしれない」

「………病、気？」

フレッドの表情が、凍りついたように固まる。血の気がさっと引いて行くのが、顔を見ていてすぐにわかった。

真っ青になったフレッドは、今までのおろおろとした態度などなかったかのようにすぐさま立ち上がる。「早急に医者を呼びます。いや、フィディ様をお連れした方が早いっ」と叫ぶように言うと、フィディを抱え上げようとした。

「待て。病気とはいっても、心因性の、多分、心の病だ。そして僕はちゃんとその原因もわかっている」

「フィディ様の、御心の？」

落ち着いた様子のフィディを見て、フレッドは立ち上がったまま不思議そうに首を捻る。まぁ座れ、と促すと、再びベッドの脇に腰を掛けた。その手は気遣うように、フィディの膝の上にそっと置かれていた。

「そうだ。発症したのは、推測だが、発情期の最中だ」

フィディはつい数日前の記憶を探るように、窓の外へと視線を向けた。

初めにその症状が出たのは、発情期の真っ只中だった。つまり、性行為の最中だ。何度朝が来て何度夜が来たか数えていなかったし、意識も熱に浮かされたように朦朧としていたため、はっきりとは覚えていないが、たしか発情期の後半のことだった。

フレッドに何度も何度も何度も精液を注がれ、フィディは、いやフィディの後ろの穴は、溢れんばかりに精液を含んでいた。心なし腹も膨らんでいるような気になるほどに。

そのことに気が付いたフレッドが、口付けの合間に「精液を、掻き出しましょうか」と囁いてきた。

フレッドの首に腕を巻きつけ、やわやわと下唇に歯を立てていたフィディは、その言葉に衝撃を受けた。

「いやだ、精液は出したくない……」

「ですが、お腹が張っているでしょう」

注ぎすぎました、とフレッドがフィディの腹をするすると撫でる。大きくごつごつとした掌で撫でられるだけで、肌が粟立《あわだ》って仕方ない。フィディはその心地良さにふるりと震えながらも、いやいやと首を振った。

「いやだ、いやだ」

フレッドの手がするするとフィディの腰から下に降ろされて行き、尻を掴まれる。指先がぷちゅと音を立てて穴に差し込まれそうになったところで、フィディは慌ててその腕から抜け出した。

「いや、フレッド、やっ」

逃げるといっても狭い寝台の上だ。フィディはくるりと反転して、立ち上がろうとしたが、腰が立たず、四つん這いで逃げようとした。

「こら、フィディ様。逃げちゃ駄目でしょう」

よたよたと力なく這ったところで、フレッドに捕まらない訳もなく。すぐに右足首を掴まれて、ぐっと引き寄せられてしまった。

「あっ、あっ、いやぁっ、漏れちゃうっ」

それでも抵抗しようと反対の足で踏ん張ると、開いた脚のせいで、後ろの穴が開き、くぷりと一筋、精液が漏れ出た。

「いやだっ、フレッドの精液、漏れちゃう……っ」

必死で穴を締めようと力を入れようとするのだが、不安定な体勢で思うように力が入らない。何度か断続的にゆるゆると締めるせいで、零したくないのに、押し出すように、くぷっ、くぷっと精液が漏れていく。

「いやだぁ」

フィディはどうにか足を摑む手を振り解こうとしたが、フレッドの力が弱まることはない。逆に、さらに握りしめられる。そして、そのまま、ぐいっとフレッドの腕の中へ掻き抱かれてしまった。

背後から抱きしめられるような形で顎を上げられ、後ろからフレッドがフィディの唇に噛み付くように口付けを落としてきた。

「誘ってるんですか、そんな風に見せつけてきて……っ」

「ちあうの、せいえきが、ふれっとのせぇきっ」

激しく舌を吸われて、まともに喋ることもままならず。それでもフィディは、懸命に訴えた。

初めての性行為の時からそうだったのだが、フレッドに精液を注がれる行為に、フィディは凄まじい多幸感を感じてしまう。精を注がれると、二度と吐き出したくないと思ってしまうのだ。それがΩとしての本能のせいかわからないが、フィディは精液を掻き出される行為がどうしても嫌だった。

「フレッドの、精液、欲しい……、出したくないんだ」

さめざめと涙を流しながら正直に告げる。と、フレッドは言葉を詰まらせた。そして、何も答えないまま、フィディを強く抱きしめてくる。苦しい程の抱擁だったが、フィディはそれを無抵抗で受け入れた。そのまま、フレッドはフィディの後ろ髪を鼻先でかき分け、項をべろりと舐めてきた。

「ひぁっ、そこっ、くすぐったい」

フィディのぬるい抗議など無視して、フレッドは何度も何度もそこを舐め、ちゅうちゅうと吸い上げ、唇で甘く噛み付く真似をする。

散々舐めまわした後、ちゅっと軽い口付けを落とすと、フレッドがぼそりと呟いた。切なげに、眉根を寄せて。

「……貴方を、私だけのものに出来たらいいのに」

言外に「私のものにしたい」と匂わせる、切羽詰まったような物言いだった。ただの従者ではない、一匹の雄の独占欲が滲む声。

その瞬間だ。フィディは心臓の辺りを、きゅううん、と引き絞られたような痛みを感じた。

余りの痛みに息も出来ないでいたが、フレッドはそんなフィディの様子には気付かず、情熱的な口付けを身体中に落とし、精液を滴らせる穴をまた弄りだした。

それからも、性行為中に心臓が痛むことが何度もあった。

フレッドが口付けの合間に微笑んだ時だったり、「フィディ様」と優しく名を呼んだ時であったり、あるいは意識を失った後起きた瞬間に見たフレッドの満面の笑顔を見た時であったりした。そう、全ての痛みはフレッドが原因だった。

そしてその痛みの発生は、性行為中に留まらなかったのだ。

発情期が終わりを迎えた日の朝。フィディは久しぶりにすっきりとした頭で目覚めを実感できた。すでに前の晩には緩やかに性欲も落ち着き、フレッドとも口付けを交わすだけだったので、腰や尻穴の痛みも少なく、比較的あっさりと目覚め、体を起こすことができた。

発情期の収まりを感じ取っていたのか、目が覚めるとすでにフレッドはいなかった。最近、朝も昼も晩も関係なく側にいたので、なんだか不思議な感じがした。チェストの上には食べやすくカットされた果物が並んでおり、フレッドの気配を感じることができた。それを見ただけで、またも胸がきゅんと痛み、フィディは胸元を押さえる羽目になった。

いくつか果物を口へ放り込んだ後、ベッドから起き上がって、部屋を出る。

近くにフレッドがいなかったので、うろうろと屋敷内を彷徨えば、裏庭から小気味良い音が響いてきた。窓枠に手を当てて下を覗けば、そこでフレッドが薪割《まきわ》りをしていた。

荒地には滅多に雨が降らないので、薪が湿気《しけ》る心配をする必要がない。埃除《ほこりよ》けの簡易的な小屋に山と積まれた薪を数十本取り出し、火にくべやすくするためにフレッドが斧《おの》を扱い、軽快に薪を割っていく。

まだ怪我が治ってないんじゃないかと思っていたが、どうやらいらぬ心配だったらしい。フレッドは怪我をしているなど全く思わせぬ軽々とした斧捌《さば》きで薪を割っていた。とはいえ、猛獣に襲われ、その直後に主人であるフィディにもある意味襲われ、連日の性行為だ。フレッドも疲労くらい溜まっているだろう。「少し休め」と声を掛けようか、と思案していると、斧を振りかぶったフレッドがふとこちらを見上げてきた。

フィディの視線に気が付いたらしいフレッドは、ぱっと顔を明るくすると、先ほどとは比べ物にならない速さで薪を割り始める。それはもう「お前が割っているのは本当に薪なのか」と聞きたくなるような速さだ。まるで砂糖菓子のように、さくさくと真っ二つに割れていく。最後に、割れた薪を麻紐《あさひも》で縛り両肩に抱えて、フレッドは走り出した。

もうすぐにでもフレッドは、フィディのところに駆けてくるだろう。

「フィディ様、おはようございます。お体の調子はいかがですか？」

なんてことを言いながら。その前に部屋に戻っておく方がいいかもしれない。それはわかっていたが、フィディはそこから動くことが出来なかった。

「なんだ、これは……」

先ほどのフレッドの笑顔がまるで稲妻のように、フィディの心臓を撃ち抜いていたからだ。

(痛い。心臓が痛い)

信じられないほどの痛み、そして上がる心拍数。まるで心臓が肥大してしまったかのように、ばくばくと大きな音を立てている。顔に血が集まってくる感覚がして、フィディはその場に立っていられなくなってしまった。窓枠に手を置いたまま、ずるずると膝を折ってしまう。

(もう間違いようがない。……これは、病気だ)

これはもしかすると、心臓の病気かもしれない。こんなに心拍数が上がってしまって、苦しい。フィディはよろめく足で、なんとか踏ん張った。

この痛みの原因は、おそらくフレッドだ。なにしろフレッドに何かされたときだけ、こんなにも苦しくなってしまうのだから間違いない。この条件からすると、単純な心臓の病気ではないかもしれない。おそらく、心因性。フレッドに笑顔を向けられたり、何か特別なことをされると起こる発作《ほっさ》。

何故こんなことになったのか定かではないが、おそらく発情期が原因ではないだろうか。発情期中に、初めてこの発作が起きた。初めての発情期に性行為を行った相手に対して起こる発作、何かこれまでの症例があるかもしれない。

調べてみたいが、フィディが本を手に入れるにはフレッドを頼らなければならない。しかしこの病気の原因はおそらくフレッドである。フレッドにそんなことを伝えてしまったら、ショックのあまり寝込んでしまうかもしれない。

(フレッドが、悲しむ……)

フレッドが悲しそうに眉を下げた姿を想像した途端、ずきん、とまた胸が痛む。

これまでの人生の中で、こんな風に心臓が痛むことはなかった。どうすればいいのかと、フィディは頭を抱えた。その内《なか》にフレッドがやってきて、廊下に蹲《うずくま》ったフィディは、半ば強制的に部屋へと戻ることになったのだ。

8

「それでずっと悩んでいたのだが、さっきフレッドが僕との番の契約を望んでいるとわかった瞬間、今度は痛みじゃなくて、すーっと心が落ち着いたんだ」

落ち着くとは言っても、とても明るい気持ちだ。ふわふわと心が軽くなるような、それでいてぽかぽかと温かいぬるま湯に浸《ひた》っているような、不思議な感覚だ。

「そういえば、さっき『練習じゃない』と言われた時も似たような感じだったな。フレッドとの行為が全部練習だと思っていた時は、なんだか妙に胸がそわそわしていたんだ。今はこんなにも心地いいのに」

病気の件について話し終え、フレッドを見やる。と、フレッドはまたも顔を手に埋めていた。

「他の輩との契約を避けるため、というフレッドの意見にも同意できるし。これは契約を結んだ方がいいと判断したんだが……おい、フレッド？」

フレッドは顔を手のひらに埋めたまま、一向にこちらを見ようとしない。

余りにも動かないので、フィディは心配になってきた。しかし、ぶ厚い肩を掴んで揺すってみても何の反応も返ってこない。

「フレッド、おい、フレッド」

「フィディ様」

何度目か名前を呼んだ時、フレッドが蚊の鳴くような声でフィディの名前を呼んで返した。そして、顔を見せないまま「はぁ」と大きな溜め息を吐く。今日はよくフレッドの溜め息を聞かされている気がする。

「どうした。どこか具合が悪くなっ……」

気遣いの言葉は、フレッドに遮られてしまった。気が付けば、フレッドの腕の中に閉じ込められていた。

「フレッド？　どうしたんだ、急に」

突然抱きしめられて、フィディは反応に困ってしまう。しかし、最近慣れ親しんだフレッドの匂いがふわんと漂ってきて、鼻腔を満たされて。それだけで満足してしまって、結局それ以上言及せずに目を閉じた。

また自分の胸がとくとくと早鐘《はやがね》を打っているのがわかった。ぎゅうっと力一杯抱きしめてくるフレッドの背中に、そろ……と手を回してみる。

次いで、ちょうど顔のあたりにある逞しい胸に頬を撫で付けてみた。

（ん……？）

そこでふと気が付いた。とくとくという音が、ふたつ重なって聞こえることに。心臓の音が重なって、不揃いな拍子《ひょうし》になっている。

「なんだ?」

もうひとつは、フレッドの心臓の音だ。フィディは目を瞬かせてから、首を傾げた。

「フレッドの心臓も、うるさいくらいに鳴っているな」

「それはそうです。私も病気ですから」

「なにっ」

見上げれば、やっとフレッドの顔を見ることができた。綺麗なエメラルドグリーンの瞳、豊かな金髪、大きな目に高い鼻。にっこりと笑う大きな口元。フレッドは、それは嬉しそうに笑っていた。

犬のようだと常々思っているフレッドの顔。何故だか病気になってから、前よりずっと輝いて見えてしまうのだ。

その笑顔をまっすぐに見つめていられなくなって、フィディはぎくしゃくと視線を外した。

「フィディ様と同じ病気です」

「なんだと?」

視線を逸らしたにも関わらず、フレッドに頬を包まれて、ぐっと持ち上げる。無理矢理上を向かされたせいで、否応《いやおう》なしにフレッドの顔が目に入った。優しく微笑むフレッドと目が合って、またもや心臓がきゅんと痛くなる。

「これは、恋の病です」

「こい？」

恋とは、他者を思い慕うあの恋のことだろうか。と、フィディは首を傾げる。

学園にいた頃は、誰それが後輩の誰々と恋仲になっただの、級友の彼と彼は交際しているらしいだの、貴族の子息らにあるまじく皆姦《かしま》しく盛り上がっていたものだ。

しかし、フィディ自身は恋をしたことも、おそらくされたこともなかった。愛だの恋だのという甘酸っぱいものは、自分には遠い存在だと思っていた。

「僕がフレッドに恋をしているというのか」

「恐れ多くも、おそらく」

そんなまさか、と呆然と呟けば、微笑みを保ったままのフレッドの顔が近付いてきた。そのまま、ちゅ、と軽い音を立てて頬に口付けされた。

「フィディ様、恋とはどんなものですか？」

「恋か？　恋というのは……」

ちゅ、ちゅ、と頬に当たった唇が、今度は目尻に落とされ、次いで、鼻先に触れる。くすぐったくて首を振るが、フレッドの唇はまるで離れない。

「相手のことが気になって」

学園にいる頃聞きかじった知識を、頭をせわしなく回転させながら思い出してみる。

「き、気になって仕方なくなって」

級友の一人が「僕は恋をした！」とえらく騒いでいたことがあった。

恋慕《れんぼ》の相手は、一学年下の可憐な少年であったと覚えている。恋する彼は、何かにつけて彼への思いをフィディに熱く語ってくれた。

彼がどんなに愛らしい外見を持っているか、またどれほど美しい心の持ち主か。彼は少年のことを、ある時は咲き誇る薔薇にたとえ、ある時は輝く星にたとえていた。たしかフィディは「何故わざわざ人間を花や星にたとえるのか」なんて言って、肩をすくめたはずだ。

「目が合って、微笑まれるだけで、幸せな気持ちになって」

楽しいのに苦しいんだ、と彼は言っていた。微笑みを見るのは楽しい、でもその微笑みが自分だけのものでないことが苦しい、と。それでもやはり、ずっと笑っていて欲しいのだ、と。

「喋りたくて、触れたくて、ずっと一緒にいたくて」

彼は苦しそうだった、心臓がもたないと言って笑っていた。

フィディは、自分の胸にそっと手を当ててみる。フレッドに抱き締められて、心臓が痛いほど高鳴っていた。

（あぁ、そうか）

今さらながらその理由に気付き、フィディは目の覚めたような思いでフレッドを見上げる。

同級生のあの彼は、この痛みのことを言っていたのだ。

「これが、恋か？」

まだ断定するには自信がなくて、語尾が疑問形になってしまう。フレッドはそんなフィディを抱き締めたまま、切なそうに微笑んだ。

「そうであって欲しいと、願っております」

フレッドも自信がないのだろうか。あんなにはっきりと断定していたくせに。フィディは胸に当てていた手を持ち上げて、しょぼくれるフレッドの頬に触れた。

二人で屋敷で過ごしていくうちに、意外と表情がころころと変わることに気付いた。

「フレッド」

フィディの手にフレッドの大きな手が重なる。しかし、その手は一度ぎゅっと強くフィディの手を握りしめた後、ゆるりと自信なさげに離れていってしまった。

「従者でありながら、過ぎた望みを押し付けしまいました。申し訳ありません」

「構わん。むしろ僕はお前にもっと自由に振舞って欲しい。どうせ僕達二人だけの館だ。お前が少しくらい我儘を言ったとして、誰が咎めると言うんだ」

そう、この屋敷にはフィディとフレッドの二人しかないのだ。主人と従者という肩書きを取っ払ってしまえば、そこにはフィディとフレッドという、二人の人間だけが残る。

笑いながら答えると、フレッドが驚いたように目を見開いた。

「もっと、自由に……？」

「ああ、お前は日頃から僕が望むことしかしないだろう。もっとお前の思うように動いていいんだ。僕の許可がなくてもな」

そうなのだ。そもそも二人しかいないこの館。フレッドの言動を使用人だからと制限させる者はいない。その決定権はフレッドの唯一の主人であるフィディにある。

フィディは、下ろされてしまったフレッドの手を掴む。今度は逃がさないように大きな指の間にするりと自分の指を絡めてきゅっと力を入れる。そして、まだ戸惑っているフレッドを安心させるようにその指先に口付けを落とした。

「なんてな」

自分の行いが恥ずかしくなって、照れ隠しに笑いながらフレッドを見上げれば、フレッドが何かを堪えるように頬を赤くして口を結んでいた。

「どうした？　言いたいことがあるのか？　我慢するな」

何を言ったところで、すぐに言動を変えられはしないだろうか。首を傾げるフィディを、フレッドが手で制す。

「フィディ様がそういう意図で仰《おっしゃ》られていないことは十分承知しておりますが……、もう我慢しませんよ」

フレッドの瞳に強い光が宿る。宝石のようだな、とフィディは思わず見惚れてしまった。真剣な顔は凛々しく、逞しい体付きと相まって、まるで名工《めいこう》が掘り出した英雄の彫刻のように見える。

恋する相手を花や星にたとえていた友人に、心の中で謝る。あの時は馬鹿にしていたが、フィディもまた、フレッドの前では詩人になってしまうらしい。

「一生を貴方に捧げます。貴方を守り抜くと誓います」

ぼんやりとしていた意識を引き戻させるような力強い声に、顔を上げる。

フィディの方が握っていたはずの手は、逆に、フレッドに握り込められていた。その熱さと力強さに、何故だか息が苦しくなる。

「愛している、フィディ」

先程の番の申し込みのやり直しをしているのかと思ったら、最後にとんでもない台詞を付け加えてきた。

「えっ」

「自由にしていいと言いましたよね」

「えっ、あっ」

フレッドの凄まじい圧に、思わず仰け反る。が、フレッドは距離を置かせまいとでもいうように追い掛けてくる。どんどん体が反っていって、フィディは覆い被さってくるフレッドを見上げるような形で、背後のクッションに縋りついた。

「ずっと貴方だけを想ってきました」

「ちょ、フレッド……っ」

「項を噛ませて下さい」

「フレッドっ」

とうとう仰け反ったまま、ベッドに倒れ込む。すぐ真上にいるフレッドはにっこりと笑っていた。

「俺の、番になってください」

本来のフレッドとはこんなに強気な男なのだろうか。しかし、力強い口調とは裏腹の優しい口付けがフィディの頬に降ってくる。強さと優しさを兼ね備えた従者の願いを、どうして拒否できようか。

フィディの返事は、もちろん先ほどと変わらない。

「それは、もちろ……んっ」

しかし答える前にフレッドが噛み付くように口付けをしてきたので、フィディの返事はフレッドの口の中に飲み込まれてしまった。

それでもその言葉はしっかりフレッドに届いたらしい。

フレッドは「ありがとうございます」と、今度は慌てたり焦ったりすることなく受け止めた。

「さて」

「ん？」

仕切り直すかのようににっこりと微笑んだフレッドが、フィディの頬に、ちゅっ、ちゅっ、と軽い口付けを降らす。

「では、このまま抱かせていただきますね」

「えっ？　いや、いや待てフレッド。僕はやっと体力が戻ったばっかりで……」

後は項を噛むだけかと思っていたらとんでもないことを言い出したフレッドに、フィディは思わず「待て」の言葉を投げかける。

まだフィディの体には、発情期に盛《さか》りまくった名残《なご》りが色濃く残っている。こんな状態でフレッドを受け入れたら、またしばらくベッドで過ごす羽目になりそうだ。

そう思ってフレッドの体を退けようとその胸を押すのだが、もちろんのことぴくりともしない。

「フィディ……」

フレッドが切なげにフィディの名前を呼ぶ。フィディの手が、意思に反してぴたりと止まった。先ほど名前を呼ばれた時は「もしや聞き間違い」とも思ったが、そうではなかったらしい。今またフレッドは、フィディを敬称無しで呼んだ。

「う……」

理解した途端、頬がカッと熱くなる。どうやらフィディは、そう呼ばれることが、とても嬉しいらしい。心臓がどきどきと激しく脈打ち、頬どころか頭のてっぺんまで熱くなる。

「この幸せな気持ちのまま、繋がりたいんです」

「うぅ……」

意思とは裏腹に、抵抗していたはずの手は力をなくし、受け入れるようにフレッドのその背に回ってしまう。

すると嬉しそうに微笑んだフレッドが、また元気よく激しい口付けを仕掛けてくる。

「それは、ずるいぞ」

情けないフィディの言葉に笑いながら、フレッドは鼻先をフィディの首筋に押し当てた。


その後も、あまりに激しい性交を繰り広げてくるフレッドを止めようとする度に「自由にしていいと言われましたよね」と悲しい瞳で見つめながら「フィディ」と呼ぶものだから。フィディはその度何も言えなくなって、結局フレッドの、あんな要求やこんな要求を全て飲む羽目になってしまった。

飼い犬にいらぬ悪癖《あくへき》を覚えさせてしまったのではないだろうか、躾《しつけ》をし直そうか、と思い悩むも、必殺技を覚えてしまった飼い犬には何も効かない。

それでも可愛い犬が嬉しそうにしているのを見ると、たまらなく嬉しくなって「まぁいいか」と受け入れてしまうのだからもはやしょうがない。

いや、フレッドはもう飼い犬ではない。フィディの可愛い番犬、改め、フィディの可愛い番のフレッドだ。

この辺境の地で、フィディという主人と二人で生きていくことを受け入れてくれたフレッド。であれば、多少の我儘もある程度は受け入れて然るべきか、と、思わなくもない。なんだかんだと文句を言いつつ、結局のところフィディはフレッドが可愛くて仕方ないのだ。

何故なら彼は、フィディの唯一の従者であり、唯一の番なのだから。

9

もうすぐフィディの性判断検査の結果が出るという冬のある日、フレッドはワイズバーン伯爵に呼ばれた。

フレッドの代わりにフィディには三人の従者を付け、フレッドは学園から馬に乗ってワイズバーン家を目指した。

「話というのは言うまでもない。フィディのことだ」

執務机に腰掛けたワイズバーン伯爵はゆったりとした仕草で腕を組んだ。

「結果を見るまでもなく、あの子はΩだろう」

やはり、フレッドは言葉に出さず頷くだけに留めた。フィディは、彼の母親であるΩにそっくりだ。美しい顔、嫋《たお》やかな身体つき、そこはかとなく漂ってくる艶《なま》めかしい雰囲気。フィディは稀代のΩとなるだろう。

学園の中でも、αであろう者は敏感にフィディの性を嗅ぎ取っており、何かとフィディに近寄ってくる。

最近、フィディを我が物にせんと近付いてくる不届き者をフィディに気付かれないように追い払うのが、フレッドのもっぱらの仕事となっていた。

「まだ性が判明する前なのに、結婚の申し込みがひっきりなしだ」

淡々と話すワイズバーン伯爵をフレッドは直立不動でじっと見つめる。

「それから、未然に防いだ誘拐事件が三件、学園への侵入未遂が二件だ。学園での様子が目に浮かぶようだよ」

困ったものだ、と、それほど困っていないような飄々《ひょうひょう》とした態度で呟き、ワイズバーン伯爵は肩をすくめる。

フレッドは何と答えることもなく、ただワイズバーン伯爵の話の続きを待った。ワイズバーン伯爵が何の目的もなしに特に警戒の必要な時期にフレッドを呼び出すわけがない。

「フィディがΩであることは、小さい頃からわかっていた。まぁ、なんとなくだけどね」

フレッドも、同意の意味を込めて目を伏せた。

フィディは小さな頃から、儚《はかな》く美しかった。成人を迎える前に性判断検査を受けるが、特に貴族は、事前に大凡《おおよそ》の予想がされている場合が多い。その後の人生に、大いに影響してくるからだ。例えば跡継ぎ問題であったり、結婚の云々であったり、問題はさまざまだが。

もちろん、検査を受けて予想と全く違う結果が出ることもあるので、誰であれ検査を受けなければ正確な結果はわからないが。

「Ωは現在差別の対象となりやすい。私はね、フレッド、フィディに社会に出ても自分の思うままに生きていけるだけの知識を身につけさせたかったんだ」

Ωは確かに差別対象となりやすいが、社会からまったく爪弾《つまはじ》きにされているわけではない。優秀な才能を持ったΩは仕事を得てそれなりの役職に就いていることもある。

ただしΩの予兆がある者や、ましてやΩと判断された者は学べる場をほとんど持てない。大半の人間はΩの役割とはαを出産することと考えている。Ωはいずれ子を産み育てる者として家庭に入ることが多い。よってΩに知識は必要ないとされ、学びの場から切り離されてしまうのだ。

それは性の性質上仕方がないことであるとαやβはもちろん、Ωですらその実情を受け入れがちだ。

「知識があれば選択肢が増える。もちろん家庭に入ってもいい。ただ、世界を知り、夢を持ったのであればそれを叶えて欲しかった」

だが、フィディはワイズバーン伯爵が考えていたよりも遥かにΩとしての魅力に溢れていた。

「学園においてもこの屋敷においても、フィディを狙う輩は増え続ける一方だろう。閉じ込めておくにはこの屋敷は広すぎるし、人の出入りもあり過ぎる。かといって適当に見繕ったαと婚姻などさせたくもない」

あれだけの美貌に加えて、ましてやフィディはワイズバーン家の者。これからもΩであることでフィディの身に降りかかる災難は後を絶たないだろう。

溜め息とともに言葉を切ったワイズバーン伯爵は、引き出しから取り出した用紙を、執務机の上に広げた。この国の地図だ。

「ここ」

フレッドと二人で見るために用意したのだろう、大きな地図の一箇所に、ひたりと指を置いた。

「テラヤワーズ地区に屋敷を準備してある。しばらく……、まぁいつになるかはわからないが、状況が落ち着くまでフィディをここに隠す」

そこはワイズバーン家の領地の最西端。乾燥地帯の荒地であり、おいそれと人が近づけるような場所ではない。

「検査の結果が出たら直《す》ぐに移動してくれ。あまり人を動かすと周囲に気取られるから、供は君だけを付ける」

「はい」

「フィディがどこにいるか知られないように手は尽くすが、テラヤワーズまで行くような気概がある者がいたら、君が排除してくれ。隣町にワイズバーン家の手の者を常時配置させておく」

「承知致しました」

「それから、フィディにはまだ事情は話さなくていい。ただでさえ性のことで傷心している最中に、自分が数々のαを狂わせるほどのΩだと突きつけるのは酷だろうからな。ゆっくり自覚してもらいたい。そのために父親が悪者になるなら、それでいい」

フレッドはワイズバーン伯爵の言葉に頷いた。

フレッドの返事を聞いたワイズバーン伯爵も、ひとつ頷き返した後、ふいに、ふう、と長い溜め息をこぼした。そこには、彼にしては珍しく疲れのような諦めのようなものが滲んでいた。

溜め息の後の静けさが部屋の中に行き渡る頃。背もたれに身を預けたワイズバーン伯爵が、宙を見ながら呟いた。

「全くもって、人生はままならないな」

自分はαであると信じて疑わなかったのに、周囲から狙われるほどのΩであったフィディ。Ωかもしれない息子を社会に出させ夢を叶えさせたかったのにも関わらず、結局は辺境の地へ追いやることになってしまったワイズバーン伯爵。

騎士を夢見ながらも、一方的な後継者争いに飲まれ、奴隷となったフレッド。

誰しもが思い描いた未来があったのに、その通りに生きることが出来なかった。

ワイズバーン伯爵らしくないどこか生気の抜けた表情。その顔をしばし眺めてから、フレッドは、ぎゅっと拳を握る。そして、フレッドにしては珍しく、自ら口を開いた。

「それでも」

「ん?」

「それでも私は、ままならないこの人生に満足しています」

本当にままならない人生だが、それでもフレッドはフィディと出会えたこの人生を悲観してはいない。

この人生だったからこそフィディに出会えたのだと思えば、なんと素晴らしい人生だ、と晴れ晴れとした気持ちで胸を張って言えるのだ。

ままならない人生のその先に、幸せが待っていることだってあるのだと、フレッドはもう十分に知っていた。

「……そうか」

フレッドの真意を見極めるように、じっと目を見つめた後、ワイズバーン伯爵は溜め息を吐きながら頷いた。

それは先ほどよりとても軽いもののようにフレッドには聞こえた。

「はー……、さてさて、感傷に浸るのはこのくらいにしようかな。さ、フィディのところに帰っていいよ」

すっかりいつもの調子に戻ったワイズバーン伯爵に学園へ戻ることを許可されて、フレッドは頭を下げて部屋から退出しようとした。

そんなフレッドを追うように、ワイズバーン伯爵から声がかかる。

「もしフィディと番の契約でもして、フィディのフェロモンが落ち着くことがあれば早めに屋敷に戻ってきてもいいからな」

衝撃的な内容に、フレッドの足が、今まさに開けようと手をかけていた扉にぶつかり鈍い音を立てた。

「私はね、フィディが愛する者であれば、どんな相手でもいいと思っているんだ」

にっこりと笑ってワイズバーン伯爵が告げてみれば、フレッドはぎくしゃくとした態度で振り向き、一度頭を下げてから「失礼しますっ」と大きな声で宣言して部屋を出て行った。

ワイズバーン伯爵はそんな彼の様子に笑いをこぼす。

誰が見てもわかるフレッドの恋情はさておき、親であれば我が子が誰を目で追っているかよくわかる。

それはまだ恋とも愛とも言えないものであるのももちろん気付いてはいるが、どう育つかは本人達次第だ。

しかし自分の従者を語る時の息子のあの表情は、なんともいえない愛らしさがあった。ワイズバーン伯爵は息子と、彼に犬のように傅く従者の姿を思い出し苦笑する。

自分で焚《た》きつけておきながらなんだが、もしかしたらフィディは意外と早くこの屋敷に戻ってくることになるかもしれないと、嬉しいような父として面白くないような複雑な気持ちでワイズバーン伯爵はにやりと口端を持ち上げた。

ワイズバーン伯爵の予想は結局当たり、当初の予定よりずいぶん早い段階で息子は屋敷へと戻ってくることになる。

一時期は行方知らずとされていたワイズバーン家の四男は、優秀な婿を迎え、沢山の子宝に恵まれることになる。さらに、ワイズバーン家の潤沢な資産を元手に、Ωのための薬の開発や性差の是正《ぜせい》に乗り出すことになるのだが……、それはまだ未来の話である。

それらの多くは、ワイズバーン伯爵にとっては嬉しい誤算であった。

?
…
oh…
ちーん…
いいにおいだ…♪
……。
〆の香り
はアロマ

続・人生はままならない
ZOKU JINSEI WA MAMANARANAI

1

ワイズバーン伯爵家領地の西の端に位置する、テラヤワーズ。草木が極端に育ちにくいこの荒地に、二度目の春が来た。

春とはいっても、昼夜問わず強い風が吹き荒《すさ》ぶのは相変わらず。陽の光は舞い散る砂に遮られ、いつでもどんよりと薄暗い。春らしいところといえば、風が生ぬるくなったことくらいだろう。今しがた昴《のぼ》り始めた朝の日差しも、燦々《さんさん》……と称するにはどこか爽やかさが足りない。

そんなテラヤワーズの荒野に、ぽつんと建っているワイズバーン伯爵家所有の別荘。その屋敷の主寝室でぼんやりと外を眺めているのは、ワイズバーン伯爵家四男のフィディ・ミシュエル・ワイズバーンだ。寝巻きのまま部屋を彷徨《うろつ》いているのだが「さっさと着替えて朝食を召し上がってください」などと咎《とが》める者はいない。この屋敷は、極端に人が少ないのだ。

「春だというのに、景色に代わり映えがないな」

形ばかりのバルコニーに面した大きな窓にそっと手を這わせて荒野を見やる。が、視線の届く限り、春めいたところはない。外からも内からも開くことのないはめ殺しの窓にそっと手を言わせ、フィディは「ふん」と鼻を鳴らした。

フィディは、由緒正しきワイズバーン伯爵家の四男だ。幼い頃から才覚に恵まれ、四男とはいえ十分な教育を施されてきた。

帝国の身分ある子供達が通う学園でも常に優秀な成績を収め続け、フィディは自身の第二性をα《アルファ》であると信じ、伯爵である父や、将来家督を継ぐであろう兄の支えとなることを夢見ていた。

しかし、そんな夢や希望は半年前に脆《もろ》くも崩れ去った。フィディの第二性は、Ω《オメガ》だったのだ。Ωは、αのように特筆した能力もなく、β《ベータ》のように普通に生きることすらままならない。番《つがい》を得るまでは常に発情期に振り回されるため、この世を三分する三つの性の中で、もっとも劣等であると認識されている。

優秀な自分がまさか、何かの間違いだ、と嘆いたが、国が実施する検査結果に誤りなどない。フィディは父の手配であっという間にこの荒野に送られ、たった一人の従者とともに、隠居じみた生活をおくることを余儀なくされた。

初めこそ、何もかもに絶望してさめざめと涙に暮れたり、自身の境遇を哀れんだり、「ここが終《つい》の住処か」と覚悟を決めたりもした。が、フィディはへこたれなかった。

この人も街も娯楽もないテラヤワーズで、夢と、それからかけがえのない伴侶を見つけたのだ。それは……。

「……っ、朝はまだ冷えるな」

ぶるっ、と体が震えて、フィディは考え事を止める。窓の側に長くいたせいで、足先から寒気が這い上がってきたようだ。

と、その時。コンコンッと心地よいノックの音が響いた。フィディは「入っていいぞ」とそちらを振り返る。

「おはようございます、フィディ様」

現れたのは、フィディ専属の、そしてこの屋敷唯一の従者であるフレッドだった。獅子のたてがみのように豊かな金髪を揺らし、エメラルドグリーンの目をゆるりと細める。きらきらと眩しいその姿は、荒野を照らす朝日よりよほど明るい。フィディは口端《くちは》を持ち上げて「あぁ、おはよう」と返した。

「そろそろ起きられる時間かと思いまして」

迷いなくフィディの方へと歩いてきたフレッドは、フィディに「こちらを」と手触りの良いブランケットを差し出してきた。先ほどフィディが体を震わせたのを見ていたかのような用意周到さだ。

「ありがとう」

フレッドの察しと手際の良さはもう十分承知しているので、フィディは特に何を言うでもなくそれを受け取り肩にかける。今さら「何故僕が寒がっているとわかった？」なんて野暮なことを尋ねる真似はしない。フレッドは、フィディ以上にフィディの心と体を気遣っている。ただそれだけだ。

ちらりと棚の上の時計に目をやれば、いつもの起床時間より少し遅い。フィディは小首を傾げた。

「ん、今朝は珍しく遅かったな」

腕を組んでそう言うと、何故かフレッドが気恥ずかしそうに「いえ」と言葉を濁《にご》した。よくよく見れば、健康的に焼けたその肌の頬あたりが、ぽ、と赤く染まっている。

「昨夜は、少しその……就寝が遅かったので」

朝に似つかわしくない、しっとりとした声がフィディの耳朶《じだ》を撫でる。フィディは「昨夜？」と首を傾げた後に、ぽんと手を打った。

「性行為か。そういえば、昨夜は長くかかってしまったな」

「フィディ様」

「うん。なんだか、まだ尻に違和感があるぞ。たしかに無茶をしてしまったな」

尻に意識をやったせいか、臀部《でんぶ》が妙にむずむずする。自身の尻をすりすりと撫でていると、もう一度「フィディ、様」と嚙み締めるように名前を呼ばれた。フィディは「うん？」と首を傾げる。

微《かす》かに眉根を寄せたフレッドの頬は、先ほどより赤みが増している。何か言いたげなその顔を見て、フィディはハッと瞬《しばたた》いた。

「あぁいや、フレッドは何も悪くないからな」

「いえ、それは……」

「僕が、何度も何度も、『お前の逸物《いちもつ》を挿《い》れてくれ』とねだったせいだ。そうだろう？」

「……」

フィディの発言に、フレッドがとうとう額を手で押さえてしまった。おそらく「その通り」だと思っているが、フィディが主人である手前、すぐさま肯定できないのだろう。

フレッド程ではないが、フィディも彼の気持ちを察することができるのだ。なにしろ十年以上一緒に過ごしているのだから。

「フレッドと致していると、どうにも精液が欲しくなってたまらないんだ。何度注がれても足りない」

昨夜、フィディは「これで終わりにしましょう」と言うフレッドの腰に足を回して「もう一度、やだ、もっと」とねだってしまった。ひとえに、その精液を体内に注いで欲しかったからだ。Ωの本能なのか、フレッドに対する重すぎる恋情ゆえなのかわからないが、これに関してはどうにも我慢がきかない。

「許して欲しい……が、困ったことに『もうねだらない』とは約束できないんだ」

やぁ困ったな、と腕を組むと、フレッドも困ったように目を閉じて天井を向いていた。何やら考え込んでいる様子だが、その思考までは透けて見えない。

「フィディ様」

「ん？」

数秒天を見上げた後、フレッドは綺麗な微笑《ほほえ》みをフィディに向けた。

「閨事《ねやごと》は夜だけの秘めごとですから」

言外に「朝から話すことではありませんよ」と嗜《たしな》められて、フィディは素直に頷いた。

「じゃあまた夜に、寝台の上で話そう」

「……そうですね」

何か含んだような物言いではあったが、とりあえず納得したらしい。フレッドが安心したように笑みを浮かべた。

「朝から『無茶』はさせたくありませんので」

「ん？　うん」

なにを無茶することがあるのか、とは思ったが、フィディは曖昧に頷いておく。

「フィディ様」

「どうした？」

見上げると、フレッドはまっすぐにフィディを見下ろしていた。その新緑の瞳の奥に、淡い期待の色が閃《ひらめ》いて見えて、フィディは「うん」と返す。この「うん」は「許可」だ。

許可を得たフレッドは、フィディの耳に口付けた。軽く、鳥の羽根で撫でるように柔《やわ》く、そっと。

「ん」

ちゅ、ちゅ、と二度、優しい音を残して、フレッドの唇が離れていく。なんとなく名残惜《なごりお》しい気持ちでその唇を目で追っていると、フレッドが「ふ」と鼻を鳴らした。

「朝食は食堂に準備しておりますから、お着替えが終わられたら降りてきてください」

「……っ」

低い声に耳朶を揺らされびくりと腰が跳ねる。フィディは耳を押さえてこしこしと擦りながら「う、わかった」と首を上下させた。

「では、お待ちしております」

フレッドはそう言って一礼すると、あっさりと背を向けてしまった。

(閨事は夜に……なんて言っておきながら、自分は大層フェロモンを振りまくじゃないか)

なんて言葉が心に浮かんだが、フィディはそれを胸の内にしまっておく。思ったことをなんでも口にするのが正解とは限らないのだ。

体の動きにあわせて跳ねる金髪が扉の向こうに消えたのを確認してから、フィディは「ふぅ」と息を吐いて寝台に座り込んだ。

フレッドはこの屋敷唯一の使用人であり、フィディの専属従者であり……、そして、大切な伴侶である。主人と従者がやんごとなき関係に落ち着くまでは、それなりに山と谷があったが……。元々二人で過ごすのが当たり前だったということもあり、今は不思議としっくり落ち着いている。

「ああいうのは、なんというんだろうか」

フィディは自身の顔を両手で、もに、と挟み込んで溜め息混じりに愚痴をこぼした。愚痴というには煩悩《ぼんのう》に塗《まみ》れた幸せな悩みだが。

「ああいうの」とは、フレッドから滲み出る何かのことだ。最近、フレッドの言動に妙に心をくすぐられる。可愛い大型犬のような顔をしたと思ったら、急に雄の顔を見せてくる。色恋沙汰に明るくないフィディは、それにはっきりと名前をつけることができない。

(なんというのだろう、あれは……色気?)

ひとつの答えに行き着きかけてから、フィディは「いや」と内心で首を振った。あれはおそらく色気ではない。

(滲み出ているのは、多分、フレッドの……僕に対する愛情だな)

フレッドは、フィディに対する愛情を微塵《みじん》も隠さず全身から溢れさせている。それこそ、当てられた方が怯《ひる》んでしまうくらい、強く、遠慮なく。

(や、いいんだ。いいんだけれど、も)

どこかむず痒《がゆ》いような気恥ずかしさを感じるのも事実だ。喩《たと》えるならば、摘みたての木苺《きいちご》を噛み締めた時の感覚に似ている。つまりそう、甘酸っぱい。

日課になった勉強を終えて「さて寝るか」と本と帳面を片付ける頃、フレッドは必ず寝室に現れる。そしてフィディに向かって「そろそろお休みになられますか？」と問うてくる。その言葉の後に「私と一緒に」と聞こえるのは、フィディの気のせいではない。

そして一緒に寝床に入ると、必ずといっていいほど、始まってしまうのだ。いわゆる、夜の営みが。

（それはまぁ、僕が求めてしまうということもあるが……）

フレッドがあまりにもいい頃合いに部屋を訪れるのも原因のひとつだ。あれは、狙ってやっているに違いない。

昨夜、一緒の寝床に入るやいなや、フレッドはフィディを後ろから抱きしめてきた。高い鼻梁《びりょう》でフィディの首筋を撫で、すんすん、とまるで犬のように鼻先を動かして。そして「とても、甘い匂いがします」なんて、それこそ蕩《とろ》けそうに甘い声で囁いて。

そんな事をされれば、フィディの方も体が熱くなってしまうのは必然だ。腰のあたりを緩やかに押す硬いモノにわざと尻を擦りつけて、誘うように手に手を絡ませて。「フィディ」と名前で呼ばれて。

「僕だって、フレッドの匂い、嗅ぎたい」

なんて言ってしまう。そうなると、もう後はなし崩しだ。あっという間に服を脱がして脱がされて、肌の匂いを確かめ合って、触れ合わせる。

「愛情」を隠さなくなったフレッドは、事あるごとに「好きです」と繰り返す。胸の突起を強く柔く吸いながら、胸から腹、そして臍《へそ》までをゆったりと舌で辿りながら。「好きです」「貴方のすべて、隅から隅まで」と。

足の先にまで口付けられて「髪の一本、爪の先まで、余すところなく愛しています」なんて言われて、どうして耐えられようか。

フィディはぐずぐずに溶けたバターよりもまだだらしない顔と声で「僕も、僕も好きだから……早く」とねだるしかなくなる。そして、ねだるままに陰茎を尻穴に受け入れて、締め付けて。フレッドの逞しい腰に足を巻きつけてまで「中に、欲しい」と精液を欲しがって……。

そこまで思い出して、フィディは「ふぅ」と溜め息を吐いた。朝から淫《みだ》らな記憶を熱心に思い返すなど、それこそ破廉恥《はれんち》極まりない。

発情期は終わったばかりなのに。なんて考えながら自身の額に手をやる。最近やたらと体が熱っぽいし、疲れやすい。まぁ、疲れやすいのはフレッドとの行為のせいもあるかもしれないが。

Ωは、数ヵ月に一度「発情期」を迎える。その際、他の性、特にαを誘惑するためにフェロモンが分泌される。本能的に、優秀な遺伝子を欲しているのだろう。

発情期の期間はおよそ一週間ほど。Ωはその間、部屋に閉じこもって過ごすしかない。発情期を抑える薬もあるにはあるが、劣等種であるΩ向けの薬は劣悪品が多く、副作用が多い。Ωが安心安全に発情期を乗り越えるのは、至難の業《わざ》なのだ。

しかし、パートナーのαがいれば話は別である。αとΩは「番契約」という特別な関係を結ぶことができる。その契約を結べば、Ωのフェロモンは番であるαにしか作用することはなくなるのだ。番契約を結ぶ方法、それはΩのフェロモンが一番多く分泌されるといううなじに、αの噛み跡を残すというものなのだが……。

「……」

フィディは、額に置いた手をするりと滑《すべ》らせ、頬を撫で、首筋に当てた。少し手を後ろにやると、指先がうなじに触れる。

指先の触れた首筋はさらりとしていて、傷跡ひとつない。そう、そこには歯型のひとつも、まだないのだ。

ほのかに上気していた顔の熱が、すぅ、と下がるのを感じ、フィディは視線を床に下げた。

（そう、うなじを……）

惜しみない愛情を、それこそ浴びるように受け止めていても、全く悩みがないわけではない。いや、愛情を感じるからこそ、どうしても向き合わなければならない問題がひとつあった。幸せな気持ちと同じくらいの大きさで、その悩みは、フィディの肩に重くのしかかっている。

「そろそろ……、いや、でも」

思い立ったように顔を上げて、しかしまた俯いて。結局なんの結論にも達せないまま、フィディは重い腰を上げて立ち上がった。

＊

αであるフレッドに「番になりたい」と言われ了承したのは、かれこれ八ヵ月前。そう、八ヵ月も前だ。だというのに、フィディとフレッドは未《いま》だ正式な番の契約を果たしていない。

番の契約が成立し、残った噛み跡は一生消えることはない。つまり、「番になる」ということは、心身ともに生涯のパートナーになるということ、いわば「結婚」と同等の意味を持つ。

フィディはそのつもりでフレッドの告白を受け入れたし、フレッドもまた「一生をともにする」という覚悟で申し込んでくれたのだろう。

間違いなく「愛し合っている」と断言できるのに、幾度となく体を繋《つな》げているのに、その間何度も発情期を迎え乗り越えたのに。一体全体何がどうして未だフレッドにうなじを噛まれていないのか。

（そんなの……、そう。そうだな、僕のせいだ）

閉じた本の上に行儀悪く顔を載《の》せ、横に積んだ本をぱらぱらとめくってみる。が、そんな格好では内容なんて頭に入ってこない。フィディは諦めて目を閉じた。

ここは、屋敷の中に作ったこじんまりとした研究室だ。いや、実際のところそんなに大したものではなく、フィディの勉強部屋といった方が正しい。今は試行錯誤して個人で行った実験の結果をまとめている。フィディは溜め息を吐いて薄らと目を開いた。開けば当然、現実が目に入ってくる。

『医療用薬学』『Ωフェロモン論書』『発情期薬効』、目の前に並ぶ本の題名はどれも、今のフィディに必要な知識が詰まっている。フィディは本と一体化していた頬をぺりりと剝《は》がすように持ち上げた。

「全く、情けない。それでもワイズバーン家の男か！」

拳を握って自身を鼓舞するも、言葉は虚《むな》しく部屋に響くだけだ。フィディは椅子に腰掛けたまま天井を眺める。

「情けない……」

そう、情けないとは思う。ワイズバーン家の四男、いや、フィディ・ミシュエル・ワイズバーンとして、こんな情けないことがあっていいのだろうか。いや、よくない。フレッドの前でさっぱりすっぱり髪をかきあげ、うなじを差し出して「さぁ、噛むがいい」と言い切ってやるくらい出来なければならないのだ、本当は。

（もとより、そのつもりだったんだ。本当は）

「番になる」事を了承したあの日、フィディは当たり前のようにうなじを晒《さら》した。「噛んでいい」とも言った。そんなことくらい、平気だと思っていたのだ。

しかし、実際にフレッドが首筋を舐めて、形の良い歯列《しれつ》がそこに触れた途端、どうしようもなく体が震えてしまった。ふるっ、と短い震えだったが、フレッドはその「怯え」を見落とさなかった。一瞬で、ぱ、と口を離し、ちゅっちゅっと浅い口付けを落とすだけに切り替えた。うなじを噛む噛まない、については一切言及せず「愛しています、フィディ様」と優しい囁《ささや》きだけを繰り返して。

強引なところもあるくせに、いざという時は絶対にフィディの意思を蔑《ないがし》ろにしない。フレッドとは、そういう男なのだ。

(僕は、怖いんだろうか?)

ここ数ヵ月何度も繰り返している自問を内心で呟いて、フィディは首を振った。だらしなく放り出していた足で床を踏み、姿勢を正す。

フレッドのことは愛しているし、信用している。番になる、と頷いた気持ちに偽《いつわ》りはない。

(フレッドのことは好きだ。ただ……)

ただいざとなると、どうしても踏ん切りがつかないのだ。しかし、その理由がいまいち自分でもわからない。

最初は、長く自分の第二性をαだと思い込んでいたことに起因するのかと思った。

そう。フィディは元々、自分の事をαだと思っていた。自分はαとして生きていくのだと信じており、Ωに対する偏見も、たしかに持っていた。だからこそ『うなじを噛んだらもう戻れない』『αに隷属《れいぞく》して生きていくのだ』『番という契約を一生背負って』と、歪《ゆが》んだ知識に基《もと》づく恐怖をどこかに抱いているのかとも思った。

(けれど、そんな恐怖は微塵もない。心の、どこを探しても)

αとΩは対等な力関係で契約を結ぶ。……とは、たしかに言いづらい。どうしても、能力の劣るΩの方が立場が弱いのだ。番契約を結ぶことを「Ωを支配下に置く」と評するαもいるくらいである。

しかし、フレッドは違う。フィディを支配したいなど思ってもいないはずだ。むしろ、関係性から言えば侍従であるフレッドの方が、フィディを敬《うやま》っている。

(だからそう、その点は不安じゃないんだ)

なのに、どうしても「噛んでいい」とフレッドに言えない。

「好きだから」「愛しているから」その気持ちがあれば契約なんて簡単だと思っていた。番になることなんて平気だと。お互いがお互いのものである証なのだと。なのにどうしても、フィディは「本当の番になろう」と言い出せないでいる。

「あぁ、やめだ、やめ。ごちゃごちゃと思い悩むなんて、僕の性《しょう》に合わない」

思考を遮るように亜麻色の髪をかき乱す。まずは手を動かせ、とばかりにフィディはペンを握りなおし帳面に向きなおった。物思いに耽《ふけ》るよりも前に、考えなければならないことは山ほどあるのだ。

フィディは相変わらず、Ωの生活の質を向上させるため「副作用の少ないフェロモン抑制剤」の開発研究を進めていた。

元々はこの屋敷にいて「せめてなにかできることを」のつもりで勉強を始めた。自分にできることがあるなら、なんでもよかったのだ。色々なことから目を逸らして、がむしゃらになにかを成し得たかったのかもしれない。しかし、フレッドとともに過ごし、自分の性である「Ω」と向き合って、いつしか、「せめてできること」ではなく「成し遂げたい」という気持ちに変わった。きちんと形を持った夢を、思い描くことができたのだ。

とはいえ、専門的に薬品について学んできたわけではないので、すぐさま薬を生み出すなんてことはできない。まず、基本的な薬の勉強から始まり、現在流通している薬の成分の分析、薬の開発が理論的に可能かどうかということの調査などを行った。そして、色々な可能性を加味しながらも副作用の少ないフェロモン抑制剤の開発は「可能」だ、と結論づけた。

しかし、それには莫大な費用と技術が必要となる。原材料の仕入れから薬の調合や治験《ちけん》、流通やその全てにかかる費用の捻出方法を検討しているが、明確な数字が出揃えば出揃うほど頭が痛い。

はっきりいって、フィディの生家《せいか》であるワイズバーン家の力を当てにしているところが大きい。

ワイズバーン家の面汚《つらよご》しとして辺鄙《へんぴ》な屋敷に幽閉されていたと思っていたが、そうではないとフレッドが教えてくれた。まだ父の意思を確認していないのでなんとも言えないが、どうやら心底疎《うと》まれているわけではないらしい。……が、決して良くは思われていないだろう。であれば、利益主義の父を納得させるだけの材料が必要だ。

（Ωの待遇改善のために必要とはいえ、ほとんど慈善事業ともいえるこの薬の開発に、父上が金を出資してくれるだろうか……。薬を高価にすればそれ相応にリターンはあるが、できるだけ必要な人全てに行き渡って欲しいから、安価で流通させたいし）

むむ、と考え込みながら、フィディは机の端に置かれた小さな花瓶を見やる。花瓶には、薄青い色の花が数輪生《い》けてあった。華美過ぎず、かといって印象に残らないほどでもなく。程よく心を癒してくれる大きさと色合いだ。

荒野には花なんて咲いていないので、おそらく、フレッドが街で買ってきたのだろう。

（相変わらず、気の利く）

せっかく頭から押し出したのに、気がつけばまたフレッドの事を考えていた。フィディは「ぬぁ」と情けない吐息を吐いて、首筋に手をやる。最近すっかり癖になってしまった仕草だ。

「……しかし、まぁ」

どうせなら、今しばらくぐるぐると悩んでいたっていいではないか、とも思えてくるのだ。

フィディとフレッドがこの屋敷から出ることはない。おそらく、何ヵ月も、何年もずっと。それを思えば、うなじを噛むだの噛まないだの悩む数ヵ月など、ほんの少しの時間だ。後で思い返せば「そんな事もあったかな?」と思えるだろう。

(ふん。もういっそ微笑ましい笑い話にでもしてしまえばいい)

おそらくもう少ししたら「お茶でもいかがですか」と紅茶と茶菓子を携《たずさ》えたフレッドがやってくる。愛情がだだ漏れている侍従の姿を思い浮かべて、フィディは口端を持ち上げ笑みを浮かべた。

——もう少しだけ悩んでいたい。フィディのその小さな願い事は、思いもよらぬ形で粉々に崩されてしまうのだが……。「ふ、ふ」と微笑みながらペンを滑らせるフィディはもちろん、そんなことを知る由《よし》もなかった。

2

やけに微熱が続くな、とは思っていた。寝起きからずっと倦怠感《けんたいかん》が体に纏《まと》わりついて、食欲もわかない。それどころか、水分や果物《くだもの》しか摂取できない日もある。

丈夫な体が取り柄、とまでは言わないが、フィディはこれまでわかりやすく体調を崩すことなどなかった（発情期は除く）。それは、フレッドの力によるところが大きい。

フィディの侍従であるフレッドは、フィディの生活を事細かに管理してくれていた。食事はもちろん、適度な運動に睡眠、気晴らしの娯楽まで、幼少の頃からそれはもうフィディの体や精神を健康に保つよう、せっせと面倒を見てくれていた。

そんなフレッドが、床《とこ》に臥《ふ》せるフィディを見て平静でいられるわけがない。

やれ寝巻きは苦しくないか、ベッドの寝心地は悪くないか、水でも果物でも何か口に入れたいものはないか。煩《わずら》わしくない程度にソワソワと様子を窺《うかが》ってきて。照明の調整に添い寝の有無、果ては「子守唄を歌いましょうか」ときた。フレッドの子守唄は大好きだが、とりあえずは添い寝だけありがたく受け取ることにした。

「明日まで微熱が下がらないようでしたら、医者を呼びます」

フレッドの体に包まれながらようやく「ほっ」と息を吐いていると、そう宣言されてしまった。フィディは「そんな大袈裟な」と言いかけて、見上げたフレッドの真剣かつ険呑《けんのん》な目を見て「あぁうん、わかった」と大人しく頷いた。こうなったフレッドに何を言っても無駄だということは、十数年の付き合いでよくわかっていた。

「まぁ、風邪か何かだろう。ちょうど季節の変わり目だしな」

そう言うと、唇を噛み締めたフレッドが「すみません」と謝った。

「何を謝る?」

体調を崩したのはフィディなのに、どうしてフレッドが謝るのだろうか。不思議に思って問い掛ければ、フレッドが、く、と眉根を寄せた。

「夜はまだ冷えるとわかっていながら、連日フィディ様を何時間も裸にしてしまって」

「……んっ、ふは」

あまりにも真面目にそんなことを言われてしまって、フィディは笑いを噛み殺すのに失敗してしまった。誤魔化すように咳払《せきばら》いはしたものの、今さら噴き出した事実は覆《くつがえ》らない。

「ん、いや別に、僕も好きで裸になったんだ。フレッドのせいだけじゃない」

まさかそんな謝罪をされるとも思わず、フィディは自身を包み込むように体を横たえるフレッドに体を擦り寄せた。そして、性行為から連想することをふと思い付いて、ふふ、と笑ってみせる。

「もしかして、子供ができていたりしてな」

なんて冗談だが、と言いかけて、ふと、先ほどまでフィディを心配して百面相をしていたフレッドが真顔になっていることに気付く。フィディも「ははは」という冗談まじりの笑いを引っ込めて、つられるように真顔でフレッドを見返した。

「ん?」

「……医者を、医者を連れてきます、医者」

まるでばね仕掛けの人形のように、フレッドが飛び上がった。柔らかな掛布《かけふ》は宙を舞い、フィディは目を丸くする。と、フレッドは掛布を掴みふわりと優しくフィディの体に載せると、脱兎《だっと》のごとく部屋を飛び出した。

「あ、おい、フレッド?」

窓の外はとっぷりと日が暮れている。今から街へ向かって医者を連れてくるなど、土台無理な話だ。いや、無理な話のはずだ。

まさかな……、と思っていると、フレッドがすぐさま戻ってきた。

「あぁフレッド。そうだよな、まさかこの時間に……」

「もっと厚い掛布をお持ちしました。体が冷えないように湯たんぽも入れておきます。こちらのクッションに身を横たえて、絶対安静に動かないように。それからこちらは匂いのきつくない薬草茶です。体を温める効能がありますのでゆっくり飲まれてください。空いたカップはチェストの上に置いて、くれぐれも、くれぐれも動くことのないようお願いします」

「あ、え、ああ……?」

フィディの背に柔らかなクッションを敷いてお茶とソーサーを手渡し、足元に湯たんぽを放り込ませる。フレッドという人間湯たんぽがいなくなって冷めてしまった体が、ほかほかと温まっていく。

「では、私は医者を連れてきます」

最後に、ちゅ、ちゅ、と額に口付けを数度落として。フレッドは、野を駆ける獣のごとき速さで、部屋を飛び出していった。

「あ、おい」

「おい」の「お」を言うか言わないかのうちに、部屋の扉があっさりと閉まる。フィディはしばらく扉を眺めて、やがてずるずるとクッションに背を預け、最終的に良い香りのするお茶を、こく、と飲み込む。

獣と化したフレッドを止めることは、フィディでも難しいのだ。

(妊娠。まさか……)

先ほどの自分の軽口を思い出し、ふっ、と息を吐き出す。それから、なんとなく腹部に手をやってみる。もちろん、膨らんでもいないそこに命を感じることなどできない。が、なんとなく気にはなる。

(まさかな。いや、いや……？)

もう一度、否定した後、直近の……というより普段のフレッドとの性行為を思い出す。毎度毎度、フェロモンのせいか熱に浮かされたフィディが、フレッドに精子をねだり、たんまりと注いで貰っている。もはや、それが当たり前になっていた。

(なくもないのか)

そうか、そうだ。と、フィディは今さらながらその可能性に思い至る。思わずベッドから立ち上がりかけて、フレッドの「絶対安静に動かないように」という言葉を思い出してクッションに身を沈めて。気持ちばかりあちこちに行ったり来たり、そわそわと落ち着かない心地でフレッドの帰宅を待った。

*

──結論から言うと、フィディは妊娠していなかった。

あれから、ものの三、四時間で戻ってきた（本来なら片道移動でそれだけの時間がかかるのだが）フレッドは、腕に医者を抱えていた。往診用の鞄を抱えた寝巻き姿の医者は、フィディを見て「あの、その、こんな格好ですみません」と謝っていたが、おそらく、謝るべきはフィディ……いや、フレッドの方だ。

時折ハンカチで汗を拭《ぬぐ》いつつも、医者は真摯にフィディを診てくれた。喉を診て、腹を触って、諸々の検査をして。そして、にっこりと笑ってこう言った。

「軽い風邪ですね」

その瞬間、部屋の隅に控えていたフレッドがわずかに肩を落としたのを、フィディは見逃さなかった。それが安堵からなのか、残念な気持ちからなのかまでは、判断がつかなかったが。

「妊娠、ではなく？」

思わず確認するようにそう問うてしまった時、フレッドが慌てたように顔を上げたが、フィディは気付かなかった。

「妊娠？　いいえ、ただの風邪です」

首を傾げた医者が、ゆっくりと、だがたしかに首を振る。それを見て、フィディも詰めていた息を大きく吐き出した。冗談だの何だのと言ってはいたが、心の奥底では期待のようなものが芽生えていたようだ。

結局その晩は医者に泊まってもらい、翌朝改めて、フレッドが彼を街に送り届けた。医者は、あれこれと詮索することもなく「お大事に」と丁寧に頭を下げて去って行った。おそらく、ワイズバーン家の息がかかっている者だったのだろう。

妊娠はしていないという事はわかったものの、風邪は風邪、体調不良だ。フィディはベッドに縫い付けられるように寝たきり生活を余儀なくされ、ほぼほぼ寝たままで二、三日を過ごした。

診察から四日目の朝、フィディはパチリと目を覚まして、元気よくベッドを降りた。手足も軽く、頭もすっきり、ひさしぶりに食欲も湧いており、できれば今すぐ何か歯応えのあるものを食べたい。

（全快、全快）

ここ数日正装と化していた寝巻きから着替える。胸元のボタンを全てかけ終えたところで、コンコン、と部屋の扉が鳴った。もちろん、ノックの主はフレッドしかいない。

「入っていいぞ」

いつも計ったように起きたタイミングで部屋を訪れるフレッドにしては珍しい。

「随分遅かったな」

からかうようにそう言えば、するり……というよりぬるりと部屋に入ってきたフレッドが
「すみません」と深々頭を下げた。

「なんだ、ほんの冗談だ。そんなに気にするな」

妙に神妙なフレッドの様子を見て笑う。と、フレッドは同調するように曖昧に笑って、そしてわずかに目を伏せた。

いつでも真っ直ぐにフィディを見つめてくるフレッドにしては珍しい態度だ。「どうかしたのか?」と尋ねると、フレッドはそのエメラルドグリーンの瞳を瞬かせて、そして、思いを振り切るように首を振って、真っ直ぐにフィディを見た。

「ワイズバーン伯爵から、書簡が届きました」

「父上から?」

突然出てきた父の名前に驚いていると、フレッドはさらに驚くべきことを言った。

「フィディ様に……本邸の屋敷に戻ってくるように、と」

何を言われたか一瞬理解できず、フィディは「え?」とただそれだけをフレッドに返してし

まった。そして、フレッドの言葉を理解するのと同時に、じわじわと口角が下がっていく。

「…………え？」

何拍も置いて、もう一度同じ疑問の声を絞り出す。耳の奥で、キィンと変な音がして、フィディは「う」と呻《うめ》いて体を前に傾けた。と、部屋の扉の側にいたフレッドが、俊敏にフィディに駆け寄ってきた。ベッド脇に膝をついて、掛布の上に置かれていたフィディの手を取る。

「フィディ様」

フィディはフレッドの手を握り返そうとして、やめた。今はその大きな手にただ包まれるだけで精一杯だ。

「はは、驚いた。……僕を本邸に？　どうして今さら」

もう、本邸に呼び戻されることなどないと思っていた。理想のαではなく、Ωであった息子のことなど……。

唇を噛み締めるフィディの、その口に親指を当てて「フィディ様、唇が傷付いてしまいます」と開かせてくる。フィディはフレッドに従い口を開いてから、もう一度「どうして」と繰り返した。そんなフィディを見て、痛ましげな顔をしたフレッドが徐《おもむろ》に口を開く。

「おそらく、私との関係をお知りになったからだと思います」

のろのろと顔を上げると、困ったように眉尻を下げたまま微笑むフレッドと目が合った。

「フレッドとの、関係？」

「そうです。先日連れてきた医者はワイズバーン家に縁があるとのことだったので、そちらから……」

そこまで言われて察せないほど、フィディは鈍くはない。あの医者はワイズバーン家に逐一漏らさず報告したのだろう。辺境に追いやられた四男が風邪をひいた、と。その際「妊娠ではなく？」と聞かれた、と。

以前、この屋敷にフィディの元学友のαが押しかけてくるという事件があった。Ωであるフィディと番になり、無理矢理行為に及ぼうとしたのだ。フレッドのおかげでことなきを得たが、その際、そういった不届き者を何度も排除していることを教えられた。

もしフィディの身に何かあった場合……、つまり、そういった暴漢に襲われて身籠《みごも》ったのであれば、その時点で既に父に報告が入っているはずだ。しかしその報告はないまま、今回「妊娠したかもしれない」という話だけが持ち上がった。

この状況でフィディを妊娠させる可能性があるのは、ただ一人。フレッドだけだ。

思わず黙り込んでしまったフィディをどう思っているのか、フレッドも直立不動で立ち尽くしたまま黙っている。

「呼び出しは、急ぎか？」

「はい。書簡には『出来るだけ早く戻るように』と」

「移動の時間を考えると……、猶予は三日だな」

ここから家までは馬車で飛ばして七日はかかる。早く、と父が言ったということは、それを含めても十日以内には帰らないとならないだろう。父は、時間に厳しい。

「いや、うん。……いい機会だ」

フィディは、先ほど着たばかりのシャツの襟元を正すと、意識して背筋を伸ばした。

「いずれにしても、父上とは話をしなければならなかったんだ。予定より少し早くなったが、まぁいい」

わずかに指先が震えていたが、フィディは出来るだけ自分自身の中の「不安や怯え」を見ないふりをして、フレッドを仰ぎ見た。透き通るようなエメラルドグリーンが、フィディを見据えている。

「僕達が番うことを承知してもらおう」

「フィディ様。よいのですか、私達の関係を明かしても……」

尻すぼみなフレッドの言葉に、フィディは「ん?」と首を傾げる。

「フレッド」

フィディは自らフレッドの方へ足を進めると、その体の脇に収まっていた手を掴む。

「胸を張って言ってやるさ。僕の番はお前なんだ、と」

切れ長の目が、丸く見開かれる。

「父や兄が気にかけてくれているかはわからないが……知って欲しいんだ。フレッドのおかげで、僕は今幸せなんだと」

そう言って軽く片目を閉じると、フレッドが泣き笑いのような顔を見せた。フィディは安心させるように、にっこりと微笑む。

「ふふ、途方もない夢まで見つけてしまったからな。うん、抑制剤の開発についてもしっかり売り込まなければならないぞ」

細かな傷跡の多い、ざらついた手。その手の親指の付け根を、自身の親指の先でするりと撫でる。

「手伝ってくれるな、フレッド」

フィディの従者は、役目を与えられれば与えられるだけ、生き生きとする。ついでのように、背伸びをして「ん」と顎先に触れるだけの口付けをすれば完璧だ。案の定、フレッドの背後の「目に見えぬ尻尾」がピンと張って、パタパタと揺れ出した。

「もちろんですフィディ様。私も……お許しいただけるよう全力を尽くします」

フレッドのことで思い悩みもするが、フレッドがいるからこそ、フィディは強くいられる。

猛獣をも倒すだけの力を持ちながら、料理に薪割りに裁縫まで、侍従仕事に余念がないフレッド。犬のような素直さと、野生の獣のような獰猛さを併《あわ》せ持っていて、何より誰よりフィディを大切にしている。

こんなにも可愛くて、格好良くて、そして愛しいフレッドの前で、無様に狼狽《うろた》える姿を見せるわけにはいかない。

フレッドと恋仲になったとはいえ、フィディがフレッドの主人である事に変わりはないのだから。

（変わらない、……変わらない、か）

キラッ、と何かが心の中で閃いて、その光の尻尾を掴む前にシュワシュワと泡になって消えていった。最近の悩みの、その解決の糸口を掴めかけた気がして、フィディは「んん」ともどかしく首を傾ける。

「フィディ様？」

そんなフィディを見て、フレッドもまた不思議そうに首を傾げている。お互い同じ方向に首を傾けながら、ぱちぱちと目を瞬かせた。

「なんでもない。……フレッド、さぁ準備だ」

「はい、フィディ様」

同じ角度で目を合わせて、同じように微笑んで。二人はそれぞれのやるべきことを為《な》すために、ぎゅっと握り合った手を離した。

3

「父上！」

バンッ、と荒々しい音と共に、執務室の扉が開かれる。次《つ》いで、どやどやと部屋に入ってきた面々を見やって、ワイズバーン伯爵は執務机の前に腰掛けたまま肩をすくめた。

「おやおやお揃いで。一体何の用だい、愛しい息子達よ」

伯爵の前には、彼の長男、次男そして三男がずらりと横一列に並んでいた。皆、第二性がαで体格がいいので、それだけで威圧感がある。が、伯爵本人に全く気にした様子はない。息子達を眺めて、朗《ほが》らかに微笑んでいた。

「フィディに……、屋敷に帰ってくるように申し付けたそうですね」

長男エヴァンニが、腰掛ける伯爵を見下ろしながら眉間に皺《しわ》を寄せる。伯爵は焦《あせ》る事なく、ゆったりと足を組んだ。

「あぁ、そうだよ」

ワイズバーン伯爵の肯定を聞き、エヴァンニの後ろに控えていた次男のラドルトと三男のべガが息を呑《の》む。

「そんな勝手な……」

ぎり、と拳を握りしめるエヴァンニを、ワイズバーン伯爵は冷めた目で見やった。部屋の中が、ひやりとした空気に包まれる。ピン、と糸を張った緊張感を破ったのは、エヴァンニの震える声だった。

「帰ってくると知っていたら、それはもう素晴らしい贈り物を準備したのに……！」

悲痛な叫びが、室内にわんわんと響く。伯爵は、眼球を天に向けて「はぁ」と深い溜め息を吐いた。

そんな父を気にもせず、エヴァンニは身振り手振りを盛り込みながら話を続ける。

「今さら職人にぬいぐるみを作らせても間に合わないでしょう。あぁ、あの子は犬が好きだったから、等身大の犬のぬいぐるみでも準備してあげれば大層喜んだでしょうに」

額に手をやり悲痛に暮れる兄の肩に、ラドルトが手を乗せた。

「兄上、菓子ならばまだ間に合うのでは？　犬の形をした砂糖菓子などいかがでしょう」

「おぉたしかに。そういったアプローチもあるな」

ふむ、と腕を組むエヴァンニに、伯爵が「落ち着きなさいよ、お前達」と声をかけた。

「少しの間顔を見ていなかった可愛い弟に会えるのが……」

「学園の頃とも合わせると、実に三百九十五日ぶりです」

「……。三百九十五日ぶりに可愛い弟に会えるのが嬉しいのはわかるが、いくらなんでも浮かれすぎじゃないか」

諫《いさ》めるようにそう言えば、兄弟達はそれぞれ顔を見合わせて黙り込んだ。しかし、黙ったと思えばすぐにそわそわと体を揺すって、「ところで出迎えの時はどうしようか」などと言い出すのだからどうしようもない。伯爵はもう一度溜め息を吐いてから、「好きにしなさい」というささか行儀悪く机に肘をついた。


フィディは「Ωだったという事実のせいで、親兄弟に嫌われ、疎まれてしまったかもしれない」と悩んでいたが、実際のところそんなことは全くなかった。なにしろ、フィディがΩであることなど、皆フィディが十歳にも満たない頃から察していたからだ。

兄弟の中で唯一、Ωである母に似た美しい面差《おもざ》し、いくら鍛えても細いままの身体《からだ》、ほのかに香る芳《かぐわ》しい体臭を有していたフィディ。「この子はきっとΩだろう」と、兄弟達はその肌で理解していた。その上で、父と同じく「フィディの意志を尊重させる」と考え、あえて第二性には触れず、あるがままのフィディを見守ってきたのだ。

むくつけき男……しかもαばかりの兄弟の中で、唯一の清涼剤のような末の弟が、可愛くないはずがない。皆して猫可愛がりしていた。が、弟はその「性」故に辺境へ送られる……いや、保護されることになってしまった。

なにしろ、フィディが自身の見た目や性に無頓着だったからだ。ワイズバーン伯爵の教育方針によるところも大きいが、フィディは自分のことをαだと思い込んでいる節が大いにあった。αに襲われるなど、夢にも思ったことがないだろう。素直で無邪気な性格は美徳でもあるが、ある種の欠点にもなる。自分が「守られる立場」であるという意識が低すぎるのだ。

フィディはただのΩではない。由緒正しきワイズバーン伯爵家の末弟《まってい》だ。時に政略的に、時に己《おの》がαの欲望のままに、彼の番の座を狙う者はあとを絶たないのだ。となれば、ほとぼりが冷めるまで、どこか安全な場所に匿《かくま》っておくのが一番。そういった事情もあり、フィディはテラヤワーズに送られることとなったのである。

兄弟達はもちろん嘆き悲しんだが、それがフィディのためであることも重々理解していた。下手に会いに行ったり、手紙を送ったりして、フィディを狙う者に彼の潜伏地をバラしてしまうわけにもいかず。兄弟揃ってじりじりと焦燥感に心を焼かれながら、フィディの帰還を待ち侘びていたのだ。いや、待っていたのは兄弟だけではない。

「父上」

「ん?」

「呆れた」という表情や態度を隠しもしない伯爵を、エヴァンニが眇《すが》めた目で見やる。

「僕達に『浮かれるな』と仰《おっしゃ》いますけど、父上だって十分浮かれていらっしゃるじゃないですか」

「私が？」

はて、と顎に手を当てる伯爵と似た顔を顰《しか》めて、エヴァンニが腕を組む。

「玩具職人を呼び付けたそうですね。フィディに子供が出来たかも、という話を聞いただけで」

エヴァンニの言葉に、ぴく、と伯爵の眉が動く。

「子供部屋を作ろうと図面も引かせたそうじゃないですか。あ、家具屋にも連絡を取るようにと命じられてましたか？」

「さぁどうだったかな」

伯爵は否定も肯定もしないが、その時点で認めているも同然だ。が、問い詰められている立場のはずなのに、伯爵に焦った様子はない。泰然とした伯爵の態度に鼻白《はなじろ》んだ顔を見せながら、エヴァンニが「そもそも」と話を続けた。

「結局妊娠はしていないんですから呼び戻す必要はなかったですよね。まぁ、僕としてはフィディに会えて嬉しい限りですので、文句はありませんが」

「そうかい。それは良かった」

伯爵とエヴァンニ、二人してふふっと笑い合っていると「うわ、似たもの同士」と弟の一人が呟いた。当然耳に入ったであろうに、伯爵もエヴァンニも何も言わないままであった。

「しかし。そこまで愛を注いでおきながら、どうして素直にフィディに打ち明けないんですか？」

「打ち明ける？」

「ええ」

エヴァンニが不思議そう、というより「理解できない」といったように肩をすくめる。

「『フィディの事が心配だから、しばらく誰にも見つからない場所に閉じ込めちゃった。ごめんね』とでも言えばよかったじゃないですか。あの子、父上に見捨てられたものと思っていますよ」

「うん、そうだね。あの子と話してみるよ」

問いかけに関する答えは何も口にせず、伯爵はあっさりと話を切り上げた。

「エヴァンニこそ。弟に構うのもいいが、婚約者も大切にしてあげなさい。先日婚約をしたばかりだろう」

「あぁ」

エヴァンニが、さも「言われて思い出しました」と言わんばかりに目を見張ってみせる。そのわざとらしい態度を前にしても、伯爵は表情を変えなかった。

先日、エヴァンニは婚約した。相手は現皇帝の三番目の娘、メアリ皇女だ。出会いはとある諸侯《しょこう》の晩餐会。互いが互いに惹かれ合って、慎ましく文でやり取りし交流を深め、婚約に至った。もちろん家の事情など諸々の思惑も纏わりついてはいるが、大きくは当人同士の希望という事もあり、一般の民にも「美しい皇女と伯爵家長男の恋物語」として好意的に受け取られている。

何はともあれ、これで皇族とワイズバーン家に繋がりができた、ということだ。諸侯達がざわついたが、エヴァンニは「愛する人と一緒になれるなんて、この上ない幸せです」としれっとしたものである。

「いいんですよ、フィディに構って。メアリ皇女は、僕が『Ωの弟』を溺愛していると聞いて、僕に興味を持ってくださったんですから」

エヴァンニの婚約者メアリは、皇帝の子の中で唯一のΩだ。彼女がこれまでの人生の中でどれだけ「第二性」に振り回されてきたか、想像に難《かた》くない。

「僕がフィディと仲良くしていると、とても安心するそうですよ」

おそらく、Ωであることでαやβの兄弟達から不当な扱いを受けてきたのだろう。だからこそ、第二性に関係なく弟を愛し慈しむエヴァンニに親しみを覚えたのだ。もしかすると、自分もそういう風に愛されたかった、という羨望の気持ちも多く混じっているのかもしれない。何にしても、エヴァンニは心からメアリを愛しているし、大事にしている。

エヴァンニの言葉を聞いて、伯爵は「それはそれは」と頷いてみせた。同じくΩを妻に持つものとして、何か思うところがあったのかもしれない。が、伯爵の気持ちは薄い微笑みの向こうに隠されたまま、誰にもわからない。

わからなくとも、ある程度は察しているのだろう。エヴァンニは何も言わないまま、部屋の空気を切り替えるように手を打った。

「……と、いうわけで、僕は全力でフィディに構います」

エヴァンニは高らかにそう宣言すると、「父上は父上でお好きにどうぞ」とついでのように付け足した。

「そうさせてもらうさ」

伯爵は重厚な椅子に背を預け、溜め息を吐きながら笑う。

そんな父と兄を見比べて「父上も兄上も、本当に似たもの同士ですね」と笑う弟もまた、似たところがないとはいえない。そも、フィディと彼らの母であるフィオーラ以外は皆似た顔と性格をしているのだ。つまりそう、いわゆる「とてもいい性格」というやつである。

はっはっはっ、という軽やかな笑い声が、執務室に響く。家令は誰一人近付くことも出来ず、ただただ部屋の扉の側で身をすくめていた。

4

諸々の支度をするのに三日、移動するのに八日。本当は七日で移動する予定だったが、途中でひどい雨に見舞われて、最寄りの街で一泊したのだ。

父から書簡を受け取ってから十一日後、フィディとフレッドはワイズバーン家本邸に戻ってきた。いや、戻った、とはまだ言えないだろう。父に、呼び出された、だけだ。

広大な庭を横切り玄関に降り立ったフィディは、その大きな扉を見上げるように顎を持ち上げ、はぁ、と息を吐いた。日頃は比較的軽やかに動く足が、やけに重たくて仕方ない。

「フィディ様」

「うん？」

斜め後ろから、柔らかい声が降ってくる。フィディの後ろにそっと控えているのは、もちろんフレッドだ。フィディは少し左右に視線をやって誰もいない事を確認してから、フレッドの手に自身の手を伸ばし、握りしめた。

「フィディ様？」

ここに来るまでの道中、フレッドは家に帰ることについて、フィディに何も言わなかった。いつもより格段の優しさを感じてはいたが、あえて言葉にして問うてきたりはしなかったのだ。

『不安ですか』

『お嫌ですか』

『帰りたくありませんか』

もしもそんなことをフレッドに問われたら、頷かなかった自信はない。フィディにあるまじく「少し、怖い」なんて言ってフレッドに縋《すが》っていたかもしれない。フレッドはおそらく、それを見越して何も言わなかったのだろう。いつだってフレッドは、フィディの矜持《きょうじ》を大事にしてくれる。

「何があろうと、僕の側に居てくれるな」

「もちろんです」

ほんの一瞬の躊躇《ためら》いすらなく、フレッドが頷く。握りしめたはずの手を、逆に強く握り返された。繋いだ手から伝わってくる温かさが、緊張に固まった体をじわじわと解《ほぐ》していく。フィディはフレッドの手ごと腕を持ち上げると、その指先に、ちゅ、と小さく口付けた。

「父上になんと叱責されようと、僕はお前と一緒にいるぞ」

少し和らいだ気持ちで、それでも確固たる決意を口にすると、フレッドがなんともいえない表情を作った。

「……叱責されるのは、私の方だと思いますよ」

フレッドの言葉の意味がわからず「え？」と首を傾げたが、フレッドはそれには答えないままスッと体を動かし、玄関の扉を恭《うやうや》しく押し開けた。

「フィディ様、どうぞ」

どこか釈然としないものの、フレッドに促され、久しぶりの我が家に足を踏み入れる。隙間なくしっかりと敷かれた毛足の長い絨毯、玄関を明るく照らす硝子照明、玄関脇に置いてある陶器や大ぶりな花は母の趣味だ。大階段の先にある窓から差し込む光に目を細めながら、フィディはゆっくりと首を巡らせた。

およそ十二ヵ月ぶりの帰還だが、屋敷の空気も、見た目も、その匂いも、しっくりと体に馴染む。フィディの胸に、懐かしさにも似た切ない気持ちが、わっ、と溢れた。

「ただいま、戻りました」

何と言っていいかわからなかったが、声を掛けずに入るのも忍びない。フィディはぎくしゃくと、誰にともなく帰宅の声を上げた。

「……フィディ！」

と、ホールの大階段の上で、誰かが叫んだ。逆光のせいで顔がよく見えず、フィディは額の上に手を翳《かざ》した。

「ラドルト兄様、ベガ兄様……！」

転げ落ちんばかりの勢いで、階段を駆け下りてきたのは、すぐ上と、それからもうひとつ上の兄だった。長い足を大股に開き近づいて来た彼らは、腕を広げてフィディを包み込んだ。

「あぁフィディ、久しぶりだ」

「可愛い顔をよく見せておくれ」

右と左から、まるで羽交《はがい》締《じ》めにするように抱きつかれて、「けほっ」と乾いた咳が漏れてしまう。その合間に「に、兄様方？」と問いかけてみたが、二人はぴたりとフィディにくっついていて、まるで離れる様子がない。十二ヵ月前、フィディがΩだと発覚する前と何も変わらない言動に、フィディは目を瞬かせる。

「いい匂い。フィディの香りだ。砂糖を落としたミルクのような、甘くて……乳臭い」

「ち、ちち……？」

ラドルトのそれは果たして褒め言葉なのか。困ったように眉根を寄せると、ラドルトとは反対側……フィディの左半身にくっ付いたベガに頬をつつかれた。

「なんだか肌艶が良くなったんじゃないかい？　赤子のようにもちもちだった肌がさらに艶々と潤んで見えるよ。……大人の階段を登ったんだね」

「あかご、もちもち？」

ぷにぷにと頬をつつかれたまま、フィディは視線だけでフレッドを探す。もちろん、この不可解な状況から助けてもらうためだ。

一体全体どんな険しい顔で迎えられるか、とひやひやしていたが、まさかこんな歓迎を受けるとは思ってもいなかった。たしかに、小さな頃から可愛がられてはいたし、全寮制の学園に通っている時も帰宅の度に「フィディ！　会いたかったよ！」と抱きつかれたものだが、今は状況が違う。フィディはΩだ。兄達はそれを知り、フィディを見限った……はずだった。

「兄様、ちょっと、あの……フレッ」

「フィディ」

フレッドを呼ぼうとした、その時。静かだが、とても良く通る声で名を呼ばれた。

抱きつく兄達を腕で軽く押しのけながら見やった、その先の階段。父であるワイズバーン伯爵が手すりに手を置いて、ゆったりと降りてくるのが見えた。

「ち……」

父上、と呼びかけようとしたのに、言葉が、喉の奥に張り付いてしまったように出てこない。

父の顔を真正面から見るのは、一体いつぶりだろうか。

(まず、フレッドとの結婚を認めてもらって、それから抑制剤開発の話を聞いてもらって、それから……)

近づいて来る父を見ながら、頭の中で話を進める順番を整理する。父に伝えるべきことはたくさんある。これまで時間をかけて、準備してきたのだ。言えないはずがない。

なのに、フィディの口はか細くわななくだけで、言葉を紡いでくれない。

(言うんだ。僕は……、僕の)

喉が開いて「あ」と言葉にならない音が漏れる。気が付いたら、父が目の前に立っていた。

フィディは父を見上げ、胸元、ちょうど心臓の上あたりを、ぎゅうと握りしめる。

「あ」をもう一度繰り返して、そして声を押し出すように、ぐっ、と目を閉じた。眼球が痛くなるほどに、強く。

「父上……、っ……ごめんなさい」

言いたいことはたくさんあったはずなのに、フィディの震える唇は、小さな謝罪の言葉を紡ぎ出した。

「フィディ？」

訝《いぶか》しげに名前を呼ばれて、兄達に心配そうに顔を窺われて。頭の中では「そうじゃない」と声がするのに、父の顔を見ると、どうしても言葉が我慢できない。

「αじゃなくて……、αになれなくて、ごめんなさい」

多分本当は、ずっと謝りたかった。許されたかった。

あんなに期待してくれたのに。期待通りの素晴らしい息子になれなくてすまないと、申し訳ないと。父の望むような子になれないのが、なれなかったのが、とても辛かった。

ラドルトかべガか、どちらかが、は、っと息を吸った音が聞こえた。父の顔が歪んだように見えたが、それは膜のように目を覆った涙のせいかもしれない。父も、懐かしい我が家も全て、ぐにゃりと歪んでいく。

うっ、と泣き崩れそうになった体を誰かが優しく抱き留めてくれた。鼻腔《びこう》を刺激するのは、華やかな兄の香水ではない。嗅ぎ慣れた、青い草原のような爽やかな香り。

「……フレッド」

フィディの唯一の従者、フレッドだ。いつの間にかそばに居て、兄達からそっと奪うように腰を抱いてくれた。フィディが自分の足で立てるよう、支えるだけのその手に「ありがとう」

と小さく礼を言う。

「フィディ」

父に名前を呼ばれ、フィディは目をしっかりと閉じて涙を流してから、彼を見上げた。

「少し、向こうで話をしようか」

「……、はい」

思いがけず柔らかな口調でそう言われて、フィディは少し迷ってから素直にこくりと頷いた。

フィディが頷いたのを見て、伯爵が困ったように眉尻を下げたまま、微笑んだ。

「僕達とは、また後でゆっくり話そうね」

と手を振るラドルトとベガに見送られながら、フィディはフレッドを伴《ともな》い、先を行く父の後に続いた。

*

「さて、何から話そうか」

父がフィディを連れて来たのは、中庭にある東屋《あずまや》だった。今はフレッドも席を外している。

正真正銘、父と二人きりだ。

（ここは、懐かしいな）

幼い頃、仕事で忙しい父と外に出かけることは中々なかったが、その代わりのように父は時折一緒に庭を散策してくれた。

『これはガーベラ、ネモフィラ、ロベリア……』

ひとつひとつ指差しながら、父はフィディに花の名前を教えてくれた。その声を耳奥に思い出しながら、風に揺れる花を見やる。

「フィディ」

泣いたせいで腫れぼったい瞼《まぶた》に、春先の風が心地良い。フィディは、ぐす、と鼻を啜《すす》ってから隣に座る父をふり仰いだ。

「君がΩだというのは、随分前からわかっていたんだ」

「え……、え？」

思いがけない言葉に、フィディは目を見開きまつ毛を震わせる。父は、何を言っているのだろうか。

「顔も、体つきも、フィオーラとよく似ていたからね。幼い頃から、君はとても愛らしく、美しかった」

たしかに母であるフィオーラには幼い頃から「よく似ている」と言われてきた。親子だし、不思議なことはないと思っていた。が、たしかにΩであるフィオーラに似ているということは、自分も身体的にΩに近いということだ。当たり前といえば当たり前なのだが、今まで、そんなこと思いもしなかった。家族の誰も、指摘しなかったからだ。「母様に似ているから、フィディもきっとΩだと思うよ」だなんて。

「では、……では、何故、何故僕に教育を受けさせたのですか？　学園に通わせて、まるで、あ、αのように」

石造りのテーブルの上に置いた自身の手が、わなわなと震えていることに気が付いて、拳を握りしめる。今自分の胸の中に渦巻いている感情が何なのかよくわからない。悲しみなのか、怒りなのか、あるいは戸惑いか。

「君の未来を、可能性を、狭めたくなかったんだ」

フィディの動揺を察しているだろうが、父の声に迷いはない。言い訳するでもなく、淡々とその理由を語る。

「学園で、大いに学んで欲しかった。知識や教養は、時に人を助ける。自身も、そして周りも」

「……」

何も言えず、フィディは薄く口を開いたまま視線を落とした。しばし考え込んで、内なる自分自身と向き合う。「素直になれ」と言い聞かせて、飾り気なく「どうして」と呟いた。

「ならどうして、それを教えてくれなかったんですか？　家を離れる前、一言でもそう言って貰えていたら、僕は……」

「恨んで欲しかった」

戸惑い、ゆっくりと迷いながら紡いだ言葉は、父のはっきりとした声に優しく遮られた。

「Ωというだけで、こんな辺境に追いやる父など最低だ、と。恨んで、憎んで、それを何かの……例えば生きるための原動力にして貰いたかった」

「そんなの……」

俯けていた顔を持ち上げて、父を見る。ようやくしっかりと見ることができた父の顔は、どことなく疲れているようにも見えた。疲れて、それでいてホッとしているような、そんな顔だ。今まで気になったことのない、目尻の皺や亜麻色の髪の中に混じるひとふた筋の銀色の毛がやたらと目につく。

いつまでも若々しく、力に溢れた父だと思っていた。何に迷うことも、悩むこともなく、自信に満ちて真っ直ぐ前を見ている人だと。父が、何かを間違えることなど絶対にないと思っていた。

「恨めるわけが、ないです」

しかし、それはフィディが見ていた父であって、実は、全く違うのかもしれない。

本当は、フィディと似ているところだってあるのかもしれない。迷ったり、悩んだり、後ろを向いたり立ち止まったりするのかもしれない。

「僕は、父上が……僕を見放したのかと思って……」

いつの間にか、父に対する申し訳ないという気持ちは消えていた。準備した何かではなく、今感じている気持ちのままに語りかける。

「嫌われてしまったのかと思って、ただ、辛かった」

「嫌うものか、見放すものか。こんなにも……愛しているのに」

父の言葉に、フィディの目から堪《こら》えきれない涙が溢れてきた。

「ぼ、僕も……、僕だって」

フィディも、父のことを愛していたからだ。愛しているからこそ、失望されたくなかった。見捨てられたくなかった。

幼いフィディの手を引いて、一緒に花を眺めた父に。「愛しているよ、フィディ」と言って抱き上げて、頬を擦り合わせてくれた父に。

「父上を、っ、あ、愛しています」

涙が、後から後から溢れて止まらない。ひく、ひっ、と喉を鳴らしながらハンカチを取り出そうとして、そういった持ち物は全てフレッドに任せていたことに気が付く。パタパタとボトムのポケットを叩いていると、目の前に綺麗に畳まれたハンカチが差し出された。

「テラヤワーズにやる前に顔を合わせなかったのは、自分の第二性を知った君に、……要らぬことを言ってしまいそうでね。それが怖かったのかもしれない」

フィディにハンカチを渡した父が、ゆっくりと言葉を区切りながら話を続ける。

「『他の兄弟のように、αとしての生を与えられたらよかったのに、すまない』……なんて」

「父上」

自信のなさそうな細い言葉は、乾いた土に撒かれた水のように、すぅ、とフィディの心に沁みていく。

「私は君が、君のままで幸せになって欲しいと思っていた。いや、今も思っている。αでもなく、Ωでもなく、君は君だ、フィディ」

父の言いたかった事はこの言葉なのかもしれない。第二性の前にまずフィディという人間がいるのだと、フィディ・ミシュエル・ワイズバーンという、一人の人間がいるのだと、そう思って欲しいと、父は願っていたのかもしれない。

「……そうですね。僕は、僕です」

フィディ自身も、それを認めて頷く。それから、ハンカチで涙を拭って、口端を持ち上げた。

「けど、Ωであることにも変わりはありません」

それもまた紛れもない事実なのだ。フィディはもう、自身の第二性にきちんと向き合っている。テラヤワーズの、あの荒野の屋敷での日々が、フィディにそう思わせてくれるだけの時間と機会をくれた。

「父上、僕はΩとしてやりたいこと、したいことを見つけました」

「あぁ」

フィディの言葉に、父が興味深そうに目の奥を閃かせる。

「見つけたんです。……ずっと側にいてくれた、フレッドのおかげで」

名前を呼ぶだけで力が湧いてくるようだった。フィディは、すぅ、と息を吸って胸の内にある一番の「したいこと」を伝えた。

「まずは、その……フレッドと結婚したいんです」

「あぁ、そうか」

わかった、とあっさり頷かれて、フィディは肩透かしをくらった気持ちで目を瞬かせた。

「驚かないんですか？」

「それは……。ふふ、いつかそうなると思っていたから」

「えぇ？」

父のまさかの発言に、さらに目を開く。これ以上ないというほど、大きく。しかし、父の顔を見ているうちに、フィディもまたなんだか笑えてきた。笑って、そして、「そうですか」と素直に受け取る。

「彼は昔から、フィディ一筋だったからね」

「あぁ、まぁ、そうみたいですね」

いざ父にそんな事を言われると、妙に頬が熱くなって誤魔化すように、父に借りたハンカチを握りしめる。

「フレッドの、彼の……昔の話は聞いたかい？」

「昔？　剣奴《けんど》の頃の、話ですか？」

　フィディが知っているのは、剣奴としてのフレッドと、侍従になってからのフレッドだけだ。

　フィディの言葉を聞いて、父は目を細めると「そうか」と頷いた。それ以上は、今のところは話す気はないらしい。

「『まず、結婚』ということは、他にもしたいことがあるんだろう？」

　するりと話を切り替えられて、フィディはぱちぱちと目を瞬かせてから「はい」とはっきり頷いた。

「僕は……Ωとして、Ωのために何かしたいんです」

　第二性の検査結果が出るまで、自身のことをαと思い込んで生きてきた。それが、αではなくΩだったから今さらΩのために……なんて、虫のいい話だ。フィディとて、わかっている。

　これで、フィディが本当にαだったのであれば、Ωの生きづらさにも気付かず、いや、気付いても見て見ぬふりをして「そんなものだ」と思っていたのかもしれない。

（けれど、そんな自分の傲慢《ごうまん》さを知ったから。知ったからこそ）

　それで後悔して、自分を蔑《さげす》んで立ち止まるより、出来ることがあるなら少しでもやりたい。

　そして、そのために利用できるものがあるなら、なんだって使ってやりたい。

「そのために、父上の……ワイズバーン家の力をお借りしたいのです」

　フィディが、フィディらしく生きていくために。

フィディはキッと顔を上げて、真っ直ぐに父を見つめた。

「僕の話を聞いていただけませんか?」

5

「フィディ、今日は湖にボートを漕ぎに行かないかい?」

「いえ、読みたい本があるので」

「じゃあお昼は一緒に食べよう」

「まぁ、あの、はい」

曖昧に返事をすると、それでもエヴァンニは嬉しそうに微笑む。鼻歌を歌い出しそうなほど上機嫌な兄の顔をほけっと眺めていると、同じテーブルに腰掛けて朝食を食べていたベガが笑った。

「ほら、フィディが帰ってきた時、エヴァンニ兄様は仕事で迎えに出られなかったでしょう? あれが悔しくて、その穴を埋めようと必死なんだよ」

「はぁ……なる、ほど?」

本当に納得したのか、自分でも微妙な心持ちであったが、フィディはとりあえずといった体《てい》で頷いておいた。とにかく、愛されていることには変わりはないのだろう。

「昼食には、僕も同席させてね」

ベガにもにこりと微笑まれてしまって、フィディもどうにか頬を持ち上げた。

フィディが本邸に帰ってからというもの、これまでの「不在」という隙間を埋めるかのように、兄達はフィディを構い倒してくる。それはもう、朝に昼に夜に、息つく暇もないほどだ。兄達も忙しいはずなのだが、どうやって仕事を調整しているのだろうか。

フィディはフレッドに淹《い》れてもらった紅茶をこくりとひと口飲んでから、ほ、と息を吐いた。

「そういえば、父上と母上もフィディと話したいと言っていたよ。ほら、フレッドとの婚約パーティについて」

「あぁ、はは……なるほど」

そう。構ってくるのは兄だけではない。父と、それから母もだ。

悪いことではない、悪いことではないのだ。内心でそう繰り返しながら、フィディは力なく笑った。

フィディが父と話をしてから早十日。フィディの身の回りの物事は順調すぎるほど順調に進んでいた。

――Ωのために副作用の少ない抑制剤を作りたい。

というフィディの提案に対して、父は「詳しく聞かせて欲しい」と至極興味を示してくれた。

その後、フィディがこれまでまとめてきた実験の内容や製造、流通方法、売り出しの展開などの資料を渡すと、「うん。いいね、協力しよう」と頷いてくれた。フィディの案全てを採用する、というわけではないようだが、少なくとも薬の開発には乗り気のようだ。

「しかし、私はあくまで君の提案に『乗っかる』だけだ。舵《かじ》は自分で取りなさい」

そんな風に釘は刺されてしまったが、それも言い換えれば「フィディに任せる」と言ってくれているようなものだ。

伯爵はあくまで出資者としてフィディの考えに賛成なだけで、自分自身でどうこうするつもりはないらしい。ただ、薬品を扱う専門機関にも口利きをすると約束してくれて、全面的に協力する態勢を示してくれている。

それから、フィディとフレッドの結婚については、父だけではなく家族全員に祝福された。曰《いわ》く「これでフィディも心置きなく家に帰って来られるな」「フレッドに任せておけば何より安心」とのこと。ワイズバーン家のフレッドに対する信頼が尋常ではない事を、フィディは初めて知った。

フィディに正式な結婚相手が出来たのであれば、わざわざテラヤワーズに隠しておく必要もなくなる。兄たちは、それが何より嬉しいようだった。

「それなら、初めから誰かと結婚させておけばよかったのでは？」

と、問うてみたところ「フィディ自身が好きな人と、でないと意味がないんだよ」と父や兄に笑われてしまった。

フィディとフレッドの婚約は、父の手腕《しゅわん》により瞬く間に世間に広められてしまった。フレッドは使用人という身分であるが、それはいいのか……と思ったが、ワイズバーン伯爵は「全く問題ないね」と笑うばかりで。なにがどう問題がないのかわからなかったが、当のフレッドに「使用人である」という負い目が見えなかったので、まぁ、よしとした。フレッドさえよければ、フィディはなんら問題ないのだ。

なんの障害もなく二人の結婚は認められ、まずは婚約を知らせるパーティを開くこととなった。わざわざそんな……とは思ったものの、家長である父が「しておいた方がいいよ」と断言したので、無下《むげ》にもできず。おまけに「悪い膿《うみ》を出し切るには、ちょうどいい催《もよお》しだ」とほくほく顔で言っていた。

「悪い膿」というのが何のことかはわからなかったが、父が必要というのであれば、きっとその言葉に間違いはない。パーティといっても大それたものではなく、屋敷で催すちょっとした食事会のようなものだ、と言っていた。

（しかしまぁ、こんなにも順調だと逆に不安になるような）

まさかこれほどあっさりと受け入れてくれると思っていなかったので、若干戸惑っている部分もある。

荒野にいる時は、薬の開発と、そしてフレッドのことだけを考えておけばよかった。しかし、今はなんだか色々なものに心乱されてしまう。もちろん、家族の祝福や誘いが迷惑だと思っているわけではない。弟として、尊敬する兄達に構ってもらえるのはとても嬉しい。ただ、時折どうしようもなく、あの静かな日々が恋しくなってしまうのだ。

（贅沢な話だ。いや、贅沢すぎる生活を送っているからこそ、妙に気になるだけだろうか）

フィディは兄達との会話を楽しんでから、「本を読みたいので」と早めに席を立った。

「フレッド、いくぞ。……フレッド？」

食堂を出て振り返る。と、いつもそこにいるはずのフレッドがいなかった。

（あぁ、そうか。父の手伝いに行くと言っていたな）

最近、こうやってフレッドがフィディの側を離れることが多々ある。フレッドは、補佐として父の仕事の手伝いをしているのだ。「フレッドが婿《むこ》として戻ってきたら、手伝いをして貰おうと思っていたんだ」と父はあっさりと宣《のたま》ったが、フィディからしてみれば寝耳に水だ。

「いやあの、フレッドは僕の従者で……」

と控えめな抵抗を試みてはみたものの、父には「婿になるならば箔《はく》を付けておいた方がいいでしょう」と真っ当なことを言われてしまって。フレッドと結婚をしたいと言い出した身としては、それ以上何も言えなくなってしまった。

荒野にいる時ももちろん離れることはあったが、その時は必ずフレッドはフィディに断りを入れていた。そして、まるで壊れ物を扱うように大事にフィディを部屋に仕舞って、鍵をかけて……。

「フレッドが側にいないと、変な気分だ」

溜め息まじりに本音を吐露してから、フィディは廊下の窓に手をかけ外を見やった。朝日に照らされた庭はきらきらと眩しい。新緑の輝きが、目に痛いほどだ。テラヤワーズとは何もかもが大違いである。

フレッドに大切にされていないとは、全く思わない。相変わらずたしかな愛情を示してくれるし、誠心誠意仕えてくれている。抑制剤の件だって「フィディ様の努力が実を結んで、私もとても嬉しいです」と心底嬉しそうに祝ってくれたし、結婚の件に関しても「私が……本当にいいのでしょうか」と嬉しさを噛み締めるように笑っていた。

（ただ……）

本邸に帰ってきて、父と二人で話した日。あの時から、フレッドの態度が微妙に変化した……ような気がする。どこがどうとははっきりとは言えないが、透明な膜を一枚張ったような距離を感じるのだ。

父に結婚を承諾してもらえたと話した時は普通、いや、嬉しそうだった。何がきっかけでそう思うようになったのか。フィディは腕を組んで「うーん」と唸る。

（そういえば）

フレッドにしては珍しく「ワイズバーン伯爵と何を話されていたのですか」と聞いてきた。

フィディが誰と話そうと、会話の中身まで気にすることはなかったのに。

『何を、って。結婚のことと、抑制剤の開発のことと。あと、あぁ、フレッドの過去のことで父が……』

父が「フレッドの昔の話を聞いたかい」と言ったことを思い出して、若干言葉を濁《にご》してしまった。

『私の過去、ですか』

『あ、いや、……まぁ』

結局何も聞いていないし話せなかったので、それ以上何も言うことができなかった。フレッドはフレッドで、無言になり。結局、話は妙な空気を残したままで終わってしまった。

フィディはそう気にしてはいなかったが……。

（もしかすると、あれが原因なのか？）

そんなまさか、とは思いつつも、それしか思い当たることもない。

（剣奴の頃のことで隠していることがあるとか？　でも、十年以上も前なのに、今さら？）

思い悩みながら、癖のように首筋に手をやり、フィディは「は」と息を呑んだ。

「うなじ、噛ませてない」

フィディの頭から、さぁ、と血の気が引く。結婚だなんだと言っておきながら、フィディは未だうなじを差し出してすらいなかった。

（忘れて……っいや、忘れていないが忘れていたっ。いやでも結婚の話が出た時に噛んでもらうつもりで。次の性行為の際にでも、と）

額に手を当て、なんでこんな大事なことを忘れていたのか、と唸る。と、そこに至ってはたと気が付いた。

（ん。こちらに帰ってきてから、いや、帰ることが決まってから、一度も性行為を……）

していない、という事実を自身の中で確認して。フィディは「わ」と飛び上がった。

フレッドに初めて性行為を教わってからというもの、二日と置かず彼と体を重ねていた。夜は同じベッドで寝ていたので自然とそういう流れになっていたし、フレッドにも求められて、フィディもまた同じくらい求めていた。

「それが、もう、二十日以上も……？」

指折り数えて、フィディは愕然と宙を見上げる。

まずもって、家族や婚約パーティのことで頭がいっぱいになっていた。さらにタイミングが良いというかなんというか、ちょうど発情期も来ない時期で、フェロモンが安定していたせいもあるだろう。

（まさか、フレッドのやつ、それで微妙な態度をとっているのか？）

フレッドはフィディが好きだ。それはもうとびきり大好きだ。性行為の際は、まるで犬が大好物の骨をしゃぶるように楽しそうに、嬉しそうにフィディを求めてくる。好物を与えられなくなった犬が「くぅん」と悲しげに耳を伏せている姿が目に浮かんで、フィディは口元に手を当てる。

「なんだ。そうか、なんだ」

過去がどうという問題より、そちらの方がずっと納得できる。

そうだ、きっとフレッドは拗《す》ねていただけだ。フィディに構って貰えなくて犬のように不貞《ふて》腐《くさ》れて。フィディは「ふっ」と吹き出しながら、廊下を歩き出す。中庭を抜けて、人気《ひとけ》のない書庫の方へと向かうため、馬小屋付近の渡り廊下を通った。

(それならば、きっと)

抱きしめてやればいいのだ。「構ってやれなくてごめん」「愛しているぞ」「今日はめいっぱい抱き合おう」なんて言って。抱きしめて、キスをして、うなじを噛ませてやればきっと……。

(きっと?)

フィディはぴたりと足を止めた。窓から吹き込んだ春の風が、さわ……とフィディの髪を揺らす。フィディはもつれる髪を解すように指を通して、そしてもう一度、自分のうなじに触れた。

（結局、僕は噛んで欲しいのか？）

家族に認められて、結婚が決まって、婚約パーティまで開くことになって。それで、自分はフレッドにうなじを差し出すことが出来るのだろうか。

あの、荒野でぐるぐると思い悩んでいた不安はまだ心の中に渦巻いている。何が不安なのかも思い当たらないまま、自分は果たして、笑顔でフレッドを抱きしめて「うなじを噛んでくれ」と言えるのだろうか。

さわ、さわ、と二度強い風が吹いて、フィディは軽く目を閉じる。……と、どこからか声が聞こえてきた。

「……ですから、……様に、……帰ってきていただけないかと」

途切れ途切れの声は、風に乗って運ばれてくる。フィディは閉じていた目を開いて、きょろきょろと窓の外を見やった。

「あ」

（あれは、フレッド……と？）

馬小屋の、陰になった場所に、フレッドと、身なりの良い二人の男が向かい合って並んでいた。二人のどちらも、フィディには見覚えのない顔だ。

（誰だ？）

二人組の男は、何やら必死にフレッドに懇願している。離れているせいで全ては聞こえないが「戻ってきて欲しい」「待っている」「貴方にお任せしたい」という言葉は、辛《かろ》うじて聞き取ることができた。そして、二人はためらいなく片膝をついて、深々と頭を下げた。身なりのいい人間が、使用人であるフレッドの前で膝をつくなど、常であれば「あり得ない」ことだ。

（一体何を……。戻ってきて、任せたい……フレッドに？）

フレッドは長い間ワイズバーン家で働いている。その前は、剣奴として闘技場で闘っていた。しかし、その前は……。

（知らない。僕は『フレッドの過去』を知らない）

ドク、と心臓が嫌な跳ね方をした。ドク、ドク、と何度か音を立てて、フィディは慌てて、服の上からそこを押さえる。

（僕は、知らない。剣奴のフレッドなんて一回見ただけだし、記憶にもない。僕は……僕の従者であるフレッドしか）

フィディにとってのフレッドとは、いつでもそばにいてくれる従者だった。犬のように懐こくて、従順で、可愛い。

また、いつかのようにチカッと心の中で閃光が弾ける。フィディにとってフレッドは「従者のフレッド」でしかない。物心ついた時からずっとそうだったのだから、今さら認識を改めろと言われても難しい。だからこそ、フィディは不安で……。

「おや、こんなところでどうしたんだい？」

顔を上げると、渡り廊下の向こうから父がのんびりと歩いてくるのが見えた。手には何冊か本を持っている。もしかすると、書庫から帰ってきたのかもしれない。

「せっかく会えたし、婚約パーティの話でも……」

父は明るくフィディに話しかけてから、途中で言葉を切ると「おやまぁ」と首を傾けた。

「気になるよね、あれ」

「父上、あの、フレッドと一緒にいるのは……」

「わざわざ私を通してフレッドに接触をはかってきたからね。招き入れてあげたんだ。応接室の使用は許可したんだけど、フレッドが目立ちたくないからと言ってねぇ」

はぐらかすような父の話についていけない。フィディは混乱する頭を軽く振って、「あの」と父の言葉を遮った。

「あの者達は、フレッドに関わりがあるのですか？　僕の、知らないフレッドに？」

フィディの言葉に、父は「あぁ」と明るく答える。

「あれはね、フレッドの家の家令だよ」

「フレッドの家……家？」

なんの冗談、と口端を持ち上げて父を見やる、と、彼は至って真面目な顔をしていた。

「フレッドは絶対に言わないだろうから、私から話しておこうか？」

「なにを？」

窓から吹き込んだ風が、ゆらゆらとフィディを揺らす。亜麻色の髪と、柔いシルクのシャツ、そしてその心も。

「フレッド、の話を」

もう一度窓の外を見る。日の加減か、馬屋の陰が濃くなって、フレッドと客人二人はよく見えなくなってしまった。フィディは陰から目を逸らし、もう一度伯爵を見る。そして、口を開いた。

6

「フレッド、今日はここで寝ないか？」

「え？」

寝台の中から誘いをかけると、フレッドがぴくりと肩を跳ねさせた。本当に小さな動きであったが、じっ、と彼を見つめていたフィディの目には、はっきりとその変化が見てとれた。

「まだ、仕事が残っておりますので」

「じゃあ、僕が寝付くまでここにいてくれ」

言葉を濁して首を振る従者に、フィディは重ねて言い募る。フレッドは笑いを含んだ声で「かしこまりました」と答えた。その視線が僅《わず》かに自身から逸れていることに気付きながら、フィディは掛布を持ち上げる。

「ここへ」

少し身を引いてシーツを指すと、フレッドがゆっくりと乗り上げてきた。二人分の重みに、ぎっ、と寝台が軋《きし》む。

両手を広げると、頬を持ち上げたフレッドが、するりとその中に入ってきた。といっても、フィディの方が断然体格が小さいので、抱き締めるというより、しがみつくような格好になっている事は否めない。

無言で抱きしめて、はた、と気が付いてフレッドの腕を撫でる。

「抱きしめてくれないのか？」

顔を持ち上げると、こちらを見下ろしていたらしいエメラルドグリーンと目が合った。は、としたように見開かれて、その後、おそるおそるといった体《てい》で腕が背中に回った。まるで、上等な宝石を扱うような慎重さだ。

「どうした？　いつものようにしっかり抱きしめればいいだろう」

いつものように、と言ったが、それは荒野にいる間のことであった。と、フィディは思い出す。屋敷に帰ってきてからは、こうやって抱きしめられることすらなかった。

「……フィディ様」

フレッドの腕に、ぎゅう、と力が込められて、フィディの背が軽く反《そ》る。フィディの寝巻き、フレッドの服、そしてシーツとが擦れる音がした。

「今朝、馬小屋の近くに……」

フレッドが、ぽつりと呟くようにそう漏らして、口を噤《つぐ》んだ。不自然な沈黙に、フィディは「ん?」と先を促してやる。

「いらっしゃいましたよね、ワイズバーン伯爵とご一緒に」

「あぁ、いたな」

気付いていたのか、と内心驚きながらも、素直に頷く。渡り廊下から馬小屋は見えやすいが、逆は、建物の構造と光の関係上難しい。フィディの方には風向きの関係で声が届いたが、フレッドにはフィディと父の声は聞こえていないはずだ。

「何か、話されていたのですか?」

「ん? あぁ、いや……大したことじゃない」

フィディはそう言って、フレッドの頬を両側から包んだ。く、と下を向かせるように力を込めれば、フレッドは素直にフィディに顔を向ける。

「フレッド」

ん、と唇を向けると、何か思案しているような顔をしていたフレッドが、くしゃりと表情を歪めた。いや、歪めたというより、緩めた、が正しいのかもしれない。眉を下げ、目尻を細め、まるで置いてけぼりをくらった犬のような顔をして、フィディを見ている。

「ふっ」

思わず笑いが漏れて、フィディは唇を引き結んだ。

「最近、こういうことを……、しなくなったな」

そして、今朝からもやもやと考えていたことを、ゆっくりと区切りながら口に出した。

「いざ結婚となって、僕のことが嫌に……なったなんて言わないよな」

「フィディさ……、んぐ」

何事か言いかけたフレッドの口を両手で押さえる。こんな聞き方をすれば、フレッドが「そんなことはない」と言うとわかっていたからだ。まるで誘導するように問うた自分が恥ずかしい。

「いや、悪い。こんなことを言いたかったのではなく……ひっ？」

突然、手のひらに、ぬるん、と滑《ぬめ》った感触を覚えて、フィディの腕に鳥肌が立つ。

「わっ、舐め……、フレッド！」

フレッドの口を押さえつけた手のひらが、彼の舌でもって割り開かれた。そのまま指の股を、べろっ、と舐められ、フィディはそのなんとも言えない感触に腰を浮かす。と、そんなフィディの様子を見ながら、フレッドが目を眇めた。

「嫌になる……、私が？」

そして、フィディに見せつけるように、かしっ、と薬指の根元を噛んだ。

「ぁっ！」

「絶対に、あり得ない」

痛みに小さく呻いたフィディの唇に、フレッドのそれが合わさる。触れるだけだった口付けはあっという間に深いものに変わり、唇を割ったフレッドの舌が、口腔に潜り込んできた。

口付けを受けているうちに、あっさりと体勢を変えられる。向かい合って横になっていたはずなのに、気が付けば仰向けになったフィディの上に、フレッドが覆いかぶさる形になっていた。抵抗は許さないとばかりに、頭の上でベッドに手首を縫い付けられる。フィディは口付けの合間に懸命に息を吸った。

「はぁ、……んぅ」

上顎を撫でられ、腰が跳ねる。皮膚の薄いそこは舌の動きを敏感に感じ取るので、ぞわぞわとくすぐったくてたまらない。

口を重ねたまま、じゅっと舌先を吸われ、舌の裏をねぶられ、口端をくすぐられて。フィディは「ふ、ぃ、ひ」と意味をなさない吐息を漏らした。口の中全てが性感帯となってしまったかのように、じんじんと甘い疼きが治らない。

「くすぐった……っ、フレッド」

むず痒《がゆ》さを訴えるも、フレッドに止《や》める気配は見当たらない。どころか、さらにきつく抱きしめられ、貪《むさぼ》るように口を吸われた。

「んっ、ふ」

思わず腰が迫《せ》り上がる。と、フレッドの硬い腹筋に股間を擦り付ける形になってしまった。恥ずかしさに腰を引くと、ちょうど陰茎のあたりに、硬い何かが当たる。

「ひ、……っん」

フレッドの陰茎だ。ちらりと見下ろせば、従者のかっちりとしたボトムを押し上げて、ぐん、と力強く勃ちあがっているモノがはっきりと見てとれた。それを見ていると何だかたまらない気持ちになって、フィディはごくりと喉を鳴らしてから、膝を擦り寄せた。

「……フレッド」

「すみません。久しぶりのフィディ様の肌や、匂いが」

自分が、フレッドをこうまで反応させてしまったというのだろうか。それを理解した途端、快感にも似た何かがゾクッとフィディの背筋を走り抜けた。

「構わない……、んっ、僕も、一緒だから」

フレッドの匂いや、衣服越しでもわかる筋肉の張り、その全てが、フィディの欲を刺激する。きゅ、と内腿を寄せた後、力を抜いておそるおそる片足を持ち上げた。覆いかぶさるフレッドのその足の間に、するりと足を潜り込ませる。そして、太腿でフレッドの硬い股間を、く、と押してみた。

「っつ」

「フレッド、はぁ……」

柔らかな腿に、硬い感触。すり、すり、とゆっくり太腿を上下させると、フレッドの陰茎はますます硬く、大きくなっていく。眉を顰《ひそ》めるフレッドの顔が扇情的で、ドキドキと胸が高鳴る。「はっ」という短く荒い息遣いを耳に感じるだけで、フィディの陰茎は痛いほどに張り詰めていった。

「いけない、足ですね」

夢中になってすりすりと擦り上げていると、はしっと膝を摑まれた。

「あっ」

あっという間に反対の膝も摑まれて、思い切り両側に開かれてしまう。股間を曝け出すような、なんとも情けない格好になって、頬がカッと熱くなった。

「フィディ様のこちらも、私の手で擦り上げて差し上げたいのですが」

よろしいですか、と問われてフィディは自身の腕で目元を隠しつつ「あぁ」と掠《かす》れた声で頷いた。が、はたと気付く。

「なぁフレッド」

「…………はい」

「フレッドに触られる間、僕はどうしていたらいい？」

「どう、とは？」

膝を摑んだ体勢で、フレッドが笑みを浮かべたまま首を捻る。その笑みが微妙に歪んでいる事には気付かず、フィディは話を進める。

「いや、なにかその間にできる事はないかなと思ったんだ」

しかしいつも、性器に触られると意識がとろとろと溶け出してしまって、結局何もできなくなるので、今のうちに教示願おうと思ったのだ。

「こういう時、僕はどうしたらいい？」

「だから、どう、というのは……」

「今日は久しぶりの性行為だし、できることはなんでもやりたいんだ」

膝を摑むフレッドの手に、自身の手を重ねる。その長い指の股を、すり……と撫でながら見上げると、フレッドの喉仏がごくりと上下するのが目に入った。

「なんでも……、なんでも？　フィディ様が？」

何か思うところがあったのだろうか、フレッドは夜目にもはっきりと動揺している。

「それは、たとえば、この手で……」

フレッドの熱い手が、フィディの手を取る。指が絡んで、特定の意図を持ったように擦り上げられる。

「口で」

フレッドの手がフィディの腕を辿り、肩を通って頬に届く。口を割り開くように親指で唇を押されて、フィディは素直に「あ」と口を開けた。ついでにちらちらと舌をひらめかせる。何かできることがあればやるぞ、という意志の表示だったのだが、ちゃんと伝わったのだろうか。

「フィディ様、そのような淫らな……っ」

「？　みだらな……？」

やる気を表したつもりだったのだが、どうやら真っ直ぐに伝わり損ねたらしい。フレッドはぎしぎしと歯を食いしばっている。どうしたのか、と尋ねるつもりで口端に止まる親指に舌を伸ばす。つんつん、とつつくと、フレッドはまるで熱いものに触れたかのように、ばっ、と手を離した。

「……っ、いえ。今日は、とりあえずこのままでいてください」

「ん？　ん、わかった」

納得はしないまでも頷いた瞬間、ぐっと膝を揃えられたかと思うと、つるんと剝くように下穿きを脱がされた。

「わっ」

さらに、膝にぐっと力をかけられて尻が持ち上がる。思い切り曝け出した股間に、フレッドの大きな手が添えられる。

「あぁフィディ様」

さも今気付いたといった口調で、フレッドがフィディを見下ろす。

「口付けだけで、こんなになられていたのですか？」

「こんなに」という言葉とともに、陰茎を握り込まれて、フィディは「ひっ」と喉を鳴らした。フレッドの言う通り、フィディの陰茎は既にしっかりと勃ち上がっていた。先走りもしとどに溢れており、フレッドが少し手を上下させただけて、くちゅくちゅと濡れた音がする。親指の腹で裏筋を、くっ、と撫で上げられて、先走りが雫《しずく》となってとぷりと流れた。それを指で掬《すく》われて、陰茎に撫でつけられて擦られて。

「やっ、フレッド、あっ、やぁ」

フィディはあえかな声を上げながら腰を揺らした。と、必然的にフレッドの手で陰茎を擦る事になってしまって、その気持ち良さにますます身悶えてしまう。

「フィディ様、自分で一生懸命擦り付けられて」

しょうがない御人だ、と呆れたような口調で言われて、恥ずかしさが増す。けれど腰を止めることができない。フレッドが筒状に軽く丸めた手の中で、ずりずりと陰茎を出し挿れする。擦れば擦るほど先走りが溢れて手の中が濡れて、どんどん気持ち良さが増していく。

「あっ、だって、フレッドの手が……、いやらしいから」

はしたなく口を半開きにして、舌で唇を湿らせて、上着の裾を胸元まで引き上げながら、懸命に腰を揺する。情けない、なのに気持ちいい、止められない。

「……っ、いやらしいのは、どっちだと」

一瞬言葉を詰まらせたフレッドが、獰猛に口端を持ち上げる。

「フレッド……んっ」

「もう少し、出すのは我慢できますか？」

甘えた声で名前を呼べば、陰茎を扱《しご》くのとは反対の手で優しく前髪を持ち上げられる。まろび出た額に、フレッドの形のいい唇が触れて、フィディは、はふ、と息を吐いた。

「こちらでも、気持ち良くなりましょうか」

「えっ……？　んっ、くぅ」

くぷっ、と性急に尻穴に指を押し込まれて、足先がピンと伸びてしまう。そのままくちゅくちゅと中を擦られてフィディは「あっ、ぁんっ」と情けなく声を漏らした。

「フィディ様」

「んっ、あっ、はやっ、もっと、ゆっくりぃ」

既にフィディの尻穴がとろりと蕩けていたせいもあるだろうが、フレッドの指の動きは挿入時から遠慮がなかった。指の付け根が尻穴の縁にあたるほど思い切り奥を突かれたかと思えば、前立腺を刺激するようにくにくにと細かに揺さぶられて……かと思えば、ずっずちゅっ、と手早い動きで抜き差しされて。

フィディは快楽に抗おうと、膝から下をぱたぱたと動かしてみる。が、甘い刺激には敵わない。次第に足の動きは緩慢《かんまん》になり、指先を丸めたり伸ばしたりするだけになってしまった。

冷静に見えるフレッドも、やはり興奮しているらしい。感じ入るフィディの顔を、獣のごときギラギラとした目で見下ろして、息も荒くべろべろと耳朶《みみたぶ》や耳穴を舌先で舐めて刺激して。かと思えば子供のような口付けを頬やら額やらに降らせてきて。フィディはすっかり翻弄されて、ひ、ひ、ひ、と短く喘ぐことしかできない。

生理的に浮かんできた涙のせいで鼻声になりながら「もっ、フレッドぉ」と音《ね》を上げれば、フレッドがようやく、ちゅぽんっ、とフィディの中から指を引き抜いた。穴の中の肉まで引っ張られるようなその感覚に、思わず腰をかくかくと震わせてから、フィディは「ふぅ」「はぁ」と吐息を漏らした。その間に、フレッドはフィディの腰をぐいっと持ち上げる。

「あっ、ま、待て……」

「ん?」

待てと言えばきちんと止まるのが、フィディの忠実な犬ことフレッドだ。腰を持ち上げられた情けない格好で、それでもフィディは鼻を啜《すす》りながら素直に気持ちを伝える。

「ひ、久しぶりだから……、ちょっと怖い。優しく挿れて欲しい」

「……」

震える口元を隠すように手を当てて、そう言えば、フレッドは待ての体勢のままで「うう」

と唸った。

「ちょっとだけ、怖いのはちょっとだからな。フレッドが、ちゃんと優しく……優しく挿入してくれたらいいんだ。だから……」

呆れられたのかと思って言い訳のように言葉を重ねると、フレッドが「わかりました、わかりましたから」と首を振った。フィディの脚を抱えたまま、わずかに腰を引いている。

「そういうことを言われると、暴発してしまいそうになります」

「ぼう……、あ、いやだ。やだ」

フレッドの言わんとしていることに気が付いて、フィディはすぐにふるふると首を振った。

「いやだ、フレッド。お前が精を注ぐのは、僕の中だけだ」

「……っ!」

思わず手で、すり、と下腹を撫でる。ここに注ぐんだ、とフレッドに伝えるように。当のフレッドは、何故か先ほどより苦しそうに下唇を噛み締めている。そして、今度こそグイッと脚を持ち上げて身を割り込ませてきた。

「いれ、挿れる……のか?」

「いいえ」

フレッドはあっさりと首を振ると、フィディの膝を抱えたまま、それをぱたりと閉じた。

「フレッド? ……あっ」

何をするのかと見ていると、自身の太腿の間から、ずにゅ、と立派な亀頭が顔を出した。フィディのそれとは比べものにならないほど立派なそれは、フレッドの陰茎だ。

「あっ、やっ、これ……っ」

太腿が、熱い。いや、太腿だけではない。フレッドの陰茎が擦れる箇所全てが熱い。会陰《えいん》に陰嚢《いんのう》、そして陰茎。フレッドの猛った剛直に押されて揉まれて引き摺《ず》られて、その全てが耐え難いほどに気持ちいい。

膝が胸につきそうな程に折り曲げられて、その圧迫感すら心地良く感じてしまうから不思議だ。

「フィディ様、ふっ」

フレッドの熱い吐息が耳にかかって体の中で燻《くすぶ》る熱の温度が上がる。

「やっ！　……んん、なんで、挿れな、あっ」

どうしてあれだけ解した中に挿れないのか、と喘ぎの合間に問いかける。と、フレッドが鋭い犬歯《けんし》を見せつけるように笑った。

「なんで？　……はっ」

その、獰猛な獣のような笑い方に、フィディの心と体の中にある柔い部分がずくんと疼く。

「フィディ様の中に突っ込んでしまうと、私の、理性がぐちゃぐちゃに溶けてしまうからですよ」

耳元で、丁寧なのにどこか荒い言葉使いで囁かれて。フィディは「ひっ、ひっ」と二、三度腰を跳ねさせた。艶の入った声で、頭の中まで溶かされそうだ。

「理性がなくなったら、思い切り噛んでしま、うっ」

どこを、なにを、と問いかけようと口を開くのと同時に、ゆっくりと降りてきたフレッドの唇が、胸元を舐める。

「この胸も、柔らかな腹も、鎖骨も、腕も」

大きく開いた口で、乳輪ごと乳首を含まれ、噛まれて。あっ、と仰《の》け反《ぞ》ったところで、胸から鎖骨、腕まで、緩く甘噛みされる。そして唇を掠め取られて、最後に首筋に辿り着く。

「ここを噛みたい、フィディ」

「えっ？　はっ、あ……」

汗で首に張り付いた髪をかき上げられて、剥き出しになった肌に、くっ、と軽く歯を立てられて、フィディは「ひっ」と腰を反らせた。それでも、いやいやというように懸命に首を振る。

「やっ、あっ、中に、そそいで……フレッ……あぁっ！」

同時に、フレッドの逞しい陰茎で陰嚢と陰茎をぐちゅぐちゅに擦られて、潰されて。フィディの陰茎から、押し出されるように精液が迸《ほとばし》った。

「う、くっ」

ほとんど同じタイミングで、フレッドが果てた。フィディの腹の上に精液が飛び散る。腹に広がるそれを見ると、やはりどうしても「体の中で受け止めたかった」気持ちが湧き上がってしまって、フィディは唇を噛み締めた。思うだけでは収まらず、結局フィディはぽつりと「なかに、欲しかった」と呟いてしまった。

フレッドがフィディの頭の横で、ぐぐ……と拳を握りしめる。Ωの本能なのかもしれないが、フィディはαであるフレッドの精液が欲しくてたまらなくなるのだ。本能が剝き出しになる性行為中は、尚更《なおさら》。

は、ふ、と荒い息を吐きながら、腹に飛び散った精液を、恥じらいもなく指先で撫で取る。

「あ……、ん」

そして、指先にとろりと纏わりつく白濁の液体を、ほとんど無意識のまま口元に運んだ。開いた唇に指を挿《さ》し入れようとした、その時。

「フィディ様」

駄目です、というように首を振られて、切なく鼻を鳴らして見上げる。視線でのおねだりは、無言で却下されてしまった。フィディは仕方なく腕を下ろして、代わりに情けなく腰を前後させながら、尿道に溜まっていた全ての精液を搾《しぼ》り出す。久しぶりだったからか、射精が長く、持ち上がった腰が降りてこない。

「んっ、……はぁ」

「……フィディ様こそ」

ようやく絶頂の波が過ぎ去って、ふ、とひと息吐く。と、フィディの太腿の隙間からずるりと陰茎を引き抜いたフレッドが、俯きがちに声を漏らした。

「私の事を知って……嫌に、なったんじゃないですか？」

「？」

何のことを言っているのだろうか。フィディはフレッドに問いかけようとして口を開いたが、思考がとろりと溶けていて、上手く言葉が纏まらない。

「フレッ、ドの、こと？」

それでもなんとか言葉を絞り出すと、フレッドが「すみません」と謝った。

「身を清めます。フィディ様は眠ってくださっていて構いません」

目の上に、大きな手のひらが乗る。肌に慣れたその感触と温もりが気持ち良くて、フィディは「う、ん」と曖昧な声を出しながら、ゆる、と目を閉じた。

聞かなければならない事、話さなければならない事がたくさんある気がするが、今はなにより体が重たい。フレッドが離れる気配がして、フィディは「すぅ」と寝息にも似た吐息を吐き出した。

気怠《けだる》い心地良さに身を任せようとした、その時。今度は腹のあたりに、あのざらざらとした手の感触を覚えた。

「いっそ本当に孕んでくださっていたら。貴方を縛りつけることができたのか」

どこかで重たい声が聞こえる。鎖のように重たくて、熱した鉄のように熱くて、どろりとしている。その声は確かに聞こえるのに、返事をする事は叶わない。

思考も体も、溶けて、揺らいで、なくなって。扉が開いて、そして閉まる音を聞きながら、フィディは深い眠りに落ちていた。

7

久しぶりに体を交《まじ》わせたら、フレッドとの溝《みぞ》は埋まるものだと思っていた。が、やはり違和感が拭えない。どうもフレッドの元気がなさそうに見えるのだ。こう、耳を伏せて尻尾を股の間に挟んで壁の方を向いたまま丸くなっている犬のような……、そういう寂しさを感じる。その上、一緒にいる時間が極端に短くなってしまった。

朝起きた時に側にいるのは間違いない。が、それから先は側にいたりいなかったり、まちまちだ。フレッドは父の仕事の手伝いで色んなところに駆り出されているらしく、屋敷で姿すら見かけないことも多い。いや、昔はこうだったのだ。学園に通っていると四六時中一緒とはならない。授業の時などは従者なんて連れていられないし、屋敷にいても離れている時間は多々あった。

あの、テラヤワーズでの日々が特別だったのだ。朝も昼も夜も、ずっと側にフレッドの存在を感じられた、あんな日々は、きっともう二度とない。

（世界に僕とフレッド二人だけしかいないような、……あの日々を懐かしく感じるなんて、最初は絶望しか感じていなかったのに、現金な自分に笑ってしまう。荒野に連れて行かれてすぐの頃は、まさかあのカサカサの大地と乾いた風を懐かしく思う日が来るなんて、思いもしなかった。

（変だな。今の方が幸せなはずなのに。こんなにも、何もかもが順調なのに）

Ωのための薬の開発は父の融資を得て次の段階に進んだし、親兄弟とも朗《ほが》らかな関係を築けている。

婚約パーティの準備も、母が張り切って使用人を取り仕切ってくれているおかげで、着々と進んでいる。着々どころか、明日がそのパーティ本番、というところまで差し迫っていた。

全てが順調に進んでいるのに、フレッドの事がどうしても気にかかる。喉に刺さった魚の小骨のように、引っかかってしょうがないのだ。

「……ええい、もうっ！」

フィディは八つ当たりのように、書庫の扉を肩で開ける。数冊本を抱えたまま「フレッド！」と呼んだが、返事はない。「しばらく書庫に籠《こも》る」と伝えたら、「わかりました。ただ、もしかすると伯爵に呼ばれて外しているかもしれません」と申し訳なさそうに謝って、何処《どこ》へともなく下がってしまった。本当に父に呼ばれたのか、それとも作業の後の茶の準備でもしに行ったのか。わからない、わからないが、胸の内がもやもやとする。

フレッドが気になる。元気がないのが気になる。

(気になる、が……)

気になるのと同時に、どうしようもない憤りも感じるのだ。憤りというか、もはや癇癪《かんしゃく》に近い。

(フレッド……、もっと僕に構え!)

結局のところそれなのだ。

フィディは「番の契約」について色々と考え込んで保留にしていたし、先日の寝台での会話から察するに、フレッドにも何か思うところがあるようなのだ。しかし、それもこれもあれも抜きにして、フレッドはもっとフィディに構うべきなのだ。

(僕達は、世間一般でいうところの婚約者だろう?)

足音も高く廊下を歩きながら、心の中でぐつぐつとフレッドに対する言葉を煮え滾《たぎ》らせる。

「嫌になるなんて絶対にあり得ない」と言ってくれたが、違和感が拭えない。やはり一度話しておくべきだろう。

「明日は婚約パーティだぞ。その前に……、ん?」

先日、フレッドを見かけた渡り廊下で、ふと足を止める。馬小屋の方で何やら影がチラついた気がしたのだ。

(また、フレッド達か？)

不審に思って、窓の方へ近付く。……と、その時だ。

「……んんんっ！」

突然、窓の外からニュッと伸びてきた腕に、あっという間に口を押さえられた。ぐんっ、と体を引っ張られて、足元にばさばさっと本が散らばる。

「ん――っ！　んっ！」

「足を押さえろ。非力そうだが、暴れられたら面倒だ」

抵抗しようと腕を振り上げるも、それもまた押さえつけられた。ずるりと引き出された庭、三人の男達が窓下の陰に隠れていた。廊下からはちょうど死角になっており、全く気付くことができなかった。

(なにっ、なんだっ！)

「首は……、おっ、本当に噛まれてねぇな。綺麗なもんだ」

「噂は本当だったんだな」

うつ伏せに押さえつけられ、手足を縄で縛られる。その間に、髪をかき上げられて首筋を見られた。どうやら、うなじの噛み跡を確認したらしい。

「これなら『奴』も満額で報奨金を払うだろ」

「おら、行くぞ」

さらに手首と足首をひとまとめにされて、担ぎ上げられた。今から捌《さば》かれる動物のような格好だ。せめて大声を上げて抵抗したいが、「ん――っ！　んんっ！」と呻く事しかできない。

「おい、静かにしろっ。……ったく、傷ひとつ付けるなってのが面倒だな」

「全くだ。人攫《ひとさら》いには無茶な注文だぜ」

（ひっ、人攫い？）

驚いて目を見開く。まさか、このワイズバーン家に忍び込んで人を攫うような輩《やから》がいるとは思わなかったのだ。

ワイズバーン家は、それなりに警備を敷いているし、使用人が多く人目も多い。こんな風に正面切って屋敷に侵入するなど、正気の沙汰ではない……とは思うが、実際に忍び込まれて、まんまと攫われているのだから何とも言えない。

担がれたまま、ちらっと馬小屋を見ると、小屋の前の陰に馬番が転がっているのが見えた。

フィディの頭から、さぁ、と血の気が引く。

「んんっ、ん――っ、んんん！」

（貴様ら！　まさか家の使用人に手を出したのか！）

置かれている状況はさておき、ワイズバーン家の財産とも言える使用人に危害を加えられて、何もせずになどいられない。怒りを露《あら》わに唸りまくると、人攫い達が「うるせぇな」と眉を顰めた。

「あん、あれか？　殺しちゃいねぇよ。殺しはするな、って、雇い主様にきつぅく言われてるからな」

「お優しい雇い主様だ」

「優しい奴は人攫いなんて頼まねぇよ」

男達が「違いねぇな」と、声を潜めて笑い合う。その間にも、フィディの体は屋敷の建物から離れたところに運ばれていた。体を捻《ねじ》らせたり頭を揺すったりするものの、やはり大した抵抗にはなっていないらしい。男達は意にも介さずこそこそと進んでいく。

（どういうことだ？　なんだ？　依頼を受けて僕を攫う？）

男達の言葉を、混乱する頭の中で整理する。

どうやら、男達は最初からフィディを狙って侵入してきたらしい。なにが目的……と考えかけて、先程男がフィディの首筋を確認していたことを思い出す。Ωの首筋、ときたら、思い当たるのはひとつしかない。

（Ωとしての僕を狙ってきたわけだな）

以前、荒地の屋敷にいる時も、同級生のアドリアンに狙われた。おそらく、あれと同じという事だ。人攫いを雇った謎の人物は、おそらくα。そいつは無理矢理フィディを手籠《てご》め……番にして、ワイズバーン家の権力を掌握《しょうあく》しようとでも思っているのだろう。

(馬鹿な事を。僕を番にしたからといって、なんの利益にもなりはしないのに)

父がフィディを大事に思ってくれている、というのはこの屋敷に戻ってきてから実感することができた。だが、父は情に流され、息子を攫った人物に利用されてやるような人物ではない。

きっとフィディが誰かの番にされても、ワイズバーン家に実害は及ばない。その点は安心だ。

(だが……)

だが、だから攫われてもいい、とは思えない。見知らぬ誰かの番にされるなんて、心の底から嫌だ。フィディが番いたい相手は、この世にひとりしか存在しないのだから。

(フレッド……!)

心の中で、そのたったひとりの名前を呼ぶ。多少すれ違ったり、「構って欲しい」という不満があったりはするが、そんなもの、フィディとフレッドの愛情の前では、障害にもならない小石程度のものだ。……と、少なくともフィディは思っている。

というわけで、何がなんでもここで攫われるわけにはいかないのだが。いかんせん、あまりにも不意打ちすぎてなんの対策も出来なかった。攫われた証拠といえば、廊下に散らばっている本程度だ。あれでフィディに危機が迫っている事に気が付いてくれたらいいのだが。

考え事をしている間にも、男達は迷いなく人気のない屋敷の裏庭を突き進んでいく。事前にかなり下調べをしていたようだ。どうやら、庭の端にある使用人の通用口から出て行くつもりらしい。

「目隠しもしとくか？」

今気付いた、とでもいうように、男のひとりが布でフィディの目元を覆う。

「おい、そんなの後だ。とりあえず出るぞ」

「大丈夫大丈夫。この時間ここに人が来ねぇのは調べてんだろ」

これで目隠しまでされてしまったら、ますます状況が悪くなる。せめて周りの状況くらい把握できておいた方がいいだろう。フィディは首を振って「やめろ」と抵抗する。が、男は「お～よちよちΩちゃん。大人しくしましょうねぇ」とまるで赤子をあやすようにからかいながら、首を絞《し》めるように押さえつけてきた。

「んっ、ぐぅ！」

思いのほか強い力で摑まれて息が詰まる。首筋から、ごりっ、と嫌な音がして、痛みに思わず仰け反ってしまった。フィディが苦しむ様子を見て、別の男が「あーもう、目隠しなんていいじゃねぇか。見られてもなんにも出来ねぇよ。それより、目立つ痕《あと》残すなよ」とへらへら笑っている。まるきり、フィディを人間扱いしていないその様子に、ゾッ、と身をすくめると、首を絞めた男もまた粘《ねば》ついた泥のような笑みを浮かべた。

「ちょっとくらい怪我させてもさ、『いやぁ抵抗されて仕方なく』とか言っておけばいいんじゃないか？　Ωが非力なのが悪いんだよ」

（悪いわけ、あるか！）

どう考えても、どこからどう見ても、悪いのは人攫いだ。なのに、男達はまるでフィディの方に罪があるかのように話す。

「でもさ、こんな上玉だったら確かに盗みたくもなるよなぁ」

「そうかぁ？　俺はもうちょっと歳食ってる方が趣味だな」

「こいつの母ちゃんはどうだ？　たしかΩなんだろ。あ〜、俺も金に物言わせて上玉のΩ抱きてぇ」

あまりにも下劣な会話に、ゾワッと鳥肌が立つ。握りしめていた拳を開き、抱えられている男の腕に、ぎぎ、と爪を立てた。

「いてっ、こいつ……っ！」

パンっ、と思い切り頬を張られて、視界が揺れる。頬というか、正面から顔を叩かれたような形だ。そのせいか、鼻頭がじんじんと痛んだ。

「うっ、うぅ〜……」

痛みに呻いていると、ぱたたっ、と地面に何かが散った。鼻から何かが流れるような不快な感触……鼻血だ。フィディは目を見開いて、ぱたぱたと落ちる赤い雫を眺めた。

（自分の血、なんて、久しぶりに見たな）

「おいおい、怪我させるなって」

「だってよぉ〜」

呆然とするフィディに構わず、男が「あーあー血が付くじゃねぇか」と文句を言いながらフィディを抱え直す。まるで「物」のような扱いに、じわじわと涙が滲《にじ》む。悔しくて、絶対に泣きたくなんてないのに、あっという間に目尻に溜まったそれは、血とともにぽろりと転げていった。

――ギィっ。

と、その時。まさに今出ようとしていた使用人の通用口が開いた。男達が、すっ、と息を呑む音が聞こえる。

(庭師か、誰か……っ)

この通用口を使うのは、この屋敷の使用人だ。庭師か、使いに出た使用人か、誰かわからないが、とにかくこちらは人攫い三人組(と、攫われるフィディ)だ。味方であれば嬉しいが、とにかくまずは逃げてもらって、あわよくば後で助けを……、と算段しながら首を振る。

フィディの目元を覆った布がはらりと落ちて、フィディは布を噛んだまま顔を上げた。

(だ……、誰だ?)

通用口から入ってきたのは、屈強な男二人組だった。はっきりいって、全く見覚えがない。こんな状況にもかかわらず「ふが?」と間抜けな疑問の声を上げてしまってから、フィディはぶるぶると首を振った。

二人組の方も、人攫い三人……とフィディを見て一瞬目を見張った。そして素早く、ばっ、と二、三歩下がる。体格に比べて俊敏なその動きは、男達が「素人《しろうと》」ではないことを教えてくれた。

人攫いの方も、二人組には見覚えがなかったらしい。体格の良さに若干怯《ひる》みつつも、威嚇するように歯を剝いた。

「誰だお前ら。……屋敷の人間じゃなさそうだな」

「……そちらもな」

少し思案するような顔をして、二人組の片割れが答えた。そして、彼らはこそこそと何事かを囁き合い、顎をしゃくるようにしてフィディを指した。

「そちらはワイズバーン家四男のフィディ様だな」

「だったらなんだ」

「用がある。こちらに寄越せ」

「はぁ？」

はぁ、と問いたいのはフィディの方だ。人攫い達もそうだが、何故フィディを求めるのか。二人組の方も、どう見ても友好的な態度ではない。いや、そもそも使用人の通用口からこそこそとやってくる時点で、正常な訪問とは言えないが。

「我らは、アヅナカルン侯爵家から遣わされた者だ」

「侯爵……っ？」

二人組の思いがけない言葉に、人攫い達の動揺がフィディにも伝わってきた。が、フィディ自身も十分に動揺した。

（アヅナカルン家……？　何故？）

アヅナカルン家は由緒正しい侯爵家だ。……が、現当主が苛烈な性格の人物らしく、昔はともかく、ここ最近はあまり良い話を聞かない。

何にしても、何故その家の者がフィディに用があるというのか。アヅナカルン家の人物と直接言葉を交わしたことはない。学園で、血縁の者が上下にいるとは聞いたことがあるが、顔すら知らない程だ。……いや、用があっても構わないのだが、それならばどうして正面から出向いて来ないのか。

（わからない。わからない、が）

男達の雰囲気から察するに、「用」というのがあまり良いものでないのは確かなようだ。はっきり言って、今自分を抱えている人攫い達と程度は同じなのではないだろうか。なにしろ、人攫いのことを屋敷に報告するでもなく「渡せ」と言ってくるくらいだ。

「こちらも騒ぎにはしたくない。金が必要なら言い値で払ってやる。怪我をしたくなければ大人しく渡せ」

淡々と述べるアヅナカルン家の男の言葉に、人攫い達の間に「どうするか」という雰囲気が漂う。彼らは雇われらしいので、どう動いた方が一番金が入るか算段しているのだろう。

「なら……」

人攫いの一人がアヅナカルン家の男達に応えかけた時、フィディを抱える男が「待て」とそれを制した。そして耳打ちするようにぼそぼそと囁く。小さな声だったが、男に抱えられたフィディにはちゃんと聞こえた。

「ここでこいつらから逃げるなり口を封じてやれば、『奴』からもアヅナカルン家からも金をぶん取れるぞ」

「金を？」

「ワイズバーン家の坊ちゃんを攫おうとしたんだ。黙ってて欲しければ金を出せって脅せるだろ」

男の言葉に、仲間が「なるほどな」と明るく、それでいて低い声を出す。どうやら、雇い主からもアヅナカルン家からも金を取るつもりらしい。

（そう上手くいくとは思えないが）

フィディは他人事《ひとごと》（いや、攫われるのは自分なので正確には他人事ではないが）のようにそう考えて、こっそりと双方を見比べた。アヅナカルン家の者達は、家の名前を出した時点で人攫い達を生かしておくつもりがないはずだ。でなければ、馬鹿正直に明かすはずがない。家の名前を出してフィディを渡しても、渡さなくても、どこかで始末しようとしているのだろう。

「へへ。悪いが、差し出すわけにはいかねぇなぁ」

人攫い達が、フィディを抱えたまま、じり、と後ろに下がる。と、アヅナカルン家の二人組が、「ならば仕方ないな」と背中に手を回した。まるで答えなど最初からわかっていた、と言わんばかりに冷静な動きだった。

男達の背後から、細く短いが、ぎらりと鈍《にぶ》い光を放つ刃物が出てきた。内心「ひっ」と息を呑みながら、フィディはきょろきょろと左右に視線をやる。男達に捕まってそう時間は経っていないかもしれないが、誰か……たとえばフレッドが、フィディの不在に気が付いて探してくれていないかと思ったのだ。

(そんな、都合よくはいかないか)

がくりと項垂《うなだ》れながら、それでも目は男達から逸らさないようにしておく。

人攫いも恐ろしくはあるが、アヅナカルン家の者はなお恐ろしい。動きに隙がないし、刃物を持つ手に躊躇いもない。

「はっ。得物《えもの》ならこっちも持ってるぜ」

人攫いの方も、腰に提《さ》げていた剣を抜いて構える。人攫いを依頼されるぐらいだ、ある程度の荒事には慣れているのだろう。

当事者であるフィディにお構いなしに、双方が話を進めていく。フィディの身はフィディのものであるはずなのに、どうしてこうも好き勝手に扱われなければならないのか。

（あぁ、もう……）

フィディは口に噛まされた布をぎりぎりと噛み締めながら、ぎゅうと拳を握り締めた。

（……っ、フレッド）

心の中で、唯一の存在の名前を呼ぶ。

従者であり、恋人であり、近く伴侶となる存在。時と共に形は変わっていったが、何よりも頼りになって、何よりも信じている、そんな……。

（フレッド、えぇい、フレッド！　僕をこんな目に遭わせておくんじゃない！）

「んん、っん――っ！」

聞こえないと、届かないとわかっていたが、フィディは布の詰まった口の中、その奥にある喉で、懸命に名前を呼んだ。

――その時。

「……フィディ様っ！」

遠くの方から、声が聞こえた。遠いが、しかしフィディがその声を聞き間違える訳がない。

男の腕の中、フィディはハッと顔を上げて首を巡らせた。陽の光にキラキラと煌《きら》めく金色の髪、きっちりとした服を着ていてもわかる逞しい体つきに、きらりと光るエメラルドグリーンの瞳。

「んん……」

物言えぬフィディの目に、言葉の代わりの涙が滲む。

(フレッド……！)

その姿を見ただけで、不思議と「もう大丈夫だ」という気持ちが湧き上がる。フィディはひと粒だけころりと涙を零《こぼ》してから「んんんっ！」と鼻で叫んだ。自分はここにいる、と伝えるように。

ちっぽけな鼻声が聞こえたとは思えないが、走るフレッドがハッとした顔をしたのが見えた。猛然と、こちらに向かって駆けてくる。

「ちっ！　まずい！」

「いや、大丈夫、ひとりしかいねぇ」

アヅナカルン家の者か、人攫いか、男達がそれぞれ焦り舌打ちをする。が、向こうからやってくる男がひとりと見ると、安堵したように息を吐く。

「先に行け！　俺達が始末しておく！　いざとなったらそいつを盾にして逃げろ！」

がくっ、と体が揺れる。フィディを抱えた男が走り出したのだ。「んんんっ」と眉を顰めるも、男はフィディの抗議など聞きやしない。がくがくと揺すぶられながら、フィディはできる限り体を跳ねさせる。とはいえ、手首と足首を縛られているせいで、まともな動きはできない。

「ったく、暴れるなって！」

イレギュラーなことが起こりに起こって苛々したのだろう。フィディを抱える男が、フィディの頬を張った。

「……んっ！」

バチっ、と弾けるような音がした。と同時に頬にびりびりと焼け付くような痛みを感じる。先程の鼻血はもう止まっていたが、また流れ出しそうだ。

男も焦っているのだろう。先程の張り手よりさらに痛みが強かった。ぐわんっと視界が揺れるほどの衝撃を受けて、フィディの頭がふらりと下がる。

（い、いた……い）

ちかちかと光にも似た何かが目の端で瞬く。揺れる視界を正常に戻すために何度かぱちぱちと大きく瞬きをする……と、後方で「ぎゃっ！」「ぐわっ！」と叫び声が聞こえた。

「フィディ様にっ、何をしてんだこの野郎！」

「……っぐがっ！」

そして突然、どっ、と強い衝撃を体に受けた。いや、衝撃を受けたのはフィディではない。フィディを抱える男だ。男が涎《よだれ》を垂らしながら叫んだのと同時に、フィディの体が宙に投げ出される。

「んんっ！」

一瞬のことだったが、まるで何十秒にも感じる不思議な感覚を空中で味わった後。フィディは、がっし、と体を受け止められた。

「んんっん！」

フィディを受け止めたのは、フレッドの腕だった。かなり遠くにいると思っていたのだが、気が付けばフィディを抱きしめて「ご無事ですかっ」と叫んでいる。息が全く荒れていないのは、さすがフレッドといったところか。

フレッドの勢いに押されるように、フィディはこくこくと頷いた。こんな風に焦ったフレッドを見るなど、初めてのことだ。以前、同級生のアドリアンに襲われかけた時は、全てが扉の向こうで起こっており、フレッドの顔を見る事もなかった。

（フレッド、お前……）

フィディはフレッドの顔をまじまじと見て、目を瞬かせた。フレッドが、今にも泣きそうな顔をしていたからだ。

フレッドはフィディの頭の後ろに手を伸ばし、ブチっ、と何かを引きちぎる。口枷《くちかせ》にされていた布だ。それははらりと地面に落ちて、フィディはようやく、大きく息を吸い込んだ。

「っ、はっ、フレッ……、はぁっ」

なんて顔をしているんだ、と言いたかったが、荒い呼吸に邪魔されて、それも言えない。フィディはかろうじて「フレ、ッド」と名を呼んだ。

だが、言い募ろうとしたフィディの言葉を遮るように、低い声がフレッドを呼ぶ。

「フレッド様」

（フレッド……様？）

　フィディはその声につられるように顔を上げた。

「フレッド様、どうかアヅナカルン家にお戻りください」

　数歩離れたところに、アヅナカルン家の遣いが二人立っていた。急いで視線を巡らせると、男達の後方に倒れ込んだ人攫いの姿が見えた。

「戻る」という単語に、フィディはピンと閃く。「フレッド様お戻りください」という言葉を、つい最近聞いた覚えがあったからだ。そう、数日前の馬小屋の側。あの時フレッドと話していたのは、アヅナカルン家の人間だったのだろう。

「誰の差し金だ」

「叔父上様はじめ、多くの者がフレッド様のご帰還をお待ちしております」

「……」

「ハインツ様は財産を食い尽くすばかりで、ご当主の器たり得ない。このままではアヅナカルン家は……。どうかフレッド様」

　ちらりとフレッドを見上げる。フレッドは、見た事もないような鋭い目をしていた。その視線だけで、全てを切り裂いてしまいそうだ。

「俺を連れ戻す餌に、フィディ様を使う気だったのか？」

　すぅ、と息を吸い込んだフレッドが低い声を出した。その内容にギョッとして男達に視線を移すと、彼らは動揺した様子もなく「ええ」と頷いた。

「失礼ながら、フレッド様の唯一の弱点に思われましたので」

男の言葉に、フィディの胸がドキッと脈打つ。

(弱点。僕が)

自分がフレッドの弱みになっている、という言葉に、無性に胸が痛んだ。しかし同時に、言い知れぬ怒りが腹の底をぐつぐつと燃やす。

「っ、僕は弱……」

「フィディ様」

弱点ではないぞ、と自ら主張するその前に、フレッドの腕がフィディを抱え直す。「え？」と問い返す暇もなく、フレッドに抱きつくような形にされて、目元がフレッドの逞しい肩に当たる。

「失礼ながらお顔を伏せていただいてもよろしいですか？　少々揺れます」

「え？　な……、なんだ、え？」

優しい声音で促されて、フィディは自由の利かない体で顔を傾ける。

「お前達。一度しか言わないから、その頭にしかと刻み込んでおけ」

フィディの戸惑いは伝わっているだろうが、フレッドは見事にそれを無視して、朗々《ろうろう》と声を張り上げた。

「俺がアヅナカルン家の門を潜《くぐ》ることは二度とない。俺の在る場所は、フィディ様のお隣だけ

だ」

大声で叫んでいる訳でもないのに、フレッドの声はびりびりと空気を震わせた。揺るぎないその言葉は過《あやま》たず男達にも届いたのだろう。わずかな動揺が見てとれる。

「……フレ」

きっぱりと宣言したフレッドに、その言葉の意味を問おうとする。が、その名前すら言い切る前に、体が激しく揺れる。

「ひぁっ、わっ」

フレッドが動いたからだ。まるで大事な宝物のようにフィディを片手で抱きしめたまま、驚くような速さで動いて、走って、長い足をすらりと振り上げる。

「フレッド様……っ、がっ！」

フレッドの足が、相対する男の手に打ち下ろされる。弾けるように飛んだ短剣を、フレッドが片手で摑んだ。そして、剣を失って慌てる男の首筋に、それを思い切り突き立てる。

「フレッ……っ！」

衝撃に息が詰まる。が、よくよく見ると、突き立てたのは剣の「柄《え》」の方であった。ぐる、と白目を向けた男が、膝から地面に崩れ落ちる。

次いで、同じく短剣を構えて一、二歩後退《あとずさ》った隣の男に、フレッドは見事な回し蹴りを食らわせた。男は両腕を眼前に揃えてそれを防いだが、フレッドは見越していたかのように、足を下ろし様《ざま》に、反対の足で男の脇腹を蹴る。そして、がくりと傾いた胸に、とどめのように重たい蹴りを見舞う。男は花壇の向こうまで吹き飛んでいった。

息つく暇もない攻防、というより一方的な戦闘に、フィディはぽかんと口を開ける。人攫いとアヅナカルン家の使い、合わせて計五人が、裏庭の至る所に伸びていた。フィディをめぐる奇妙な三つ巴戦は、あまりにも呆気なく終局した。

「え、あ、みんな、生きて……？」

「もちろん」

まさか死んではいないよな、と確認するように細い声を出すと、フレッドがあっさりと頷いた。そして、抱えたままのフィディの手足の紐をするすると解く。

「フレッド。アヅナカルン家の……使いの者は、お前の言ったことを忘れてしまうんじゃないか？　こう、頭への衝撃で」

白目を剝いて伸びている男達を見やり、そんなことを言うと、フレッドが首を傾げた。

「さぁ。忘れたらそれまでですね」

フレッドにしては珍しい程冷たく意地悪な物言いだ。フィディは「そ、そうか」と頷いてから、握り締めたままの手を開いた。

「はぁ……、とにかく、助けてくれてありがとう」

「いえ。……痛みますか？」

手首を、すり、と擦られて、フィディは「いいや」と首を振った。

「っ、フィディ様っ、お顔に血が！」

フィディの顔を見たフレッドが、わなわなと手を震わせる。多分、先ほどの鼻血の名残《なご》りが残っていたのだろう。フィディは自由になった手首でごしごしと鼻先を擦る。

「あぁ、鼻血だろう。さっき殴られた時に、ちょっとな」

「殴られた？　ちょっと？」

すぅ、と顔色をなくしたフレッドが、ゆらりと立ち上がる。倒れ伏した男達のところに向かおうとしているその足に、フィディは「待て待て」と追い縋った。

「何をするつもりだ」

「ちょっと……、いや、全然足りなかったな、と」

何が足りなかったのか聞くのが恐ろしく、フィディはとりあえず「やめろ」とだけ伝える。

「今はとにかく、側にいてくれ」

正直に気持ちを伝えると、ハッとした顔をしたフレッドが、フィディの横に膝をついた。

「すみません」

優しく肩を抱くように抱きしめられて、フィディはようやく長い溜め息を吐いた。

……と、屋敷の方から「おぉい！」と何人かの人間が駆けてくるのが見えた。格好からして、おそらく警備の者だろう。

「とりあえず、こいつらを引き渡しましょう。フィディ様は手首と足首の治療に。私が屋敷まで運んでいきます」

「あぁ、頼む」

何がなんだか、まだわからない事だらけだが、とりあえず一段落した……のだろう。フィディは「ふぅ」と息を吐いてフレッドにもたれかかった。

「フィディ様、すみません。私は……」

「いや、いいんだ。話は後で聞く。……それより、その」

謝罪するフレッドを遮って、フィディはしばし黙り込む。そして、胸に、棘《とげ》のように刺さっていたことをぽつりと問うてみた。

「僕は、フレッドの弱点か？」

フィディの言葉に、フレッドが一瞬足を止める。が、すぐに「いいえ」と首を振った。力強く、しっかりと前を向いたままで。

「フィディ様は、俺の唯一の強みです」

その言葉には、嘘も、迷いも見当たらない。

「フィディ様がいるから、俺は強くいられるんです」

本当か、と問い返すこともできた。だが、フィディはそんな野暮な事はしない。ただ「そうか」と彼の言葉を受け入れた。

「うん。僕も、フレッドがいると強くなれる気がするな」

同じだな、と返せば、体を抱きしめる腕に力がこもる。フィディもまた、フレッドの肩に回す手に力を入れた。

8

フィディが今回の件の全容を知る事ができたのは、その日、夜も遅くなってからだった。

人攫いの方は、やはり雇われだったらしい。そしてその雇い主は、なんとフィディの学園の時の同級生だった。アドリアンといい、今回の件といい「学生時代、どんな目で見られていたんだ」と今更ながら心が沈んだ。

「ワイズバーン家との縁、という金の卵を産むガチョウとでも思われたんでしょうね」

と、悲しい気持ちで肩をすくめると「まぁ、狙いは金の卵じゃなくてガチョウだと思うよ」と父に慰めともつかないことを言われてしまった。一晩と経たず犯人を突き止めた父は、どうやらこの事態を予測していたらしい。

「まだ番の契約を果たしていない、と噂を流せば、絶対にまだ君を狙っている者を炙《あぶ》り出せると思ったんだ。いやなに、この機会にそういった奴らを一網打尽にしてやろうかな、と思ってね」

　というのが、父の談だ。

　なんと、この数日の間にこういったことはちょこちょこと起きていたらしい。直接父にフィディを求めて直談判しに来た者や、今回のように忍び込もうとした者もいて……。最近フレッドがよくフィディの前から姿を消していたのは、父の手伝いだけでなく、そちらの処理もあったからだという。そういえば以前父が「悪い膿を出し切る」と言っていたが、おそらくこの事だったのだろう。

　諸々の治療を終えた後、父には「怖い思いをさせてしまって、すまなかった」と謝られてしまった。

「多く見積もったつもりだったけど、予想以上に不届き者が湧いてきてね。警備の手が回っていなかった。フィディに接触まで許して怪我をさせるつもりは毛頭なかったんだ。完全に私の手落ちだね。すまない」

　まさか父に頭を下げられるとは思わず、フィディはただただ「いえ、あの」「色々手を尽くしていただいてありがとうございました」としか言えなかった。

　とにもかくにも、人攫いの件はそれでカタがついた。相手の家には父が「きっちり落とし前をつけさせるからね」と言っていたので、問題ないだろう。

もう一方の侵入者、アヅナカルン家の使いに関しては、父は詳しく話さなかった。

「対外的な問題は話をつけているから。後は君の伴侶から話を聞きなさい」

ただ、それだけを言って笑っていた。

そしてどたばたと騒がしかった一日がどうにか通り過ぎた深夜。フィディはようやく、ソレッドと二人きりになれたのだ。


「すみません。怖い思いをさせてしまった上に、傷まで」

フィディの寝室。ベッドヘッドに並べたクッションに背をもたせかけて座るフレッド……、にもたれて、フィディは「いいや」と首を振った。

「痛くも痒くもないし、大丈夫だ。それにほら、他の場所で僕のために色々と動いていてくれたんだろう？　ありがとう、助かった」

荒い縄できつく結ばれたせいか、フィディの手首には赤い痕が残ってしまった。軟膏を塗られて、包帯を巻かれて、「大袈裟だな」と笑い飛ばそうとしたが、フレッドの真面目な顔を見ているとそんな事も言えない。

「まぁとにかく、……大丈夫だ」

ごにょごにょとごまかすようにそう言うと、フレッドの指がフィディの指に絡まった。

「あの、フィディ様を攫おうとした奴らもそうですが。アヅナカルン家の件は、本当に私のせいで……」

明らかな後悔が滲むその言葉を聞いて、フィディは「あぁそうだ」と声を上げる。

「フレッドはアヅナカルン家と縁があったんだな」

まさか剣奴出身のフレッドに貴族、しかも侯爵家であるアヅナカルン家と縁があったとは驚きである。その気持ちを正直に伝えると、フレッドが言葉を失くしてしまった。

「……え？」

長い沈黙の後、フレッドが首を傾げる。フィディは半身を捻りその顔を見て、同じように首を傾けた。

「ん？」

フレッドは顔に手を当て、豪奢《ごうしゃ》な金髪をかき上げる。「え？」ともう一度漏らしてから、フィディの肩を摑む。

「伯爵に、私の過去を聞いたのでは？」

フレッドの言葉に、フィディはぱちぱちと目を瞬かせる。予想外の言葉だったからだ。

「いいや？」

戸惑った様子のフレッドを安心させるように、きちんと首を振っておく。

「お前が話そうとしない事を、どうして別の人から聞く必要があるんだ」

それが父であれ誰であれ、フレッドの事はフレッドからしか聞く気はない。そういえば、たしかに父に「フレッドの事を話そうか？」と問われたが、フィディは「遠慮しておきます」と丁重に断った。

フィディの言葉に、フレッドが混乱したような表情を見せる。眉尻を下げて困ったような、それでいてどこか嬉しそうな、しかしやはり戸惑ったような。まるで犬の百面相だ。

思わず「ふっ」と吹き出すと、フレッドがゆるゆると首を振った。

「私はてっきり……、それを聞いて、フィディ様は私を手放すおつもりなのかと」

「はは、僕がフレッドを手放す？　……手放すっ？」

冗談のような発言に笑いかけて、途中で笑顔を引っ込める。フレッドがやけに真面目な顔をしていたからだ。

フィディは、眉を吊り上げると、のそのそと体を反転させて、フレッドに向かい合った。

「今更どこかに行くつもりか！　お前は僕の従者だろうっ。……というか、恋人だろう？　結婚、するんだろう？」

思わず手を振り上げて、ぽこっ、と右手でその厚い胸板を小突いてしまう。もう一度、今度は左手を同じように押しつけて、フィディは言葉に詰まってしまった。

「僕が、お前を手放すと思ったのか？」

「それは……。ほんの少しだけ」

気まずそうに言葉を重ねて、フレッドが顎を引いた。

「うなじを噛ませないのは、いつか私を解放する気なのかと、思ったり、しまして」

言葉を不自然に途切れさせるのは、フレッドの気持ちの揺れを表しているのだろうか。

フィディもまた、フレッドの言葉に心を揺らした。「え？」と漏らした後、右手で口元を覆う。

妙な沈黙が部屋に満ちる。荒野であれば、吹き荒《すさ》ぶ風がガタガタと窓を揺らして部屋を賑やかしてくれたが、この部屋には静寂しかない。フィディはその沈黙を甘んじて受け入れて、そして、自身の過去の行動を振り返り、項垂れた。

「フレッドだけを責める訳にはいかないな」

最近ずっと考えていた。どうして自分はフレッドにうなじを噛ませる事ができないのか。どうして番になろうとしないのか。何を、恐れているのか。

考えて、小さな気付きを重ねて、重ねて、ようやくひとつの結論に出会った。

「僕は多分、フレッドとの関係が変わるのを恐れていたんだ」

「関係？」

短く問われて、フィディは「うん」と素直に頷く。

「フレッドは僕の従者なのに、恋人になって、今度は伴侶になる、なんて。なんだか、今までとは違う……僕の知らない何かになってしまうのではないかと」

フィディにとってフレッドは、ずっと「従者のフレッド」だった。なにしろ、物心ついた頃からフレッドはフィディに仕《つか》えていたのだ。もちろん、フレッドを見ると胸が高鳴るし、「好きだ」とも感じる。しかし今更恋人としてだけ見ろ、というのは土台無理な話だ。

その上、うなじを噛まれて番になったら、今のフレッドがまるきりいなくなってしまうような気がした。だから、今のこの「主人と従者」とも「恋人」ともつかない中途半端な関係を、ずっと続けていたのだ。

おそらく、フレッドが知らない男達に「フレッド様」と呼ばれ跪《ひざまず》かれているのを見てひときわ心が乱れたのも、それが原因だったのだ。

「それが恐ろしく……。いや、恐ろしいというのは、言葉の綾だ。恐ろしくはないぞ。ただほんの少し、懸念していただけだ」

「ふっ」

「とにかく。そう……、そう思っていたんだ」

恐ろしい、と思っていたことが露見するのが恥ずかしく、言葉を濁す。と、フレッドが軽く笑った。

唇を尖らせると、親指でそこを撫でられる。口端を持ち上げるように唇を辿られて、フィディも薄く笑った。

「でも、変わらないんだな。きっと」

先程小突いてしまった胸に、手のひらをのせる。

フレッドのそれに比べたら、白くて、薄くて、頼りなさそうな手を、しっかりと左胸に当てる。

「フレッドは何があっても、どこにいても、僕を助けてくれるし、全力でその腕に包んでくれる」

手のひらに、とくとくと心臓の音が響いた。変わらない、フレッドの鼓動だ。

「フレッドの、僕を思う気持ちは変わらない。さっき……僕を助けてくれた時に宣言してくれたもんな」

アヅナカルン家の使いに向かってきっぱりと言い放った「俺の在る場所は、フィディ様のお隣だけだ」という言葉が、頭の中をめぐる。そう、きっとあれは嘘偽らざるフレッドの本心のはずだ。

「そうだろう?」

確信を持ってそう問えば、フレッドがくしゃりと顔を崩して、泣き笑いのような表情を浮かべた。そして、鼻を鳴らすように「えぇ」と細く答えて、頷く。

「えぇ。どんな関係になろうとも、変わらずずっと愛しています。心から、ただ、あなたひとりを。ずっと、ずっと昔から……」

ずっと、という言葉を聞いて、ふと、過去のフレッドが脳裏に浮かぶ。

出会った頃は、髪が短かった。思い返してみれば、当時はまだ眼光も鋭かったかもしれない。

本当に、拾われたばかりの犬のように警戒していた。それがいつの間にか、懐っこい大型犬のようになって、大らかになって。「フィディ様」と大事そうにフィディの名前を呼ぶようになって。

強くて、逞しくて、猛獣でも人攫いでも手練《てだ》れの使いでもいとも簡単に倒してしまう、誰よりも強いフレッド。

「あんなに強いのに、僕のひと言で泣くなんて。本当に、お前は」

フレッドの目尻に浮かぶ透明な水滴を、指先で拭う。

「あなたの言葉だから、泣けるんです」

フレッドの真っ直ぐな言葉が、フィディの胸を優しく貫いた。

フレッドにとっては、きっとフィディは変わらない。いつまで経っても、大切な「フィディ様」なのだ。

(なにを、不安に思う事があったんだろうな)

フィディはフレッドの頬に手を伸ばす。そっと、大事なものに触れるように。

「フレッド」

すっきりとした頬、形よく尖った顎先、命の脈動を感じるがっしりとした首筋。その全てが愛おしくてたまらない。

「僕を、フレッドの番にしてくれないか」

その全てが自分のものになるというのであれば。それだけでもう、何も怖いことなどないように思えた。

従者と主人であろうと、伴侶であろうと、番であろうと。「フレッドとフィディ」に変わりはない。ただ、それだけなのだ。昔から変わらず、ずっと。

「はい……、はい」

二度頷いたフレッドの、そのとろりと緩んだエメラルドグリーンを眺めながら、フィディもまた、きゅうと目を細めた。

＊

「は……、んっ」

「うなじを噛むのならば、雰囲気作りが必要だろう」と言い出したのはフィディだ。言いながら、フレッドの寝巻きの裾に手を入れたのも、誘うように軽く口付けたのも、全部フィディだ。

しばらく「いや」「その」と渋っていたフレッドも、フィディの「じゃあ、しないのか？」の言葉で目の色を変えた。多分、寝巻きをめくって腹（というか胸のあたりまで）を見せた事が決定打だった。

フレッドは、長年フィディの服を着せてきただけあって、脱がせるのも早い。手際よくするすると寝巻きを剝ぎ取り、あっという間にフィディを裸にしてしまった。そして今は、フィディの胸の突起を口に含んで、ゆっくりと味わうように舐めしゃぶっている。

「ふ、ふふ」

荒い吐息の合間に含み笑うような声を漏らすと、フィディの胸元で乳首を舐めていたフレッドが顔を上げた。

「どうしたんですか?」

ちぱっ、と音を立てて口を離されて、その弾けるような刺激に、体が跳ねてしまう。それを誤魔化すように足先に力を込めたり緩めたりしながら、フィディはわずかに首を反らした。

「いや、僕も誘うのが上手くなったな、と思って」

「……?」

フレッドが「この人は事の真っ最中に何を言い出すんだ」というような顔をしたので、フィディはちゃんと発言の理由を説明してやる。

「こう、自分の服をめくったりするなんて、少し前の僕なら考えつきもしなかったんだ」

先程、この行為に入るきっかけを思い出させるようにそう言えば、フレッドがよくやく得心《とくしん》がいったように「あぁ」と頷いた。

「いやでも、かなり前からお上手だったと思いますけど」

「え?」

思いがけない言葉に疑問の声を返すと、フレッドがくすりと笑った。

「テラヤワーズの屋敷で、ベッドに誘われた時は眩暈《めまい》がしましたよ」

「ベッドに?」

はて、と思って首を捻ると、フレッドがフィディの胸に手を置いた。

「こうやって私の胸に触って、髪を弄《もてあそ》んで」

「んっ」

髪、ではなく、胸の突起をするりと撫でられて、上擦った声が出てしまう。人差し指と中指で乳首をくにくにと挟まれて、フィディは思わず太腿を擦り寄せた。

「『一緒に寝て欲しい』なんて言われて」

「は、んっ。そんな、いやらしい触り方はしていない、ぞ」

先程まで舐められていたせいか、胸元からはぬちぬちと湿った音が聞こえる。

フィディの咎《とが》めるような声などものともせず、フレッドは乳首を優しく刺激した。指の間から少し歪《いびつ》に飛び出た乳首の先を舌先で舐められて、「あっ」と息を漏らすと、あっけなく口も手も離れていった。そのまま、揃えた人差し指と中指で腹を辿られて、臍をくすぐられる。

「フレッド、ふっ、んん」

身を捩《よじ》ると、指はさらに下に向かう。下生《したば》えをさりさりと撫でて、そして陰茎に辿り着く。

「私の『ここ』を見て、『丸太を隠しているのか?』なんて言われていましたよね」

「それは……、あっ」

陰茎を二本の指で辿られ、撫でられる。ふっくりとした亀頭から、くびれ、そして幹まで、その形を意識させるようにゆっくりと。自分の陰茎が芯を持つのを感じながら、フィディは「んっ」と鼻を鳴らした。

「フレッドのが、お、大きかったから……っ」

言いながら片膝を曲げて、フレッドの股間を脛《すね》でするりと刺激する。布越しでもはっきりとわかるほど張った陰茎が、フィディの華奢な足を押し返した。

「ほら、こんなに大きい」

柔らかな、しかし張りのある陰嚢と、その上にあるグンと力を持った陰茎。ゆるゆると脛を前後に動かせば、ぐぐっ、とフレッドの下穿きの股間部分が膨れ上がった。からかうように含み笑ってみせれば、フレッドが妙な顔をしてがくりと頭を下げた。

「フィディ様には敵いません」

「そうか？」

こんなにも立派なものを持っておいて「敵わない」など、変な事を言うものだ。フィディはするりと足を下ろしてから、そうだ、と思い立ち身を起こした。

「今日は、僕が舐めよう」

「………は？」

フレッドの下から抜け出し、その肩を摑んでベッドヘッド側に押しやる。

「フレッドは、よく僕のを舐めるだろう？　今日は、僕の番だ」

「ちょ、いや、フィディ様？」

珍しく、焦ったように声を上擦らせるフレッドに構わず、フィディは鼻歌交じりで四つん這いになる。そして、後ろに下がろうとするフレッドの下穿きに手をかけ、ゆっくりと引き摺り下ろした。

「番になるのであれば、こういうのも平等にこなさないと……、わっ」

下穿きの中から、ぶるんっ、と勢いよく飛び出してきた陰茎に驚いて、途中で言葉を詰めてしまう。足で触った時も十分に張っていると思っていたが、明らかに先ほどより育っている。

「どうした？　今日はまた、えらく元気だな」

指先で、カサの張った亀頭部分を突く。と、フレッドが「ぐ」と息を詰めた。

「フィディ様が、舐めてくださるなんて仰《おっしゃ》るので、期待で……膨らんでしまいました」

観念するように言葉を絞り出すフレッドをぽかんと見上げてから、フィディはにんまりと笑った。

「ふふ、そうかそうか」

フィディが舌を使ってこれを舐めると想像しただけで、フレッドはこんなになるほど陰茎を大きくしてしまったのだ。

「なんだ、やはり僕は誘うのが上手になったじゃないか」

なんだか自信が湧いてきて、フィディはその勢いでフレッドの陰茎に舌を伸ばした。

まずは、と先端をちろりと舐める。特段妙な味もしないし、嫌悪感もない。ちろちろと舌を動かし、飴を舐めるようにしゃぶってみる。

「フィディ、様」

フレッドがごくりと息を呑んだ音が聞こえた。フィディの頬に落ちる髪を、耳にかける指がかすかに震えている。

「ふっ、きもひ、いいか?」

舐めながら喋ったせいで、多少不明瞭な声になってしまった。が、フレッドは文句を言うでもなく、こくこくとしきりに頷いている。どうやら、フィディの舌技《ぜつぎ》に声も出ないほど参っているらしい。

(可愛いやつめ)

すっかり調子づいたフィディは、はぶ、と先端を口に含んだ。が、あまりにも大きすぎて、含めたのは本当に、先端だけだ。どうしていいかわからず、とりあえず、ちゅう、と吸ってみる。と、鈴口《すずぐち》から溢れた先走りが口の中にとろりと広がる。フィディは迷いなくそれを飲み込んでから、ちゅぽっ、と口を離した。

(ええと、そうだな……たしか)

フレッドが、いつもフィディのものをどんな風に舐めていたのかを思い出し、亀頭の裏を舐めたり、鈴口に舌を這わせたり、血管の浮き出た太い幹を、顔を横に向けて舐めてみる。なんだか想像していたより難しく、思ったように動けない。

「ん、この、おっきいから」

きっと大きすぎるせいで上手く扱えないのだ。

「っ、フィディ様」

息を荒くしたフレッドが、フィディの耳の辺りに手を伸ばし、両側から頭を掴む。なんだか上擦ったフレッドの声を聞いているだけで、フィディまで股間がむずむずと疼いてくる。

「んっ、待てフレッド。こうして、口を開けば」

少し舌を出したまま、フレッドのものを大きく咥える。それでもやはり、頬張るのは亀頭部分で精一杯だ。

「フィディ様、そんな、猫のようにちろちろと可愛らしく」

「んっ、ふんっ？」

（猫っ？）

いやらしく舐めしゃぶっているつもりだったが、フレッドにとっては、猫がミルクを舐める程度の動きに見えていたというのであろうか。悔しくて、頭を上下に揺すってみたが、何往復もしないうちに喉奥を突かれて、すぐに「けほっ」と口を離してしまった。

「大丈夫ですか？　あぁフィディ様、そんなにお口を汚して」

「ん、ぇ？」

フレッドが、フィディのぐちゃぐちゃになった口周りを指で撫でる。無意識に口を開いたフィディは、その指をぱくりと咥えた。

「っ、フィディ様？」

「どうしたら、ふれっどをきもひよくできる？」

ちゅうちゅうと指を吸って、舐めながら問うてみる。本当はフレッドにも、いつもフィディが感じているような快感を与えたい。

フレッドは陰茎を触るのも、舐めるのも、とても上手い……と思う。フレッド以外と性行為に及んだ事がないのではっきりと断言できないが。しかし、あれだけ「気持ちいい」と喘がされるのだから、やはり上手いのだと思う。何にしても、フィディとて恋人を気持ち良くさせたいのだ。

一瞬、言葉を失った様子のフレッドが、片手を額にやり「はー……ぁ」と長い溜め息を吐いた。

「いいですか、フィディ様」

「あぁ、うん？」

真剣な眼差しをしたフレッドに気圧《けお》されるように、フィディは曖昧に頷く。が、フレッドはその曖昧ささえ許さないというようにフィディの肩を掴んだ。

「フィディ様に舐めていただいているというだけで、もうどうしようもなく気持ちいいんです。舐めていただくどころか、触っていただけ、なんなら見ていただくだけで満足してしまうんです、私は」

どわ、っとひと息に心情を吐露されて、フィディは「おぉ」「あぁ」「うん」と小さく相槌《あいづち》を挟みながら、やはり曖昧に頷いた。

「それは……、うん、すごいな」

「自分でもそう思います」

思うのか、という言葉は飲み込んで、フレッドの次の言葉を待つ。

「あなたの匂いを嗅ぐだけで」

フレッドの顔が、口付けされるのかというくらいに近付いてきて、薄く目を伏せる。が、フレッドはフィディの顔に鼻先を寄せただけであった。

「剥き出しの肌に触れるだけで」

肩に置かれた手が、二の腕を滑り腕を辿り手を掴む。くすぐったさに思わず身動《みじろ》いで視線を持ち上げれば、フィディを見下ろすフレッドと目が合った。

「その視線ひとつで、私は気持ち良くなれるんです」

熱を孕んで艶めくそのエメラルドグリーンを見つめながら、フィディは無意識のうちに唇を湿らせる。

「……あぁ、僕もそうだ」

素直にそう認めると、間髪入れず引き寄せられて、抱きしめられる。腕の中で、すぅ、と息を吸うと、鼻腔がフレッドの香りで満たされる。

（フレッドの匂いだ）

小さい頃から嗅ぎ慣れているはずなのに、感じるものは昔と違う。優しくて心地いい、けれどどこか刺激的な香り。

すんすん、と胸元に鼻を擦り付けて匂いを嗅いでいると、フレッドがフィディの背中に手を差し込んだ。そして……。

「わ」

ころりと体を反転させられた上に、押し倒される。うつ伏せの体勢だ。身を起こす前に、頭の脇に降りてきたフレッドの手によって囲われてしまった。尻の辺りに、硬く熱い存在を感じる。

「あっ」

フレッドの、陰茎だ。フレッドが腰を動かすたびに、フィディの尻肉の狭間《はざま》を行ったり来たりするのでたまらない。

ぬちゅ、くちゅ、と湿った音がするのは、フレッドの先走りのせいか、それともフィディが舐め回したせいか。どちらにせよ、今すぐにでも尻穴に侵入できそうなほど、しとどに濡れている。

「ん、ん、フレッド」

尻たぶをかき分けるように、ぬぷ、と陰茎が押し入ってきて、フィディはうつ伏せのまま背を反らす。

「っフィディ様、もう、挿れてもいいですか？」

切羽詰まったような切ない声で名を呼ばれて、フィディの下腹が、きゅん、と疼く。

フレッドは基本的に、必ずフィディの体を優しく扱う。無理矢理押し倒したり、乱暴に挿入したりなんて、絶対にしない。尻穴だって、いつでも「もういい」と言いたくなるくらいに解してくる。

そのフレッドが、こんなにも辛そうに、挿入をねだってくるのだ。「早くここに挿れさせて欲しい」と言わんばかりに、フレッドの陰茎の先が自身の尻穴に触れては離れていっているのを、フィディも感じていた。

（そんな必死に……。僕が、口で舐めたせいか？）

自身の成果に、フィディは「ふふん」とほくそ笑む。そして、肩をベッドに擦りつけながら、ゆったりと尻を持ち上げた。

「あぁ」

後ろ手に、自身の左右の尻たぶをそれぞれ摑む。下品に見えない程度に、きゅ、と両方からそれを引っ張った。フレッドからは、きゅんと熟《う》れた穴が丸見えだろう。少し恥ずかしいが、相手がフレッドであれば、どうという事はない。

恥ずかしいところも、気持ちいいところも、今まで散々晒してきたのだから。

「僕も、早く欲しい。ここに、お前の逸物……をっ、あぁっ！」

欲望のままにねだり……終える前に、フレッドに、がしっ、と腰を摑まれた。そのまま、熱い陰茎に尻穴を犯される。

「あー……っ、んっあっ、んぐっ」

とてつもない圧迫感。そして、背筋を駆け抜ける快感。フィディは背を、首を反らして下唇を噛みしめた。そうでもしないと、とんでもなく淫らな嬌声《きょうせい》を上げてしまいそうだったからだ。

「ふっ、フィディ、様」

蕩けるほど解していないせいで、陰茎に感じる圧迫感が強いのだろう。フレッドもまた、いつもより余裕なさげに声を殺している。はぁ、はっ、と荒い息が首筋にかかり、フィディは震えるほどの快感に腰を揺らした。

「んっ、はっ、いきなり、深ぁい……っ」

荒々しくはない。けれど、いつもより深いところまで突かれて、フィディはわずかに足をばたつかせる。が、腰を摑まれ、尻穴にフレッドの陰毛の感触を覚えるほど奥まで挿入されては、そんな余裕もなくなる。ただただ、足先をピンと伸ばして「ん、ぁあ」と情けない声を漏らすしかない。

ずっ、ずにゅっ、ずっ、と穿《うが》たれて、かと思えば奥まで押し挿《い》られたままぐりぐりと腰を回されて。フィディはうつ伏せで拳を握ったまま「うぅ、気持ち、いいっ」と呻いた。生理的な涙がぽろぽろと溢れて、シーツに染みを作る。

いよいよ抜き挿しが激しくなってきて、フィディとフレッド、それぞれの肉と肉とがぶつかる音が生々しく響く。フィディは激しい動きの合間に、ゆるゆると首筋に手を回した。

「ふれ、っ、ど。ふれっど。あっあっ」

汗で濡れた髪をかき分け、うなじを晒す。がくがくと揺さぶられているせいで、何度も指が滑る。

「か、噛んで。噛んで、ここ、ここぉ」

唇を戦慄《わなな》かせながら、どうにか言葉を紡ぐ。と、うぅと唸ったフレッドが、首筋にむしゃぶりついた。

「ひゃっ、あっ、ぁん」

指ごと口に含まれて、吸われて、こりこりと甘噛みされて。フィディは喉を引きつらせる。まるでうなじ自体が性感帯になってしまったかのようだ。甘く吸われると、どうしようもなく幸せな気持ちになってしまう。歯を当てられると、嬉しすぎて涙が出てしまう。この気持ちは、一体なんなのだろうか。

「フレッド、……っ、噛んで」

もう一度、はっきりとした言葉でねだる。噛みついて、歯型を付けて欲しい。自身が誰のものであるかという証を、そこに刻んで欲しい。

欲望のまま、頭だけを動かして後ろを振り返る。と、フレッドと目が合った。薄暗闇の中、エメラルドグリーンが爛々《らんらん》と燃えている。

「フィディ様、っ、愛していますっ、愛しているんです」

「僕も、僕も……あ、あっ！」

切羽詰まった声とともに、うなじが熱を持つ。歯先が皮膚に食い込んだのだ。じわりと、そこから溶け出してしまいそうな程に、熱く。まるで心臓がそこに移ったかのように、どくどくと脈打つ。

「はっ、ん……っあぁー……っ！」

フレッドを感じる。首筋の毛先一本一本、毛穴ひとつひとつ、皮膚の全てで。と同時に、フィディは耐えきれずに精を放っていた。フィディ自身の体とベッドに挟まれた性器から、勢いよく迸ったそれが、シーツを白く汚す。

「フィディ様、……フィディ」

噛み跡を、じゅう、と吸われて、優しく舐められて、無意識のうちに尻穴を締め付けてしま

う。と、フレッドの精が奥に放たれたのがわかった。断続的に、びゅっ、びゅ、と勢いよく注がれて、背筋がぞくぞくと震える。

「んっ、んんん、……お腹、あつぅ、い」

ふるふると首を振るも、フレッドは離れない。ぴたりとフィディにくっついたまま、まだ首筋を舐めしゃぶっている。疲労感で腕すら持ち上がらないのに、舐められれば舐められるほど、体は熱くなって、精を放ったばかりの陰茎がぴくぴくと反応する。それは、フレッドも同じらしい。はっ、と荒い息を吐きながらも、腰が揺れている。腰が揺れているということは、未だフィディの中に入ったままの性器も揺れるということで……。

「や、ふれっど、おちつ……ぁん」

回らない口で懸命に「落ち着け」と言おうとするも、叶わず。フィディはひくひくと尻を跳ねさせることしかできない。かつ、うなじを舐められてしまえば、抵抗なんてできなくなる。

「フィディ、もう一度」

したい、出したい、と強請《ねだ》られて、腰を揺すられる。それで、どうして「否」と言えようか。そも、フレッドに「フィディ」と敬称なしで呼ばれると、何故だかどうしても言う事を聞いてしまうようになっているのだ。もはや、一種の慣習と成り果てている。フィディは「うー、うー」と獣のように唸った後、精一杯の力を込めて腕を持ち上げた。

「手、を……繋いでおきたい」

「手?」

「だって、安心するか……らぁっ、あっ!」

安心するから、と言い終わる前に、がっしと手を掴まれた。握りつぶしたいのか、と言いたくなるほど強い力で。

「なんて可愛いことを……っ、フィディ、フィディ」

ちゅっ、ちゅっ、と額から頬から首筋から、口付けを落とされまくって、尻穴を捏《こ》ねくり回すように突かれて、なんなら体を持ち上げて背面座位の体勢に持ち込まれて。フィディは心の中で「手、は、間違ったかもしれない」と思いながら、我慢できない嬌声を漏らした。


散々貪られて、揺すられて、突かれて、舐められ齧《かじ》られ吸われて。くしゃくしゃの紙屑《かみくず》のようになったフィディは「うぅ」と呻きながら、ベッドに身を横たえていた。

「明日は婚約パーティだぞ、フレッド。なぁ、フレッド?」

「すみません……」

何度も名前を呼んでやると、フレッドが面目無《めんぼくな》いといった面持ちで、しょんぼりと項垂れた。

そんなしょげた犬のような顔をされたらフィディは何も言えなくなる、とわかっているだろうか。いや、わかっていない。計算のないその姿だからこそ、フィディは惹かれるし、何もかもを許してあげたくなってしまうのだ。

「全く、やっかいな」

フィディの発言に、フレッドがますます肩を竦める。フレッドではなく自分に言ったつもりだったが、まぁいいだろうとあえて説明しないでおく。最終的には丸ごと許してしまうのだから、少しは反省させておくのもいいだろう。

（たとえ、番であったとしてもな）

髪を耳にかけるついでに、指先で首を撫でる。人差し指と中指の先に、小さな引っ掛かりを感じる。と同時に、ひり、と小さな痛みが走った。痛みとはいっても、それはとても甘い疼痛《とうつう》だ。

「悪いと思うなら、しっかりと僕を寝かしつけるんだぞ」

「っ、はい」

今、フィディは横たえた体をフレッドに撫でさすってもらっている。特に、腰の辺りを重点的に。

「寝るまで撫でるんだぞ」

「はい」

フレッドは至極真面目な顔で頷いて、腰と、ついでに頭も撫でてくる。まるで幼児をあやすように、よしよし、と。フィディはその手のひらの温もりにどうしようもない心地よさを覚えながら、満足気に目を閉じた。

「ついでに、寝物語に何か話してもいいぞ」

小さな頃から、フレッドの話す物語を聞くのが好きだった。

フレッドはフィディも知らない話をたくさん知っている。国を救う英雄の話、小さな少年の冒険譚、寂しがり屋のドラゴンの話、この国の昔話から、海を越えた遠い国の伝説まで……、なんでも。

フィディのおねだりを聞いたフレッドが「ふっ」と小さく吹き出す。そして、数度ゆっくりと瞬いた後、まつ毛を伏せるようにして話し出した。

「では、昔話をひとつ」

「うん」

素直に頷くと、フレッドが「ある、男の話です」とぽつりと話し始めた。

男は、侯爵家の次男だった。その次男は、様々な貢献を残し長男を差し置いて跡継ぎになるのを周囲に望まれていた。本人には家を継ぐ気はなかったが、そうは思ってくれない兄に命を狙われて、そして、大事な弟を失った。復讐のために兄に剣を向けるも殺せず。どうしようもない憤りを抱えたまま剣奴に身をやつし、そして……。

話の途中から、気が付いていた。これが、誰の物語であるかを。しかし、フィディは黙って最後まで聞いた。他ならぬフレッドが、自分で自分の過去を語ってくれたのだ。フィディに出会う前の、フレッドの物語を。

「フレッド」

全てを聞き終えて、自身の腰に回ったフレッドの腕を擦る。一瞬、その指先がぴくりと震えたのを見逃さなかった。

色々な感情が渦巻いていたが、それを腹の底に押し込んで、すぅ、と息を吸う。

「何があっても、フレッドが僕を思う気持ちが変わらないのと、同じように……」

自身の首筋には、消えることのない愛の証が残っている。フィディは「僕からも、愛の証明を残してあげられたらいいのにな」と思った。そうすれば、不安に揺れるフレッドの指の震えを止められたかもしれない、と。

しかし、Ωがαの首を噛んだところで、歯型は残らない。永遠の約束にはならない。

「僕も、過去に何があっても、これから何があろうとも、変わらずフレッドを愛している」

ならばせめて、とフィディは真摯な気持ちでフレッドに愛を語った。目に見えるものを渡せないのであれば、目に見えないもので誓うしかない。

「だからフレッドも、安心して僕を愛せばいい」

フレッドが、フィディを抱きしめた。腕の中に閉じ込められて、その顔は見えない。ただ、衣擦れの音の合間に小さな声が聞こえた。「う」と呻くようなその声を聞いて顔を上げようとして、やめた。首筋に、ぽつりとひとつ温かな雫を感じたからだ。

「大丈夫だ、フレッド。僕は、何があってもお前を手放したりしないぞ」

きつい締め付けの中からもぞもぞと腕を抜け出させて、フレッドの頭に伸ばす。触り慣れたそれを、するすると撫でた。

「大丈夫」

フィディには、フレッドのような力はない。けれど、フィディにできる精一杯でフレッドを守ってみせる。

――自分がΩだとわかってから、人生なんて所詮《しょせん》そんなものなのか、と嘆いた。なんてままならないものだと。結局、誰だって運命に翻弄されるまま、流されるままに生きていくしかないのだと。

フィディひとりであれば、あっさりとその波に流されていたかもしれない。流されて流されて、どこに辿り着く事も出来ず、ゆるゆると。

しかし、フレッドと二人であれば、その流れの中でも立っていられる。自分の行きたいところへ、進んでいける気がする。このままならない人生を、共に支え合い、流れに逆らって歩いていこうと思えるのだ。

「フレッドと出会えてよかった」

万感《ばんかん》の思いを込めて呟いた言葉は、フレッドの胸の中へと吸い込まれていった。分厚いそこに頬を寄せながら、フィディはもう一度首筋に手をやる。するりと撫でた指先に、ぽつぽつと綺麗に並んだ穴の感触。

（フレッドと出会えてよかった。この人生で、本当に）

誰にともなく感謝しながら、フィディはゆったりと目を閉じた。

明日は、婚約パーティだ。

9

婚約パーティは、ワイズバーン家の大広間で粛々と行われていた。

まず主役のΩの父であり、パーティの主催でもあるワイズバーン伯爵が挨拶をし、それを受けてフィディとフレッドが短く挨拶をし、後は談笑……という名の参加者各々《おのおの》の思惑が入り混じったやり取りだ。

フィディとフレッドは今日の主役なので、中々落ち着いて会話などできない。あちらの挨拶が終わればこちら、こちらの挨拶が終わればそちら。ひっきりなしだ。

「フレッド……、格好良いじゃないか」

「フィディ様こそ」

それでも、隙を見ては二人でこそこそとそれぞれの衣装を褒め合ったりしていた。

いつもは従者の服装ばかりのフレッドが、珍しくフォーマルな格好をしている。もちろん、ワイズバーン家が準備した服なので、シャツから靴、カフスボタンに至るまで全て一流の職人が仕立てた逸品だ。着られている感もなく、すらりと着こなすフレッドを見て、フィディはうんうんと頷く。フレッドの魅力はその見た目だけではないが、見た目ももちろんとても良い。

（番の欲目ではないだろう）

うんうんと頷いて、ちらりと左隣を見上げる。ぱちりと視線が交じり合い、フレッドが目を細めて微笑んだ。

正式に番になったからだろうか、フレッドの態度が、なんとなく変化した。今までと同じように、フィディに対して畏《かしこ》まったところはある。丁寧な口調だし、従者である、という姿勢を崩さない。けれどどこか、ゆったりとした余裕がある。自然と腰を抱かれて、「疲れてませんか？」なんて気遣うように微笑まれて。なんだかやたらと頬が熱い。

「大丈夫だ。うん、大丈夫」

腰に回る手を意識しながらまごまごと頷くと、「そうですか」とこれまた優しく微笑まれた。ここは笑顔を返すべきか、と微笑み返すとフレッドはさらににこにこと笑みを深める。ちょうど通りかかった兄に「おや、お熱いこと」と言われてしまった。

「兄上」

咎《とが》めるように口を尖らせてみせるも、エヴァンニは悪びれた様子もなく肩をすくめている。

「本当のことだろう？　仲が良くて羨ましい限りだね。なぁ、メアリ？」

「ええ、本当に」

兄の横には、婚約者であるメアリ皇女が並んでいる。フィディの婚約を祝うために、わざわざ国都からワイズバーン伯爵領まで出向いてくれたのだ。

皇女でありながら偉ぶったところもなく、おっとり穏やかな笑みをフィディに向ける彼女には、不思議な親近感を覚える。

「まぁでも見つめ合うのは後にして、今は挨拶回りに励んだ方がいいかな」

兄にそう言われて、フィディは誤魔化すように咳払いしてから「そうします」と、来賓《らいひん》に向き直った。

フレッドと正式に番となった旨は、朝一番で家族に伝えた。というより、報告する前にあっさりとバレた。長男エヴァンニがフィディの首筋を見て、目敏《めざと》くも「噛み跡が……！」と大騒ぎしたからだ。家族はもちろん使用人達にもあっという間に広まって、それこそパーティのような祝福を受けた。

母は涙ぐむし、兄は揃って大泣きするし、父はそれを見て笑っていた。家族はもちろん使用人に至るまで、誰も彼もが代わる代わる「おめでとう」「おめでとうございます」と祝いの言葉を伝えてきて……。どうやら、ワイズバーン家（使用人含む）の間でも、フィディ達の「うなじを噛む噛まない問題」はかなり取り沙汰されていたらしい。そこまで気にしてもらえてありがたいというかなんというか。とにかく、家中の者から祝われて。……からのパーティの準備、そしてパーティ本番だったので、全く息つく暇もない。なにしろ、番になったばかりのフレッドと口付けひとつする時間すらないのだ。

だが、今のフィディに疲れはない。むしろ、不思議な高揚感で胸の内がかっかっと燃えている。これもまた、うなじを噛まれて番ができたから、なのだろうか。

（いや、それだけではない）

胸の内でゆらゆらと燃える炎は、決して幸福からだけではない。と、フィディはわかっていた。

昨日、フレッドの話を聞いてからというもの、怒りにも似た強い感情が、胸の内に渦巻いていた。誰に対してかというと、それはもちろん……。

「ん？」

会場をゆっくりと見渡すと、ちょうど、会場の扉が開いた。遅れてやって来た割に、こそこそ、というよりは堂々と恥ずかしげもなく歩いてくる人物は、アヅナカルン侯爵だ。縦と横に大きい体をゆさゆさと揺らしながら、神経質そうに吊り上がった目をきょろきょろと彷徨《さまよ》わせている。そして、会場中央で歓談していたフィディとフレッドを見ると、その眉間に皺を寄せ、憎々しそうに睨みつけてきた。主役に向かってそのような表情を見せることに、驚きすら感じる。距離があるから表情の違いもわかるまいとたかを括っているのか。いずれにしても油断、慢心していることこの上ない。

「ふふ」

フィディはこっそりと不敵に鼻を鳴らす。もちろん、顔にはにこやかな笑みを浮かべていた。心の底など誰にも悟らせないような、華やかな笑顔を。

(フレッドの弟を死に追いやり、フレッドを長い間苦しめた。……アヅナカルン侯爵)

順調に挨拶を済ませていると、アヅナカルン侯爵がゆったりとした足取りで近付いてきた。

後ろ手に組んで、「早くこちらに寄ってこい」と言わんばかりの態度だ。フィディはわずかに眉を持ち上げたが、無言のまま隣に立つフレッドの太腿に手の甲を当てる。

「さて、ご挨拶に行こうか」

それだけ声をかけると、フレッドは行儀良く「はい」と返事をした。幾分か固く聞こえたが、決して嫌とは言わないその忠実な侍従振りと健気《けなげ》さに、フィディの心がきゅうと引き絞られる。

(Ωである僕のことなど、存分に「舐めて」くださっているのだろうな)

目の前に立っても、アヅナカルン侯爵は「おめでとうございます」の一言も言わない。綺麗に撫でつけられた金髪はフレッドと似通っていないとも言えないが、フィディの目にはフレッドのそれよりくすんで見えた。

「ご機嫌よう、アヅナカルン侯爵。本日はお越しいただき誠にありがとうございます」

「あぁどうも」

正式な礼を取り膝を折るフィディに対し、アヅナカルン侯爵はふんぞり返ったまま動きもしない。フィディは気にした様子も見せずにこにこと微笑み続けた。横にいるフレッドの方が、フィディに対する無礼に憤慨している空気が伝わってきた……が、軽く手で制する。

「フィディ殿、と仰いましたかね？」

「ええそうです。フィディ・ミシュエル・ワイズバーンと申します」

お前の名前なんぞ知らんが来てやったぞ、と言わんばかりの態度にも、フィディは笑顔を返す。そして、隣に並ぶフレッドを指した。

「そして、こちらが僕の婚約者の……」

「おやぁ。まさか、この男が婚約者だと仰られるわけではありませんよね？」

嫌に馬鹿でかい声で言葉を遮られて、フィディは口を噤《つぐ》む。ひと呼吸置いてから、やはり笑みを浮かべて挑むように侯爵を見上げた。

「ええ、僕の婚約者である、フレッドです」

アヅナカルン侯爵は分厚い唇をにやりと捲《めく》り上げて、高笑いをしてみせた。

「はっはっ。ワイズバーン家のご子息ともあられる方が、まさか奴隷を婿に迎えるとは。どんなご冗談ですか？」

ざわ、と会場が騒《ざわ》つく。その気配を肌で感じながら、フィディは一度瞬きをして、すぅ、と笑顔を消す。

アヅナカルン侯爵は、フレッドが誰だかちゃんとわかっている。どうやって調べていたのかまではわからないが、態度を見るに、ここに来る前から知っていたのだろう。知っていて、この婚約パーティをぶち壊すつもりで乗り込んできた。長男が皇女を嫁に迎えるほど勢いのあるワイズバーン家を、くだらない醜聞《しゅうぶん》で汚してやる。落ち目の侯爵が考えそうな、小さな、それでいて意地の悪い嫌がらせだ。

「この素晴らしい場に奴隷は相応《ふさわ》しくありません。即刻摘《つま》み出すか、給仕でもさせたほうがいいのでは？」

「奴隷？　誰が？」「まさかそんな」「ワイズバーン家だぞ」こそこそとあちこちで囁かれる声が聞こえても、フィディは黙っていた。黙って、横に立つフレッドの腰のあたりに手を添える。緊張に固まったそこを、ぽんと軽く叩いて、そして、真っ直ぐにアヅナカルン侯爵を見据えた。

「さすが侯爵。よくご存知でいらっしゃる」

「……なに？」

明るく、できる限り声を張り、しっかりと肯定する。と、にやにやと笑っていたアヅナカルン侯爵が片眉を持ち上げる。フレッドが、驚いたように自分を見ている気配も感じたが、フィディは前を見続けた。

「常勝《じょうしょう》剣奴のフレッド、といえば……覚えていらっしゃる方も多いのでは？　なにしろ、闘技場は紳士淑女の最上の娯楽でしたから」

　フレッドのふたつ名を、殊更《ことさら》ゆっくりと、よく聞こえるように口にする。と、周りがまたも騒ついた。おそらく「常勝剣奴」の呼び名に覚えがあったのだろう。先程の囁きとは色が変わったその声の波に応えるように、フィディは大きく頷いてみせた。

「僕の婚約者は、あの、伝説のフレッドです」

　フレッドは、闘技場で長く無敗の剣奴として活躍していた。闘技場は、そもそもある程度の金や地位がある者しか入れない。なにしろ、皇帝が直々に観覧に赴《おもむ》かれるような場所なのだ。そこで活躍した剣奴とあれば、貴族達が知らぬわけがないのだ。

　フレッドが活躍したのは今から十年以上前の話ではあるが、今でも「強い剣奴といえば」という話題では必ず名前が上がるほどに、フレッドは帝国闘技場の歴史に名を刻んだ戦士であった。

「何か問題でも？」

　人気の剣奴を手に入れる、というのは、貴族にとって一種のステータスを示す手段だ。押しも押されぬ人気剣奴であったフレッドを買い取ったという事は、それだけの金と権力を有しているという事。

　アヅナカルン侯爵の言う通り、ワイズバーン伯爵家が奴隷風情を婿に……というのは些《いささ》か「おかしな話」なのかもしれない。が、逆に言えば、婿に迎えるだけの価値があるという風にも取れる。

「フレッドは現在、父ワイズバーン伯爵の執務を補佐しております。鋼のような肉体を持ちながら、頭脳の方も優秀でして」

ここで、ちらり、とフレッドを見上げておく。信頼と愛しさを込めた視線で。

なにぶん、フレッドは見目が良い。元が侯爵家の人間という事もあり、動きや所作にも品がある。鍛えた体はもちろん、姿勢も良いので、そこに立っているだけで人目を惹く。人は、見目の良いものが好きだ。会場にいる者達が、好意的な目でフレッドを見ているのが伝わってきた。

「私の父が、仕事において一切の手抜きを許さない事は、皆さんよくご存じでいらっしゃるでしょう?」

フィディがそう言えば、周りから「確かに」という雰囲気が伝わってきた。父が容赦ない人物である事は、広く貴族社会にも広がっている。内心でそんな父に感謝しながら、フィディは堂々と胸を張った。

「現在私は、Ωの生活の質向上のために、副作用の少ない薬の開発に取り組んでおります。その開発も、彼の献身《けんしん》がなければなし得ませんでした」

フィディがそう言うと、またもや会場の空気が揺らめいた。「Ωの?」や「何故」といった、戸惑った声が耳に届く。どちらかというと否定的なその空気を払うように、フィディはゆったりと微笑んだ。

「どうしてΩのために、と？　もちろん、Ωのフェロモンを調整できれば、Ω自身がより活発に様々な活動に取り組めます。……ですが、それだけではありません」

ふ、と一度息を吐いて間を取り、淀《よど》みなく話を続ける。

「αやβに対するフェロモン干渉も少なくなるのです。全国民が、フェロモンによる影響を受けなくなる。間違いなく、帝国全体の生産性が向上するでしょう」

目の前のアヅナカルン侯爵に、というより、もはや会場にいる人物全てに語るように声を張る。まるで演説をするように、首を巡らしながら。はっきりと、自信を持って。

「しかし一番は、Ωである私自身と、私の未来の姉のためでもあります」

そこでフィディは、兄であるエヴァンニと、その横にいる皇女の方に顔を向けた。エヴァンニは手に持っていたグラスを優雅に持ち上げて、にこりと微笑んだ。メアリ皇女もまた、美しい顔を優しくほころばせてエヴァンニに寄り添っている。

「私は、何よりも家族を大事に思っておりますので」

エヴァンニがΩの皇女を迎える事は、もちろん広く知られている。それをこうやって利用することは、エヴァンニにも、そして未来の姉であるメアリ皇女にも許可を取っている。

今日初めて顔を合わせた皇女は、話を聞いて「あら面白そうですわ」と、とても楽しそうに乗ってくれた。「お薬ができたら、是非私《わたくし》に一番に飲ませてくださいませ」とも。穏やかで儚《はかな》げな見た目ではあるが、その実とても芯のある人物のようだ。

会場からは「素晴らしい。さすがワイズバーン家のご子息」「ご家族思いだ」「Ωのための薬。なんて画期的なんでしょう」と称賛の声が聞こえてくる。わっ、という歓声と拍手の音も聞こえてきて、フィディは優雅に頭を下げてみせた。

「それで、アヅナカルン侯爵」

そして、もう一度ゆっくりとアヅナカルン侯爵を見据える。

「誰が摘み出されるべきだと？」

摘み出されるのは貴方の方だ、と言外に伝えながら、フィディは可愛らしく小首を傾げて見せた。

アヅナカルン侯爵が、額まで顔を真っ赤に染めて、ぶるぶると震える。そして「ふんっ！」とそっぽを向いてから、踵《きびす》を返した。巨体を揺すりながらのしのしと去っていく後ろ姿を見ながら、フィディは隣のフレッドにだけ聞こえるように、こっそりと呟く。

「あれはたしかに、フレッドに戻って欲しいと思う侯爵家の者の気持ちもわかるな」

「……ふっ」

フィディの耳打ちを聞いて、フレッドが吹き出した。フィディもまたくすくすと笑ってから、フレッドの腰に当てていた手を、彼の腕に滑らせる。

「あらぁ、仲のよろしいこと」

その様子を目敏く見つけたリンドバーグ伯爵夫人に笑われる。彼女はとても噂好きなので、明日には、この会場にいない人達にもフィディ達の仲睦まじい様子を伝えてくれるだろう。

「幸せそうで何より」

「私、剣奴フレッドのお話を聞かせていただきたいわ」

ざわざわと心地よい喧騒《けんそう》に包まれた会場のあちらこちらから、フィディと、そしてフレッドに声が掛かる。

「まさか伝説の剣奴にこうやってお会いできるとは」

「よかったら、握手してもらえんかね」

あちらこちらから伸びてきた手に、フレッドはそつなく応える。驚き固まってしまう……なんて姿を見せないのがフレッドだ。どんな時も、完璧に求められる役割をこなす。

(さすが僕のフレッドだな)

心の中で、ふふん、と鼻を鳴らすと、フレッドがちらりとフィディに視線を送ってきた。犬が、投げられた棒を取ってきたようなその視線。「褒めて褒めて」と尻尾を振っている時の視線そのものだ。フィディはにっこりと笑って、よしよし、と絡めた腕をこっそり撫でてやった。

＊

怒濤の婚約パーティの終盤。フィディはフレッドを伴って、こっそりとテラスに出ていた。パーティ会場はエヴァンニとメアリ皇女が中心となって盛り上がっており、主役がいなくなった事に、誰も気が付いていない。

フィディはきらきらと星の輝く夜空を見上げながら、「はーぁ」と伸びをした。久しぶりに大人数を相手にしたせいか、体が強張《こわば》ってしまった。

「こうも騒がしいと、荒野の生活が懐かしくなるな」

「たしかに」

「あの風の音を聞きたくなる日が来るなんて、思ってもいなかったが」

まさかまさか、と呟いて首を振ると、フレッドが柔らかい笑い声を漏らした。つられて、フィディも笑う。

「……少しは、気が晴れたか？」

「ええ、とても」

なんの事か、とは明言せずに問いかけると、フレッドはしっかりと頷いた。アヅナカルン侯爵の事だと、ちゃんとわかっているのだろう。

「父上がな」

そんなフレッドから外した視線を夜空に向けてから、フィディはぽつりと話を切り出した。

「フレッドの弟の……殺害について、いくらか証拠を握っているらしい」

少しだけ低く、小さい声音で伝える。フレッドは息を吸うこともなく、黙って話を聞いていた。フィディは何も言わずに、ただ返事を待つ。

親族殺しの罪は重い。その件が明るみに出れば、アヅナカルン侯爵といえど失脚は免《まぬが》れない。どころか、極刑ものだ。

「以前は……、その件はもう、暴かなくても良いと思っていました。何をしても、弟が戻ってくる事はないと」

しばし黙っていたフレッドが、フィディの横に並んで夜空を見上げながら、溜め息と共に言葉を吐き出した。気持ちを伝える言葉を選ぶように、ゆっくりと。

「今は？」

以前は、とあえて述べたフレッドに、今の気持ちを問う。

起こった事実は変わらないのだから、何もしなくてもよい。そう思っていたフレッドの気持ちが、どう、変化したのかと。

フレッドは黙って夜空を見上げていた。そこに輝く満天の星の中に、答えが隠れているとでもいうように、真っ直ぐに。そしてもう一度、ゆっくりと口を開く。

「罪は罪として、裁いていただけたら……と思います」

フレッドの決意を、フィディは「そうだな」と受け止めた。

おそらくフレッドは、弟が亡くなったのは自分のせいだと思っていたのだろう。そして、弟の死に向き合えないまま、全てに蓋をして、奴隷となり、罪を償《つぐな》う気持ちで剣奴として生きてきた。

「私から、その旨伯爵にお伝えします」

「うん、わかった」

今ようやく、弟の死と向き合って、そして、その罪を自分だけのものとせず、公《おおやけ》にする事を決めた。

フィディはフレッドに寄り添い、その逞しい腕に額を擦りつけた。

「なぁ、フレッド」

「はい」

「さっき、会場でアヅナカルン侯爵を相手につらつらと語った時にな」

「ふ……、はい」

先程のやり取りを思い出したのだろう、フレッドがさりげなく笑った。フィディもまた微笑みながら、石造りの柵《さく》に手をかけたフレッドの手に、手を重ねた。

「自分のことをαだと思い込んで育ってきてよかったな、と思ったんだ」

「よかった？」

フィディの言葉を理解しきれなかったのだろう、フレッドが不思議そうに語尾を上げる。

「堂々と話せていただろう？　αと思い込んでいた事で、無駄に自分に自信を持っていた事が功を奏《そう》したと思うんだ」

もっと早い段階で第二性を自認していたとしたら、フィディの性格はどうなっていただろうか。変わっていたかもしれないし、今のままだったかもしれない。ただ、結果論であるが、フィディはこうやって誰の前でも物怖《ものお》じしない性格に育った。

父は、フィディに「フィディらしく生きて欲しい」と願って、あえて「Ωであろう」事を伝えずに育ててきたと言っていた。その言葉の意味は理解したつもりであったが、今日まさに、それを実感できた。

「人生に無駄な事はないとは、決して言えないが」

結局のところ、フィディはαではないし、学園も最後まで通う事が出来なかった。当時描いていた夢は思い通りに叶わず、すっかり形を変えてしまった。だが、それでも……。

「無駄になったと思った日々が、役立つ事もあるものなんだな」

それでも、フィディは今、真っ直ぐに前を見て、自分の人生を、自分らしく歩いている。

「人生とは、なかなかどうして、こんなにも面白い」

上手くいかない事もあれば、その先に思いがけない救いがある。またその先に意外な落とし穴があるかもしれないが、頑張ればそれを飛び越えられるかもしれない。

多分きっと、先が読めないからこそ、人生とはかくも面白い。

「……ふ、ははっ」

思わず、といったように大きく笑ったフレッドが、体を折り曲げて首を振る。そして、フィディの肩を掴み、ぎゅっ、と胸の内に抱き込んだ。

「あぁ、もう。フィディ様には、一生敵う気がしません」

「おや？　常勝剣奴であるフレッドの言葉とは思えないな」

茶化すようにそう言ってやれば、フレッドがもう一度首を振った。

「一生敵わなくていいんです。ただ、あなたの横に立って、眩しいあなたを見つめていられれば……」

抱きしめられたままフレッドを見上げれば、見慣れたエメラルドグリーンがきらきらと光っているのが見えた。その背後には、同じく煌めく満天の星。今にもひとつふたつ、降って落ちてきそうだ。

「それこそが、私にとっての最高に素晴らしい人生です」

それは、とても熱烈な愛の告白だった。

フィディはにっこりと微笑むと、愛の返答の代わりに、つま先立ちになって顎を持ち上げる。

流れ星のようにきらきらと煌《きら》めきながら降ってきたのは、優しく甘い、番の口付けだった。

フィディの巣箱
FIDI NO SUBAKO

Ω《オメガ》の巣作り、なんて自分には無縁《むえん》のことと思っていた。なにしろ第二性の診断結果が出るまでは自分のことをα《アルファ》だと思っていたのだ。知識として「発情期、もしくは発情期の近いΩは番《つがい》であるαの匂いのついた私物を集め、その中に包《くる》まり安心を得る。まるで鳥が巣作りする様《さま》に似ているので、この行為は俗に『Ωの巣作り』と呼ばれている」ということは知ってはいたが、まさか自分の身にそれが起こるなんて、これっぽっちも考えていなかった。

だが、実際起こってしまったのだからどうしようもない。

これは、フィディ・ミシュエル・ワイズバーンが初めてΩの巣作りに及ぶまで。そしてその後「フィディの巣箱」が生まれるまでの話である。

「う、うー……フレッド、フレッドはどこだ」

昼下がり、フィディはふらふらとワイズバーン伯爵家の広大な屋敷の中を歩き回っていた。目的の場所があるわけではなく、目的の人物がいるからだ。

「おやフィディ。フレッドなら父上に付いて今《いま》し方《がた》屋敷を出たぞ」

ちょうど廊下を曲がった時に鉢合わせた兄のベガが、「フレッドはどこだ」と幽鬼《ゆうき》のように彷徨《さまよ》うフィディに教えてくれた。

「え？　き、聞いてませんが」

なんだそれは、と半《なか》ば憤慨《ふんがい》しながらベガに言う。と、ベガはもちろん「俺に言われてもな」

と笑った。それはそうだ、と思いつつ、フィディはムッと口を尖《とが》らせる。

「フレッドも父上の仕事の手伝いで忙しいんだ。あまり責めてやるなよ」

諭《さと》すようにそう言われて、フィディは「わかってますよぅ」とやはり口を尖らせたまま頷いた。たしかに、姿が見えないからといって探し回ったり、「なんで僕に言わずにいなくなるんだ」と怒るのは、子どもの我儘《わがまま》と同じだ。

フィディはひと月ほど前、従者であるフレッドと番になった。対等な番関係ではあるのだから、もう少しフレッドを思いやった言動を心がけるべきだろう。

(わかってる。わかっているけど)

「じゃあな、愛してるぞフィディ」とフィディの頭を撫《な》でてから去っていくベガを見送って、フィディは「ぐぬ」と唸《うな》った。

頭ではわかっているのだが、なんだか無性《むしょう》にフレッドに会いたくて堪《たま》らないのだ。会って、抱きついて、思う存分匂いを嗅《か》ぎたい。あわよくば抱きしめ返されて、ぎゅうっと離さないでいて欲しい。

そこまで考えて、フィディは「いかんいかん」と首を振った。荒地に送られている間は四六時中側《そば》にいられたし、この屋敷に戻ってからしばらくは怒濤《どとう》のような毎日でそれどころではなかった。ようやく日常に戻り、しかしフレッドが近くにいない時間が増えたことで、体がフレッド禁断症状とでもいわんばかりに素直に求めすぎてしまっているのだろうか。仕事である抑制剤の研究にも身が入らず、ふらふらと彷徨い出《い》でてしまった。

「このままじゃおかしくなる」

フィディは「ふぅ」と悩まし気な溜め息を吐いてから、のしのしと廊下を進んだ。本人がいないのならば、他の方法で補《おぎな》うしかない。


「入るぞ」

形ばかりの断りを入れて、フィディはその部屋に入った。

そこは屋敷の中の使用人の部屋が並ぶ一角、一応「フレッド個人の部屋」だ。フレッドはフィディの夫となり基本的に夜は共にフィディの部屋で過ごしている……のだが、未《いま》だフィディの従者としての責務も放棄していない。ので、着替え等生活の中の細かな事象はここで行っているのだ。

きょろ、と見渡す部屋は、物が少ないのでやたら広く感じる。寝泊まりはフィディの部屋なので、元々この部屋にあったベッドは他の使用人に譲ったらしいが、それにしても、だ。

(ふん。何も……なくはないが)

衣装棚、特に何も置かれていない机、それと組みになった椅子。それだけだ。

フィディはいらいらと部屋の中を歩き回ったが、それもものの数秒で終わってしまった。

「く」

短く呻《うめ》いて衣装棚を開く。が、そこに掛かった服はどれも恐ろしいほどにきっちりと洗濯されており、フレッドの匂いがまったくしない。まるで新品のようだ。ほぼ真《ま》っ新《さら》なそれをぐいっと引っ張り、すんすん、と匂いを嗅いでみる。やはりフレッドの香りは残っていない。

「うう～……」

今度こそはっきりと呻いて、フィディは衣装棚に頭ごと突っ込む。何か少しでもフレッドの残滓《ざんし》が残っていないかと思ったのだ。すん、すんすん、くん、と鼻を鳴らして棚の中を嗅ぐ。が、匂いはどこからも漂ってこない。

フィディはいよいよ棚の中に乗り上げ、悲しい気持ちで膝を抱えた。

「フレッドの匂いが、欲しいのに」

掛かったシャツの間で、フィディは小さくなって膝に顎《あご》を埋《うず》める。どこか熱っぽい気がするのは気のせいだろうか。せめて微《かす》かに残った匂いがこもるように、と棚の扉を閉める。

隙間から明かりが差し込んでくるが、棚の中はほぼ暗闇になった。そのことにどこかホッとしながら、フィディは棚の内壁に背を預ける。

(あ、少し……)

少しだけ、ほんの少しだけフレッドの匂いがする。くん、と鼻を上向けて、くんくんと匂いを辿《たど》って、フィディはシャツの隙間に掛かった紐のようなものを見つけた。

「タイだ」

それは、ワイズバーン家の紋章が入ったタイだった。手に取って引き寄せると、しゅる、と衣擦《きぬず》れの音を立ててフィディの手の中に落ちてくる。

（あぁ）

フィディはそれを両手で握りしめて、自分の鼻先へと持っていった。すぅ、と嗅げば、フレッドの香りが鼻腔《びこう》に広がる。それだけで堪らなく幸せな気持ちになって、フィディは涙ぐんだ。

（あれ、なんでこんなことで泣きそうになっているんだ？）

何か悲しいことがあったわけではない。フレッドだってすぐに帰ってくる。なのにやたら心が柔《やわ》くなって、ちょっとした刺激で感情が大きく振れる。

「フレッド」

すんすんと鼻を鳴らしながら、フィディは体を丸める。フレッドの匂いがするここがなにより安全で、安心なのだと、心の奥底、本能に起因する何かが囁いている。

泣いてしまったせいか、フレッドの香りを嗅いで安心したせいか、フィディの体からゆっくりと力が抜けていく。瞼《まぶた》がとろんと重たくなって、フィディはそれに逆らわず目を閉じた。目を閉じれば眼裏《まなうら》に、優しく微笑《ほほえ》む番の姿が見える。

「フィディ様」

記憶の中の優しい声を聞きながら、フィディはそのままうとうとと眠りについた。

「んあ」

「フィディ様？」

「ん」

「フィディ様」

「ん……んぅ、朝か？」

何度か名前を呼ばれて、フィディはぽかりと目を開いた。と、目の前にさらさらと金糸《きんし》が流れてくる。まるで金の雨のようなそれに手を伸ばそうとして、その手のひらに何かを掴《つか》んでいることに気が付いた。

「あれ？」

それは、フレッドのタイであった。

ほけ、とそれを眺めてから、昨夜は侍従姿のフレッドと眠ったのであったかな、と考えて……そして、そんなことはないと思い直す。

「あれ、あ、フレッド？」

そこでようやく、フィディは自分が自室のベッドに寝かされていることに気が付いた。眠る直前までどこにいたのかも朧《おぼろ》げに思い出す。

「僕は……、あれ？　フレッドの部屋にいたような」

「覚えていらっしゃいますか？」

何故か、フレッドが苦笑を浮かべる。どうしそんな顔をするのだろうと思いつつ、フィディは首を傾《かし》げた。

「覚えてはいるが、ん？　フレッドが運んでくれたのか？」

ふと顔を上げると、窓の外はすっかり暗い。フレッドを探して彷徨っていたのが昼食の直後だったので、かなり長いこと眠っていたらしい。

「これは……」

手の中のタイを見下ろすと、フレッドがまた苦笑した。

「何故かお離しになられなかったので。……ふふっ」

「なんだ？」

フレッドが吹き出した。が、すぐに口元を押さえて隠してしまう。フィディは「なんだどうした」と番をそわそわと見やる。

「その、フィディ様が、あまりにも可愛《かわい》らしく」

「僕が？」

「ええ。寝苦しかろうとタイを取ろうとすると『やだ。やだ』と言われて」

少し昔を思い出しました、と言うフレッドの「昔」とは、フィディが幼い頃の話だろう。たしかにフィディはフレッドを隣に侍《はべ》らせてその髪を触りながらではないと眠れない子どもだった。フレッドが寝台を下りようものなら「やだ、いや、ここにいて」とぐすぐす泣きながら文句を言ったものだ。まぁ、子どもの頃と言わず、学園に入学してすぐの頃や荒地に移されてから等々《とうとう》、しばしば繰り返している行為であるが。

「なんだ、そんな」

ちょっと恥ずかしい思いで、ぎゅ、とタイを握りしめる。そしてベッドから身を起こした。自身の体を見下ろすと、いつの間にか寝巻きが着せられている。きっとフレッドが身を清めて着替えさせてくれたのであろう。

「まぁ、今も変わりないかもしれないが」

フィディはそう言って、フレッドを「ここに」と呼んだ。寝台の側に椅子を置きフィディを見守っていたらしいフレッドは「はい」と行儀よく返事を寄越した。そのままベッドにゆっくり乗り上げ、フィディと体が触れ合うほど近くまで来てくれる。

「今日はな、何か変だったんだ」

「変？」

と言うと、とフレッドが問いかけてくる。フィディはその胸にもたれかかって、さらりと流れる金髪を指で掬《すく》った。

「やたらフレッドに会いたくて」

「そうだったんですか？」

どことなく嬉しそうなフレッドの声に、フィディは「あぁ」と頷いて返す。そしてようやく求めていたフレッドの香りをすぐ側から感じて、すぅ、と思い切り嗅いだ。

「あぁ……うん。ところであの、フレッド、悪いが上着を脱いでくれないか？」

「上着を？」

話の途中だったが、どうしてもそれを脱いで欲しくて、フィディは真剣な面持《おもも》ちでフレッドにねだる。フレッドは近年稀《まれ》に見る驚き顔を浮かべたが、すぐに柔和《にゅうわ》な表情に戻り、躊躇《ためら》いなく上着を脱いだ。既に寝巻き姿だったため、もちろん下は裸だ。逞《たくま》しい筋肉のついたその上半身を眺めながら、フィディは差し出された上着を受け取った。そしてもぞもぞとそれを自分の肩にかける。

「フィディ様？」

「あぁ、えっと、それで、どうしてもフレッドの匂いを嗅ぎたくてたまらなくなって」

「……匂い」

フレッドの返事が妙に歯切《はぎ》れ悪いが、フィディのぽやぽや熱っぽくなってきた頭ではそれに気付くことができない。とりあえず今はフレッドに、どうして彼の衣装棚で眠っていたのかを伝えなければならないという使命感があった。

「それで、フレッドの部屋に行ったんだ」

「あぁなるほど、そういうことだったんですね」

そこでようやく、フレッドが何かを納得したような声を出した。なにをどう理解したのかわからないが、フレッドの匂いに包まれたフィディは今ふにゃふにゃと幸せな気分だ。

「驚いたか?」

「それはもう」

フレッドが深く深く頷く。フィディは「フレッド」とその名を呼んだ。

「悪いが、その、下も脱いでくれないか」

フレッドは何か言いたそうに口を開きかけたが、しかし「はい」と返事をして躊躇いなくボトムを脱いだ。

それを受け取ったフィディは「うん、ありがとう」と頷いて、今度は腰に巻き付ける。はふ、と息を吐いて、もはや下履《したば》きだけになったフレッドに体を寄せる。しかしフレッドは恥ずかしがるでもなく、堂々とフィディを支えてくれている。

「どうですか?」

「うん? うん……」

フレッドに問われて、フィディは満足気に頷く。

「いい気分だ」

そして、体にフレッドの服を巻きつけたまま、ぎゅ、とフレッド本人にも腕を回す。

「すごく、安心する」

どうしてだか、フレッドの匂いに囲まれているとこの上なく幸せな気持ちになる。幸せというより、安堵《あんど》に近いかもしれない。

「フレッド、これからはもう少し、お前の匂いがするものを残して欲しい」

「はい」

「僕が不安になったら困るだろう？」

「ふっ。はい、困ります」

「僕は、お前の匂いを嗅いでいると、安心するんだ」

フレッドが「はい」と言いながらフィディの髪を優しく撫でる。寄りかかった胸が上下する動きで、それが笑い混じりだと気付く。

フィディは「ふぅ」と大きく息を吐きながら目を閉じる。するとやはり頭がぼんやりとぼやけてくる。頭だけでなく、体もほんのりと熱を持ったように感じるのは、フレッドに包まれているからだろうか。似たような感覚を以前にも味わった気がするが、それがいつのことかはっきりしない。

「明日、起きたら、仕事に……」

段々と心地よい眠気が訪れて、フィディはむにゃむにゃと寝言のようにフレッドに伝える。が、フレッドは「はい」と答えた後に「もしかすると、数日お休みすることになるかもしれませんが」とどこか申し訳なさそうな、それでいて何か期待のこもっているような声でフィディの耳元に囁いた。

「ん？　んぅ」

フィディはその意味を理解できないまま、首に巻きつけていたフレッドの上着をのそのそと鼻先まで持ち上げる。そして、すりすりとそれに頬を寄せた。むぅ、だの、うぅ、だの、よくわからない呻き声を漏らしながら。

「巣作りがこんなに可愛らしいものだとは」

眠りに落ちる直前、フレッドのそんな声が聞こえた気がしたが、これまたはっきりしない。

（なにが、可愛いって？）

問いかけたいが言葉にならない。フィディはフレッドの上着の下でもこもこと言葉にならない声を漏らしてから、すぅ、とほぼ寝息に近い吐息を吐いた。


それからきっちり十日間、発情期を迎えたフィディはフレッドとともに部屋にこもることになってしまった。当然のことながら仕事をすることは叶わなかったが、それもまぁ仕方ない。発情期は自然の摂理だ。

というわけで、フレッドの部屋の衣装棚にこもってから十日後、ようやくフィディはフレッド以外の人物と話をすることが可能になった。そこで、あの日どんなことがあったかの顛末《てんまつ》を聞くことになる。

あの日。フレッドがワイズバーン伯爵との仕事を終えて屋敷に戻ってきた後、とある大事件が起きた。なんと、ワイズバーン家の大事な大事な四男坊であるフィディの行方《ゆくえ》が、ようとして知れなくなっていたのだ。そのうち心配性の兄の一人が「これは誘拐事件では!」と言い出し、大騒ぎになった。フィディが数ヵ月前、実際に拐《かどわ》かされかけたこともあったため、勘違いは加速した。屋敷中上を下への大騒ぎとなり、フィディ捜索隊が結成されようとしていたその時、フレッドが自身の衣装棚の中からフィディを発見した……という次第らしい。

どうしてフィディがそんなところに隠れていたのか、その時は理由が判明しなかった（なにしろ本人がすっかり眠りこけており、事情を説明する者がいなかったのだ）。が、その後すぐにフィディが発情期に入ったことにより、原因はすぐにわかった。「Ωの巣作り」だ。

フィディは無意識のうちにフレッドの香りを求め、衣装棚に潜《もぐ》り込んだのだ。

それを知ったワイズバーン伯爵は「なるほど、あの衣装棚はフィディの巣箱だったということだな」と言い、フィディの唇を盛大に尖らせた。

その後、事あるごとに「巣箱の準備は大丈夫かい?」と家族に揶揄《からか》われることになったフィディは、それを逆手《さかて》に取り、本当に自分の部屋にフレッドの私物を入れる専用の衣装棚を用意した。

フレッドはフィディの言いつけを守りせっせと私物を納め、フィディはフレッドの匂いに満ちたその場所をまるで本当の巣箱のように愛用したのだった。

ミ　フィディー様
ぐらっっ
ピー
ピー
ピピー

あとがき

AFTERWORD…………………

—伊達きよ—

初めまして。伊達《だて》きよと申します。この度は『人生はままならない』をお手に取ってくださり、ありがとうございます。

今作はタイトルどおり「人生はままならない」をテーマに書いた作品になります。自分のことをα《アルファ》だと思っていたのに、Ω《オメガ》であったフィディ。ある事情により家も夢も何もかもを捨て、剣奴《けんど》として生きていくこととなったフレッド。そんなままならない人生を生きる二人の物語です。理想通りではない人生をそれでも懸命に生きていく二人の、騒《さわ》がしくも愛ある日々を楽しんでいただけましたら幸いです。

物語はここで終わりとなりますが、登場人物達の人生はこれからも続いていきます。フィディは自分の目標として掲《かか》げたΩ用の安全な抑制剤の開発を、そしてフレッドはそんなフィディを支えつつ、ワイズバーン伯爵の補佐としても仕事に励《はげ》んでいくと思います。ワイズバーン伯爵を始めとした個性的な家族たちに囲まれながら。

もしかしたら近いうち、さらに賑やかな家族が増えるかもしれません。その時はきっと当のフィディたちより、周りの方が大喜びの大騒ぎになりそうです。いつかそんなワイズバーン家の話も書くことができたらいいなと思っています。

きっとこれからも、真《ま》っ直《す》ぐでも平坦でもない人生を歩んでいくことになるかと思いますが、きっと二人で手を取り合い、仲良く生きていってくれると思います。そんな彼等の未来に、ほんの少しでも思いを馳《は》せていただけましたら、嬉しい限りです。

最後になりましたが、どんな時も的確なアドバイスをくださった優しい担当様、キャラクターたちを魅力的に描き上げてくださったカワイチハル先生、校正、印刷、営業の各担当様方、この本の作成に携《たずさ》わってくださった全ての方、そして、数ある作品の中から、本作を手に取り、このあとがきまで読んでくださっているあなた様に、心からの感謝とお礼を申し上げます。

またいつか、どこかでお会いできましたら幸いです。

この本を読んでのご意見、ご感想などをお寄せください。
伊達きよ先生・カワイチハル先生へのはげましのおたよりもお待ちしております。

〒113-0024　東京都文京区西片2-19-18　新書館
[編集部へのご意見・ご感想] 小説ディアプラス編集部
「人生はままならない」係
[先生方へのおたより] 小説ディアプラス編集部気付　〇〇先生

-初出-
人生はままならない：小説ディアプラス22年ナツ号（vol.86）
続・人生はままならない：小説ディアプラス23年フユ号（vol.88）
フィディの巣箱：書き下ろし

[じんせいはままならない]
人生はままならない

著者：**伊達きよ** だて・きよ

初版発行：2023年12月25日

発行所：株式会社 新書館
[編集] 〒113-0024
東京都文京区西片2-19-18　電話（03）3811-2631
[営業] 〒174-0043
東京都板橋区坂下1-22-14　電話（03）5970-3840
[URL] https://www.shinshokan.co.jp/

印刷・製本：株式会社 光邦

ISBN978-4-403-52588-9